Médecins des Alpes

*

Un si doux remède

LOUISA GEORGE

Médecins des Alpes

BLANCHE

HARLEQUIN

Collection : Blanche

Titre original :
ER DOC TO MISTLETOE BRIDE

HARPERCOLLINS FRANCE
83-85, boulevard Vincent-Auriol, 75646 PARIS CEDEX 13
Service Lectrices — Tél. : 01 45 82 47 47 - www.harlequin.fr
ISBN 978-2-2804-7382-8 — ISSN 0223-5056

Composé et édité par HarperCollins France.
Imprimé en octobre 2022 par CPI Black Print (Barcelone)
en utilisant 100% d'électricité renouvelable.
Dépôt légal : novembre 2022.

FSC www.fsc.org
MIXTE
Papier issu de sources responsables
FSC® C159065

Pour limiter l'empreinte environnementale de ses livres, HarperCollins France s'engage à n'utiliser que du papier fabriqué à partir de bois provenant de forêts gérées durablement et de manière responsable.

1.

Reconnue pour être une excellente urgentiste, bénéficiaire de nombreuses subventions et de quantité de récompenses, Rachel Tait s'enorgueillissait de ne jamais faire d'erreur dans l'exercice de son métier. Malheureusement, elle ne pouvait pas en dire autant en ce qui concernait sa vie privée.

Assise à l'arrière du taxi, elle regardait par la fenêtre le paysage enneigé de Sainte-Colette qui se déployait devant elle. Des enfants se livrant à des batailles de boules de neige, un attelage de huskys tirant un traîneau occupé par un couple visiblement enivré par cette aventure, les montagnes enneigées sous un ciel nocturne constellé d'étoiles, les ravissants chalets en bois, les guirlandes lumineuses accrochées dans les arbres et sur la façade du bâtiment accueillant la clientèle de la station de ski… Tout cela lui donnait l'impression d'être dans un décor de cinéma.

Et aussi le sentiment d'avoir commis une fois de plus une grosse erreur qu'elle allait regretter durant les quatre prochains mois.

Pourquoi avait-elle choisi de passer Noël dans un endroit qui ressemblait tellement à une carte de Noël ? Pourquoi n'était-elle pas allée en Australie, ou bien aux Maldives… ? Ou bien quelque part où personne ne fêtait Noël ? Cela aurait mieux valu que de venir ici. Accepter le premier job qui s'offrait à elle uniquement pour pouvoir s'échapper du Leeds General Hospital n'était pas la décision la plus judicieuse qu'elle ait prise.

Objectivement, elle devait reconnaître que Sainte-Colette était un lieu enchanteur. Et il y faisait un froid glacial. Peut-être qu'ici elle allait vraiment *devenir* la reine des Glaces qu'on lui avait si souvent reproché d'être. Avec un peu de chance, son cœur aussi deviendrait un bloc de glace et il ne la ferait plus souffrir.

Elle se secoua. Elle était venue ici pour oublier, et non pour ressasser tous ses mauvais souvenirs.

Après avoir payé le chauffeur, elle mit son sac à main en bandoulière, prit un sac de voyage sous le bras, s'en accrocha un autre à l'épaule, attrapa la poignée de sa valise à roulettes, puis se demanda ce qu'elle allait faire de ses skis…

Certes, elle était venue ici pour oublier, mais elle ne pouvait se débarrasser de toutes ces images qui la hantaient encore. Et cela lui faisait mal.

Elle voyait le regard désolé du pasteur tandis qu'elle s'avançait vers lui… l'air embarrassé du garçon d'honneur…

— *Puis-je vous aider avec vos bagages ?*

Que faire de ces skis ? Elle posa ses bagages sur le sol gelé et tenta de repérer un porte-skis où elle pourrait déposer les siens le temps de se rendre à l'accueil. Ah, il y en avait un, à droite de la porte d'entrée. Elle y laissa ses skis, puis revint sur ses pas pour récupérer ses sacs. Elle les accrocha à ses épaules et reprit sa valise, avec l'impression d'être chargée comme un baudet.

— *Vos bagages, mademoiselle ?*

Le poids de la main de son père sur son bras quand la vérité avait enfin éclaté… Ce qui aurait dû être le plus beau jour de sa vie l'avait plongée non pas dans la joie mais dans la plus grande des humiliations.

Et elle était venue ici. Pour oublier. Mais cela s'avérait beaucoup plus difficile qu'elle ne l'avait cru.

— Hum… *Puis-je vous aider ?*

Elle était vaguement consciente d'entendre quelqu'un lui parler en français. Levant la tête, elle croisa le regard d'un homme installé derrière le comptoir de la réception. Il la fixait de ses yeux brun foncé comme s'il avait devant lui une extraterrestre. Qu'avait-il dit ? « *Puis-je vous aider ?* »

— Oh ! Bien. Oui. L'inscription.

L'homme hocha la tête.

— *Bonsoir, mademoiselle. Bienvenue à Sainte-Colette.*

Elle était en France, elle devait essayer de parler la langue du pays. Bon, d'accord. Elle s'était entraînée. C'était quoi, déjà ? Elle s'éclaircit la gorge et formula sa phrase, plus lentement qu'elle ne l'aurait voulu.

— *Oui. Bonsoir. Je... Je souhaiterais récupérer les clés de ma chambre.*

— Bien sûr.

Il avait compris ! Elle avait réussi. L'homme sourit et consulta l'écran de son ordinateur.

— S'il vous plaît, juste un instant, mademoiselle… ?

— Docteur.

— Pardonnez-moi. Docteur… ?

Il ne portait aucun badge indiquant son nom, mais il émanait de lui cet air d'autorité qui, d'après l'expérience qu'elle en avait, n'existait que dans les établissements haut de gamme comme le complexe touristique de Sainte-Colette.

L'homme était très beau. Il avait des yeux marron magnifiques, des cheveux noirs rejetés en arrière, une barbe de trois jours et un accent que Rachel trouvait incroyablement sexy.

Non pas qu'elle ait l'intention de s'intéresser aux hommes ces temps-ci, ni même plus tard. Avoir déjà eu une fois le cœur brisé lui suffisait largement. Elle croisa le regard de son interlocuteur et tenta de s'exprimer en français.

— Euh… *Je m'appelle Dr Rachel Tait. Je suis ici… J'ai…*

Le voyage l'avait fatiguée et devoir s'exprimer dans une langue étrangère lui demandait un véritable effort.

L'homme lui sourit, sans doute apitoyé par son accent lamentable.

— Je parle anglais, si c'est plus facile pour vous.

Dieu soit loué ! Elle le regarda et hocha la tête.

— Oui, beaucoup plus facile. Merci.

— Bienvenue à Sainte-Colette.

Il lui tendit un petit étui contenant une carte magnétique.

— Voici la clé de votre chalet. C'est le n° 12. Il se trouve juste derrière ce bâtiment, sur la gauche. Je vais demander à Frederik de vous accompagner.

L'offre était tentante. Dans sa hâte de quitter l'Angleterre, elle n'avait pas réfléchi à ce dont elle aurait besoin pour passer quatre mois dans les Alpes françaises, aussi avait-elle apporté avec elle presque toute sa garde-robe. Jongler avec trois sacs, une valise et des skis n'avait pas été chose facile, c'était le moins qu'on puisse dire.

À vrai dire, elle mourait d'envie que quelqu'un l'aide, au moins une fois dans sa vie. Elle était lasse de faire comme si tout allait bien, comme elle le faisait depuis cette journée torride de juillet... Depuis aussi loin que remontaient ses souvenirs, en fait.

Elle était tentée d'accepter l'offre de son interlocuteur, mais elle ne se sentait pas l'énergie de faire des efforts d'amabilité avec un inconnu. Et puis, si elle continuait de se répéter que tout allait bien, elle finirait bien par le croire, non ?

— Ce n'est pas la peine. Tout va bien.

L'homme parut surpris de ce refus.

— Mais...

— Je peux me débrouiller, merci.

Elle se sentait épuisée et le sac accroché à son épaule gauche lui pinçait la peau du cou. Sans compter qu'elle avait un besoin urgent d'aller aux toilettes.

— Nous offrons un verre de bienvenue au bar...

— Non. J'ai fait un voyage qui m'a paru interminable. Je vais aller me coucher.

Un verre de bienvenue ? La prenait-il pour une cliente ? Elle détestait les conversations oiseuses et, pour elle, il n'y avait rien de pire que de devoir se mêler à des inconnus. Tout ce qu'elle voulait, c'était prendre un bain, se coucher tôt et se réveiller toute fraîche demain matin pour commencer sa journée. Elle rencontrerait alors son nouveau boss et pourrait se mettre au travail.

— Je voudrais..., fit l'homme.

— Non, dit-elle en l'interrompant d'un geste de la main. Je vous remercie, je peux m'occuper de mes bagages.

Il parut encore plus surpris, puis il haussa les épaules, comme pour dire que cela lui importait peu. Elle réalisa alors à quel point il était magnifique.

Elle croisa son regard et vit des paillettes d'or dans ces yeux marron foncé braqués sur elle. Ils étaient vraiment très attirants. Cet homme faisait preuve d'un grand calme, il se contrôlait parfaitement… contrairement à elle, que sa façon de la scruter mettait mal à l'aise.

— Comme vous voudrez, docteur Tait.

— Bien, dit-elle en signant la fiche qu'il avait posée devant elle sur le comptoir. Avez-vous du lait ?

— Du lait ?

— Dans les chalets. Pour le thé.

— Bien sûr. Vous en trouverez dans le réfrigérateur.

— Je ne parle pas du lait longue conservation, il donne un goût horrible au thé. Du lait frais, écrémé si possible.

— J'en ferai porter à votre chalet.

— S'il vous plaît, demandez-leur de frapper à la porte et de laisser le lait dehors. Je ne veux pas être dérangée. Ah, pouvez-vous aussi avertir Matthieu LeFevre que le nouveau médecin du complexe touristique est arrivé ? Je dois le rencontrer demain matin à 8 heures. J'ai besoin de faire le tour des équipements.

Elle fit volte-face et vérifia ses bagages. Ah, comme elle détestait se trouver dans un nouvel environnement ! Elle aimait avoir tout sous contrôle et se sentir en sécurité. Elle n'appréciait ni les surprises ni l'incertitude.

Attrapant ses sacs et sa valise, elle salua l'homme d'un bref signe de tête et sortit récupérer ses skis, bien décidée à éviter de faire la moindre erreur durant les quatre prochains mois.

Matthieu regarda le Dr Tait disparaître dans la nuit, lourdement chargée, et la vit prendre ses skis. Comme l'un d'eux lui échappait, elle se pencha pour le ramasser, ce qui fit glisser par terre le sac qu'elle portait à l'épaule gauche. Comme Frederik se hâtait de voler à son secours, elle l'arrêta d'un geste de la main. Décidément, se dit-il, elle faisait preuve d'indépendance, mais aussi d'entêtement.

Il sortit la rejoindre.

— Docteur Tait, laissez-nous vous aider, je vous en prie.

— Je vais laisser mes skis ici, dit-elle en les replaçant dans le râtelier. Je viendrai les chercher plus tard.

— Je peux…

— S'il vous plaît, lança-t-elle d'un ton sans réplique. Je peux très bien me débrouiller.

Il la regarda. Elle était sérieuse. Elle ne voulait pas qu'on lui donne un coup de main, ni faire la conversation ni avoir de la compagnie. Ce qui posait un problème dans la mesure où l'ambiance du complexe touristique se voulait ouverte, positive et, surtout, chaleureuse.

— Comme vous voudrez, dit-il en poussant un soupir.

Il rentra à l'intérieur et téléphona au bar de l'hôtel.

— Louis ? C'est Matt. Annule le pot de bienvenue pour le nouveau médecin. Désolé que tu te sois donné du mal pour rien.

— Ah, ne me dis pas qu'il ne vient plus ?

Louis était à la fois l'organisateur des événements destinés à la clientèle, le directeur du bar et le bras droit de Matt. Le succès de Sainte-Colette lui devait beaucoup. Il était aussi le meilleur ami de Matt depuis trente-deux ans. Il en avait trente-quatre.

— Qu'allons-nous faire ? reprit-il. Nous ne pouvons pas gérer une station de ski de cette taille sans avoir un médecin sur place.

— Oh ! *elle* est bien arrivée, mais elle ne veut pas de pot de bienvenue, d'après ce que j'ai compris.

— Bon, elle est là, c'est le principal. Nous pourrons lui organiser quelque chose plus tard. De quoi a-t-elle l'air ?

D'avoir un caractère difficile, pensa Matt. Elle était glaciale. Et aussi très belle.

— Je me demande si je n'aurais pas dû avoir moi-même un entretien avec elle au lieu de confier cela à l'agence, mais j'étais tellement débordé… Je ne suis pas sûr qu'elle convienne au type de clientèle que nous recevons ici.

— Elle ne sera pas du style à les dorloter ?

— Ils payent assez cher pour être bien traités. J'aborderai le sujet avec elle dès demain matin. Il est hors de question qu'elle les bouscule. Crois-moi, je me passerais bien d'avoir ce genre de conversations avec elle.

— Une conversation où il faut faire preuve à la fois de diplomatie et de fermeté ?

— Quelque chose comme cela, oui.

La dernière fois où il avait dû utiliser cette méthode, c'était avec sa mère. Et il avait lamentablement échoué.

— Laisse-lui une chance, Mattie. Elle te réserve peut-être une bonne surprise.

— Ou pas. Je ne peux pas courir ce risque. Il va falloir que je le lui fasse comprendre.

Même s'il avait horreur de se retrouver dans une telle situation.

— Bonne chance, alors ! lança Louis en riant. Mais ce que je voulais savoir, c'était à quoi elle ressemblait. Plutôt sexy ?

— Très froide.

Mais il se rappela la tristesse des grands yeux gris du Dr Tait lorsqu'il lui avait proposé de porter ses bagages. Et la rapidité avec laquelle cette expression avait disparu. Il revoyait la simple coupe au carré des cheveux auburn encadrant un joli visage. La mâchoire volontaire et crispée. Il avait aussi remarqué la bouche sensuelle et les vêtements ajustés qui mettaient en valeur une silhouette très attirante.

Il ne pouvait oublier la brève étincelle de vulnérabilité qu'il avait vue dans ses yeux avant qu'elle ne change d'expression. Et cela l'avait intrigué.

Mais il était convaincu que, après la conversation difficile qu'il allait avoir avec elle demain matin, l'intérêt qu'il lui portait et l'attirance qu'il éprouvait pour elle s'évanouiraient.

Il se passa la main dans les cheveux, en proie à un sentiment de frustration de plus en plus envahissant. Ah, que lui arrivait-il ?

Il mit fin à sa conversation avec Louis, attendit le retour de Zoe, qui s'occupait habituellement de la réception de la clientèle le soir, puis il enfila ses gants et sortit pour porter les skis du Dr Tait jusqu'à son chalet.

Même si elle s'y était formellement opposée.

2.

Lorsque Rachel ouvrit ses rideaux le lendemain matin, la première chose qu'elle vit fut un lac d'un bleu profond et les sommets vertigineux des montagnes enneigées. On eût dit une carte postale, et ce spectacle était d'une beauté à couper le souffle pour quelqu'un qui avait toujours vécu en ville.

La seconde chose qui la frappa, ce fut le silence.

Elle était incapable de se souvenir de la dernière fois où elle avait goûté un silence de cette qualité. Le service des urgences était toujours bruyant et le petit appartement qu'elle occupait à Leeds donnait sur une rue très passante.

Ne rien entendre était assez déstabilisant pour elle qui ignorait ce qu'était le calme. Même lorsqu'elle se trouvait dans un environnement tranquille, son cerveau ne se reposait jamais. Elle réfléchissait aux questions qu'elle rencontrait dans son travail : une fracture compliquée, une maladie bizarre, un diagnostic difficile à établir. Elle aimait résoudre les problèmes.

Et elle adorait ce chalet si douillet, fait de bois clair. La salle de séjour était meublée de canapés recouverts de plaids et comportait un coin repas composé d'une table et de deux chaises. La chambre était spacieuse, la literie, confortable, et des fleurs fraîches disposées dans un vase ornaient la table en bois. L'ensemble formait un décor de style scandinave lui offrant tout ce dont elle avait besoin, y compris un endroit où ranger ses chaussures et ses skis, près de la porte d'entrée.

Des skis qui lui avaient été apportés par un livreur inconnu, mais elle était prête à parier qu'il devait s'agir du réceptionniste si serviable qu'elle avait vu la veille.

Elle se rappelait le regard déçu qu'il avait eu lorsqu'elle avait refusé son aide. Aucune importance. S'il y avait une chose dont elle n'avait pas besoin, c'était bien l'aide d'un homme. Quoique… elle avait trouvé que son sourire était chaleureux et amical, et elle devait reconnaître qu'il était un régal pour les yeux. Et tout à fait intouchable.

Pas question d'avoir une histoire avec un collègue. Elle savait par expérience que cela finissait très mal. Elle pouvait regarder mais pas toucher.

Elle s'étira et respira à pleins poumons l'air frais, se sentant bien plus optimiste que la veille. Elle allait attaquer sa première journée de travail dans son nouveau job. Un job qu'elle avait accepté pour…

Elle se hâta de chasser ces pensées de son esprit et alla se doucher. Après s'être habillée chaudement, elle se rendit au restaurant pour y prendre son petit déjeuner.

Hier, à son arrivée, elle n'avait pas vraiment prêté attention au hall de l'hôtel. Il était spacieux et de style moderne, tout en offrant une atmosphère à la fois cossue et douillette. De la fausse fourrure recouvrait des canapés profonds, un grand feu de bois brûlait dans la cheminée, et il régnait une appétissante odeur de biscuits à la cannelle fraîchement sortis du four. Des guirlandes lumineuses étaient accrochées sur les poutres, évoquant la fête de Noël, même si aucun sapin ne se dressait dans le hall.

Elle restait plantée là, la bouche ouverte, les yeux braqués sur un lustre extravagant brillant de mille feux, suspendu au milieu du hall, lorsqu'elle entendit une voix derrière elle.

— Docteur Tait, bonjour.

C'était l'homme qu'elle avait vu la veille. Hier, il portait un polo bleu clair où figurait le logo du complexe touristique, mais aujourd'hui il était vêtu d'un blouson matelassé bleu marine sur un pull en laine mérinos couleur crème et d'un pantalon de ski noir. Il ne se tenait plus derrière le comptoir de la réception mais venait vers elle, le sourire aux lèvres.

— J'espère que vous avez bien dormi… ?

— Pas vraiment, mais je ne dors jamais bien la première nuit que je passe dans un nouvel endroit.

Comment n'avait-elle pas remarqué qu'il était si grand ? Et si beau ! *Tu peux regarder mais pas toucher.*

— Est-ce vous qui avez laissé mes skis devant la porte de mon chalet ?

— C'est moi, en effet.

Elle l'aurait parié. Il était si serviable qu'il en devenait insupportable. Toutefois, c'était gentil de sa part.

— Bon, eh bien, je vous remercie.

Mais maintenant elle se sentait redevable. Elle fouilla dans son sac pour trouver de la monnaie, puis elle tendit quelques pièces à l'homme.

— Tenez, c'est pour vous, et encore merci.

Il fronça les sourcils, sans prendre les pièces.

— Qu'est-ce que c'est ?

— Un pourboire, pour vous remercier de m'avoir aidée.

— Non, vraiment, ce n'est pas la peine. Je suis…

— J'insiste.

Elle lui mit de force les pièces dans la main. L'homme parut médusé. Peut-être que la notion de pourboire n'existait pas en France ? Elle préféra passer à autre chose.

— Pouvez-vous me dire où se trouve le restaurant, s'il vous plaît ?

— Par ici, suivez-moi.

Gardant toujours les pièces dans la main, il la guida jusqu'à la salle du restaurant et l'invita à s'asseoir à une table qui faisait face à une grande baie vitrée offrant la même vue que celle qu'elle avait depuis sa chambre. La table était mise pour deux personnes et on y avait disposé des pots fumants contenant sans doute du café ou du chocolat chaud.

— Merci, dit-elle.

Elle s'assit sur une chaise capitonnée et versa dans sa tasse un café qui sentait délicieusement bon.

— Maintenant, pourriez-vous trouver Matthieu LeFevre ? Je dois m'entretenir avec lui.

— Le patron ? Bien sûr.

Mais, au lieu de se lancer à la recherche du propriétaire du domaine skiable de Sainte-Colette, il s'assit en face d'elle et posa les pièces de monnaie sur la table.

— Excusez-moi, dit Rachel, abasourdie. Qu'est-ce que vous faites ?

— Je suis Matthieu LeFevre.

Esquissant un petit sourire satisfait, il lui tendit la main.

— Ravi de pouvoir enfin me présenter officiellement, docteur Tait.

Non ! Ce n'était pas possible. Cet homme était le propriétaire de Sainte-Colette ? Celui qui travaillait à la réception hier ? Et qui lui avait apporté ses skis au chalet ? Celui à qui elle venait de donner un pourboire ? Elle s'était attendue à rencontrer un homme âgé. Un homme d'affaires. Pas cet homme-là.

— Vous êtes Matthieu LeFevre ? Le propriétaire de la station ?

— Oui, mais tout le monde m'appelle Matt. Que je sois le patron vous pose-t-il un problème ?

C'était gênant. Surtout après avoir trouvé qu'il était un vrai régal pour les yeux. Et un homme gentil. Elle ne devait pas se sentir attirée par un homme avec qui elle travaillait. Par aucun homme, en fait, mais encore moins un collègue.

— Vous êtes si… C'est assez inattendu. J'imaginais quelqu'un de plus âgé.

— J'ai trente-quatre ans, dit-il avec une lueur d'amusement dans les yeux. Selon vous, quel âge faut-il avoir pour posséder une entreprise ?

— Je… euh…

Il avait raison, bien sûr, mais visiblement il prenait plaisir à la voir embarrassée.

— Pourquoi ne m'avez-vous rien dit hier soir ? Est-ce pour

vous une sorte de jeu ? Mettre mal à l'aise le personnel qui vient d'arriver serait une forme de bizutage ?

Matthieu cessa aussitôt de sourire.

— Non, non, pas du tout !

— Je ne suis pas stupide, monsieur LeFevre. Vous auriez pu au moins vous présenter hier soir.

— J'ai essayé, mais vous ne m'en avez pas laissé le temps. Je vous ai proposé de porter vos bagages, et vous avez refusé. J'ai alors suggéré qu'un de mes employés vous accompagne à votre chalet et, là encore, vous avez refusé, comme lorsque je vous ai invitée à boire un verre. J'avais organisé pour vous un pot de bienvenue afin que vous puissiez rencontrer les autres membres du personnel et que tout le monde vous soit présenté. Y compris moi-même.

— Vous auriez pu à tout moment me mettre au courant.

— À quoi cela aurait-il servi ? Vous vous seriez sentie gênée, ce que je voulais éviter, et cela ne vous aurait pas fait changer d'attitude, n'est-ce pas ?

— Mon attitude ?

— Ce complexe touristique m'appartient, docteur Tait, et je tiens à sa réputation.

Il parlait doucement mais d'un ton ferme. Visiblement, c'était un homme qui aimait garder le contrôle.

— Si vous vous montrez désagréable avec mes employés, je crains que vous ne le soyez aussi avec mes clients.

— Je me comporte de la même façon avec tout le monde.

— Alors nous allons avoir un problème. À Sainte-Colette, nous sommes fiers d'offrir une hospitalité pleine de chaleur humaine.

Rachel se pencha en avant.

— Et moi je me comporte avec tout le monde de façon très professionnelle. Je suis désolée de ne pas m'être montrée enthousiaste à l'idée de boire un verre avec des inconnus alors que je venais de faire un long voyage et que j'étais épuisée. Mais, croyez-moi, je traiterai mes patients avec tout le respect qui leur est dû.

Décidément, elle avait commis une grosse erreur en venant

ici. Elle ne s'était même pas encore mise au travail et elle était déjà en conflit avec son employeur. Cet homme avait réveillé son côté combatif. Comment avait-elle pu le voir comme « un régal pour les yeux » ? Certes, il était beau, son sourire, irrésistible, et ses yeux, magnifiques…

Mais d'où lui venait donc ce genre de pensées ?

Il restait qu'elle avait signé un contrat, et elle allait le remplir. Contrairement à d'autres, Rachel Tait tenait toujours ses engagements.

— Je peux vous rassurer, on m'a souvent félicitée pour mon efficacité et la justesse de mes diagnostics.

— Et pour ce qui est de votre comportement avec les patients ?

— Je travaillais aux urgences. On n'a guère le temps de dorloter les patients lorsqu'on effectue une réanimation.

Jamais ses collègues ne s'étaient plaints de son attitude, mais…

« Froide ». « Distante ». C'était ce que David lui avait lancé à la figure, juste pour se sentir mieux après qu'il eut annulé leur mariage. Elle préférait être indépendante, ne compter que sur elle. Elle se montrait pragmatique, savait se contrôler et détestait se livrer à des effusions spectaculaires. Apparemment, être capable de réfléchir, de garder la tête froide et d'utiliser ses neurones était un crime.

— Ce n'est pas comme cela que je voyais mes débuts ici.

— Moi non plus, répondit M. LeFevre avec un sourire forcé. J'espère vraiment que nous avons simplement démarré du mauvais pied. Je comprends que le voyage vous ait fatiguée et je suis désolé si vous avez eu l'impression d'être la victime d'une mauvaise plaisanterie.

— Je ne me sens absolument pas victime, répliqua-t-elle aussitôt. Maintenant, voudriez-vous, s'il vous plaît, m'indiquer où se trouve le centre médical ? Il est temps que je me mette au travail.

— Mais vous n'avez pas pris votre petit déjeuner…

— Je n'ai pas faim. Un café me suffira.

Plus vite elle s'éloignerait de cet homme, mieux ce serait.

— Comme vous le savez, l'hôtel se trouve à mi-pente. La plupart des gens ont tendance à monter avec le télésiège et ils redescendent à skis, mais vous pouvez aussi prendre le télésiège pour le retour. Le centre médical se trouve en haut du remonte-pente principal, à côté de notre restaurant étoilé au guide Michelin, des boutiques et des services de location de matériel. S'il vous plaît, suivez-moi.

Il la conduisit jusqu'au télésiège, soulagé de voir qu'elle s'était vêtue correctement pour affronter la rigueur du climat. Toutefois, il était contrarié par la froideur qu'elle lui manifestait. D'habitude, il s'entendait bien avec tout le monde, mais Rachel Tait, elle, se montrait irritable, cassante et brutale.

Elle a intérêt à être un excellent médecin.

Cependant, il avait envie qu'elle fasse l'affaire. Et chacun avait droit à une seconde chance, du moins, pour l'instant. Il devait vérifier son degré de professionnalisme.

Ils prirent place dans le télésiège. Après avoir fixé la barre de sécurité placée devant eux, Matt observa Rachel du coin de l'œil. Ses cheveux étaient retenus en arrière par des cache-oreilles en laine rouge qui la faisaient paraître plus jeune que son âge. Il supposait qu'elle avait à peine trente ans. Elle était vêtue d'un gilet rose bordé de fourrure sur un pull en laine mérinos. Juste avant de grimper dans le télésiège, elle avait enfilé un blouson de ski rose pâle, et son pantalon avait l'air d'être bien chaud. Elle portait un sac à dos qui contenait probablement son équipement médical personnel. Au moins faisait-elle preuve d'un certain esprit pratique.

— Il y a un petit cabinet médical au village de Sainte-Colette, au pied de la montagne. Nous pouvons y avoir recours, mais lorsque nous avons un blessé grave nous le faisons transférer à l'hôpital. Il arrive qu'une blessure qui ne menace pas la vie du patient réclame toutefois une intervention rapide. Nous préférons que nos clients puissent être pris en charge à tout moment, où qu'ils soient, si cela s'avère nécessaire.

— Excellent. Et le personnel ?

— Nous avons une infirmière, un kinésithérapeute à temps

partiel et des secouristes qui patrouillent à skis. Nous utilisons aussi des drones de surveillance qui nous aident à contrôler les zones de hors-piste. Une partie du personnel forme une équipe de sauvetage en montagne.

— Bien.

— C'est également un plus si notre personnel médical est composé de bons skieurs capables de rejoindre le patient avant qu'on ne parvienne à l'évacuer en motoneige.

— Je suis une bonne skieuse. Nous avons parlé de tout cela avec l'agence qui m'a recrutée.

— Oui, je sais, mais je voulais m'en assurer. Où avez-vous appris à skier ?

— En France, en Italie, en Autriche, aux États-Unis. En fait, j'ai toujours passé mes vacances d'hiver à faire du ski.

— Je vois que vous avez une sacrée expérience !

— Oui.

La réponse était laconique. La plupart des gens qui allaient aux sports d'hiver aimaient raconter leurs souvenirs, mais, visiblement, Rachel n'était pas du genre à parler d'elle ni à se lier avec les gens. Là encore, cela pouvait poser un problème avec la clientèle. Les célébrités qui venaient ici souhaitaient bénéficier d'un service personnalisé.

— Peut-être aimeriez-vous rejoindre le groupe de skieurs formé par nos employés ? Nous arrêtons le télésiège à 16 h 30 cinq jours par semaine, mais le mardi et le jeudi nous le fermons à 16 heures pour que le personnel qui n'est pas en service puisse profiter des pistes en toute tranquillité.

— J'explorerai le coin lors de mes jours de congé. Cela me permettra de voir beaucoup plus de choses qu'en trente minutes. J'aime que mon temps libre reste… libre.

— Je vois.

— Mais je sais travailler en équipe, si c'est ce qui vous inquiète, ajouta-t-elle.

Ce devait être reposant de pouvoir s'exprimer aussi franchement et de savoir exactement ce qu'on veut et ce qu'on ne veut pas. De ne pas essayer de plaire aux gens, contrairement à lui. Mais ce franc-parler l'intriguait. La jeune femme semblait s'en servir pour tenir les gens à distance.

Pourtant, il se rappelait le moment où elle lui avait lancé un regard presque doux. Rachel Tait ne se résumait pas à son air de femme intraitable. Mais avait-il envie d'en savoir plus sur elle ? Il passait ses journées à essayer de satisfaire des clients exigeants et il savait combien il était pénible de tenter de découvrir ce que les gens avaient dans la tête. Il n'avait pas l'énergie de sonder aussi le cerveau de ses employés.

Le télésiège ralentit. Ils en descendirent et se dirigèrent vers le groupe de bâtiments qui se trouvait sur leur droite. Soudain, Matt vit Alfonse, le chef cuisinier, sortir en courant du centre médical. L'homme était si pressé qu'il faillit les percuter. L'une de ses mains était enveloppée dans une serviette rouge et il était pâle comme un linge.

— Où est l'équipe médicale ? demanda-t-il, l'air anxieux.

— Le centre médical n'ouvre que dans vingt minutes, répondit Matt. Que se passe-t-il ?

— C'est ma main.

Il la mit sous le nez de Matt, qui réalisa alors que la serviette n'était pas de couleur rouge mais bel et bien maculée de sang. Il fit signe à Rachel de s'approcher.

— Voici le nouveau médecin, dit-il en s'adressant à Alfonse. Elle va regarder votre blessure. Rachel…

— Qu'est-il arrivé ? demanda-t-elle en regardant tour à tour les deux hommes. Mais nous ferions mieux d'ouvrir le centre médical.

Pendant qu'ils pénétraient dans le bâtiment, Matt traduisit à Rachel les explications données par Alfonse.

— Il s'est entaillé la paume de la main avec un couteau à découper. Il dit que la blessure est profonde.

— D'accord, dit-elle calmement. Voyons ce que c'est.

Ils installèrent Alfonse sur le chariot et Rachel ôta lentement la serviette imbibée de sang. L'entaille était en effet très profonde. Matt nota que Rachel restait parfaitement impassible tandis qu'elle s'adressait au cuisinier.

— Très impressionnant, Alfonse. Il va falloir suturer cela. Vous n'allez pas pouvoir travailler pendant quelques jours.

Matt s'apprêtait à traduire, mais son chef hocha la tête et répondit en anglais.

— Ah, juste au moment où la saison commence !

— Ce n'est pas votre problème mais celui de M. LeFevre. Vous, votre job, c'est de guérir.

Elle commença à ouvrir les tiroirs et les placards, et posa divers objets sur une table roulante en métal.

— Avez-vous les clés du placard contenant les médicaments, monsieur LeFevre ? J'ai besoin d'un produit pour faire une anesthésie locale.

Il sortit des clés de sa poche et ouvrit le placard.

— Bien. Maintenant, pendant que je m'occupe de cela, j'aimerais que vous comprimiez la plaie… *S'il vous plaît.*

Il sourit, comprenant qu'elle avait tenu compte de leur précédente conversation et qu'elle essayait d'être polie.

— Bon, Alfonse, cela va vous piquer un peu et vous allez sentir que votre paume s'engourdit.

Elle lui prit la main et la posa sur la table en métal, puis elle enfonça l'aiguille. Soudain, Alfonse poussa un grognement et tomba en avant, faisant basculer la table sur le côté. Rachel la redressa aussitôt avec sa hanche tout en rattrapant son patient pour l'allonger sur le chariot.

— Monsieur LeFevre, abaissez l'appui-tête. Il s'est évanoui, il faut le stabiliser. Et mettez un oreiller sous ses genoux…

À cet instant, le téléphone sonna et Rachel fit signe à Matt de répondre. Il s'exécuta et soupira en écoutant son interlocuteur. Il y avait un autre blessé.

— Un quoi ?… Le nouveau médecin est là. Amenez-les ici.

— Qu'est-ce que c'est ? demanda Rachel.

— L'un des patrouilleurs à skis a heurté une motoneige et s'est blessé à la cheville. Ils vont nous l'amener.

— Dans cette pièce, il n'y a de place que pour un seul patient. Lorsqu'il arrivera, mettez-le dans la salle réservée à la kinésithérapie. *S'il vous plaît.*

Il n'était venu ici avec Rachel que pour lui faire faire un tour rapide des locaux. D'autres tâches l'attendaient.

— Lorsque l'infirmière arrivera, elle s'en chargera. J'ai une réunion…

La porte s'ouvrit toute grande et l'une des clientes de l'hôtel, une célèbre top model connue mondialement sous le nom de Bianca, se rua dans la salle de soins, le visage marqué par une coupure qui saignait sous l'œil.

— Ces imbéciles devraient regarder devant eux quand ils portent leurs skis ! s'écria-t-elle.

Matt se sentit nerveux. D'habitude, le centre médical ne connaissait pas un tel afflux de blessés. Où était passée l'infirmière ? Heureusement que Rachel était là.

Elle lui fit signe, se montrant toujours aussi calme.

— Prenez des compresses et appuyez-les sur la blessure.

Puis elle se tourna vers Bianca.

— Vous allez devoir attendre dans le bureau que j'en aie terminé ici. Mettez une compresse sur la coupure jusqu'à ce que je m'occupe de vous, d'accord ?

— Pourquoi ne pas le faire maintenant ? protesta le top model. Combien de temps devrai-je attendre ?

— Le temps qu'il faudra. La priorité est déterminée par la gravité de l'urgence.

Son ton autoritaire ne laissait pas le choix à Bianca.

— J'ai une séance photos demain, dit-elle en se dirigeant vers la porte. Je ne peux pas la faire avec un œil dans cet état ! Vais-je avoir besoin de chirurgie esthétique ?

Rachel lui lança un regard incrédule, puis son visage prit une expression plus douce.

— J'examinerai de près votre blessure quand je vous rejoindrai dans l'autre pièce. Mais je suis sûre qu'un bon maquillage pourra masquer la plaie. Maintenant, s'il vous plaît, attendez à côté.

Matt était impressionné par son attitude, à la fois ferme et polie, montrant autant de compréhension que d'autorité.

— Tout le maquillage du monde ne pourra pas cacher cet œil gonflé ! lança Bianca, au bord des larmes.

— Venez avec moi, Bianca, dit-il en s'avançant vers elle. Nous allons mettre une compresse sur votre œil.

Rachel leva les yeux vers lui tout en prenant la tension artérielle d'Alfonse, maintenant à demi conscient.

— Vous pouvez aussi y poser des glaçons, si vous en avez.

— Oui, je crois que nous n'en manquons pas, merci, répondit-il en souriant, le regard tourné vers la fenêtre.

Comprenant qu'il cherchait à plaisanter, Rachel sourit.

— Oui, bien sûr. Eh bien, faites-vous plaisir, allez dehors et ramenez-nous une pleine poche de glaçons !

Durant un instant, Matt resta interdit, n'en croyant pas ses yeux. C'était la première fois qu'il la voyait sourire, et ce sourire la transformait. Elle n'avait plus sur le front ces deux rides qui lui donnaient toujours un air soucieux, son regard brillait d'un éclat nouveau, et sa bouche… Cette bouche était divine. Il avait devant lui une autre femme, plus douce, plus jolie. Une femme merveilleuse. Une idée bizarre lui traversa l'esprit. Comment réagirait-elle s'il l'embrassait… ?

Elle aussi le regardait d'un air étrange, comme si elle avait eu la même pensée que lui. Puis, soudain, son expression changea. Toute émotion s'était effacée de son visage. Elle reporta son attention sur Alfonse, et Matt crut avoir été le jouet de son imagination. Cette brève connexion qu'il avait cru établir avec Rachel n'avait sûrement jamais existé.

Il revint brutalement à la réalité. La top model le regardait fixement, l'air courroucé, et les joues du Dr Tait étaient enflammées. Ce n'était pas bon signe.

— Venez, Bianca. Nous allons nous occuper de cet œil.

Et il sortit de la pièce en compagnie de la seconde plus belle femme du monde, laissant derrière lui celle qui, à ses yeux, occupait la première place dans ce classement.

3.

Dix heures plus tard, Rachel était assise au restaurant, contemplant les photos apparues sur l'écran de la tablette posée devant elle. Elle avait les yeux humides et le cœur qui battait beaucoup trop vite.

C'est stupide ! Tu ne peux pas fondre en larmes au beau milieu d'un restaurant ! Et surtout pas à cause de lui !

Elle savait qu'elle était bien mieux sans David. Mais la vue de ces photos diffusées sur les réseaux sociaux qui le montrait, rayonnant de bonheur, ayant à son bras une femme qui avait été leur collègue et leur amie à tous les deux, lui faisait mal. Il avait tourné la page. Elle se sentait trahie.

Pas d'émotion, rappelle-toi. Où est passée la reine des Glaces ?

Elle s'éclaircit la gorge, se redressa sur sa chaise. Après tout, elle aussi avait tourné la page. Elle était ici, dans ce magnifique domaine de Sainte-Colette. Tout allait bien pour elle et c'était tout ce qui comptait.

— Bonsoir, docteur Tait.

Ah ! Elle s'empressa d'éteindre sa tablette et se tourna vers Matthieu LeFevre.

— Bonsoir, dit-elle, lui répondant en français. Je vous en prie, appelez-moi Rachel.

Avait-il vu ce qu'elle regardait sur sa tablette ? Soudain, elle se sentit irritée, mais il y avait aussi autre chose. Ce matin, dans la salle de soins, il l'avait regardée bizarrement, ce qui l'avait troublée. Mais elle s'était ressaisie rapidement, se rappelant que plus jamais elle ne mélangerait travail et vie privée.

— Bonsoir, *Rachel*. Passez-vous une bonne soirée ?

— Excellente, merci. L'agneau était délicieux, ajouta-t-elle en montrant son assiette vide.

— J'espère bien. Nous ne voulons pas décevoir nos clients.

Sans y être invité, il s'assit en face d'elle.

— Je voulais vous voir pour vous demander comment s'était passé le reste de la journée.

— Bien. Beaucoup de torsions et des entorses, comme toujours en montagne. Une commotion cérébrale. Quelques coupures et des hématomes. Trois personnes ont été évacuées des pistes et, après les avoir examinées, je les ai envoyées à l'hôpital : il s'agissait d'une épaule démise, d'une fracture du tibia et d'une probable rupture du ligament croisé antérieur. Tout s'est bien passé.

— Excellent. Suzanne et Eric m'ont dit que vous aviez rapidement trouvé vos marques.

— Suzanne est une très bonne infirmière, et Eric, un kinésithérapeute plein d'expérience. Je pense que nous allons former une bonne équipe, tous les trois.

— Je l'espère. La matinée a été pour vous un vrai baptême du feu, mais vous vous en êtes bien sortie.

— Ce n'était rien en comparaison de ce qui se passe aux urgences de Leeds, le samedi soir. C'est à peine si on a le temps de respirer.

Soudain, elle se souvint de leur conversation de ce matin.

— Que pensez-vous de la façon dont je me comporte avec les patients ? demanda-t-elle d'un ton assez froid. Êtes-vous satisfait ?

— J'ai trouvé exceptionnel le comportement que vous avez eu avec Bianca. Vous avez été ferme mais juste.

— Je suis comme cela avec tout le monde aux urgences, mais j'ai vu qu'elle n'était pas contente de devoir patienter. Le cas d'Alfonse était assez grave pour avoir la priorité, même si Bianca pensait le contraire. Est-elle célèbre ? J'ai eu cette impression en voyant plus tard comment l'équipe réagissait face à elle.

— Vraiment, vous ne savez pas qui elle est ?

— Non. Pourquoi ?

— Elle est l'une des femmes les plus célèbres de la planète. Elle fait souvent la couverture des magazines.

— Je ne les lis jamais, je n'ai pas le temps. Elle est très belle.

— Et, grâce à votre intervention et à votre talent, elle va le rester.

— En cas de blessure au visage, il est toujours très important de considérer l'aspect esthétique, mais il faut aussi éviter tout risque d'infection et vérifier s'il n'y a pas eu des dégâts dans les tissus plus profonds, ou des fractures des os. Devrais-je mettre le critère esthétique en haut de la liste, sous prétexte que la patiente est d'une grande beauté ?

— Non, bien sûr. Cependant, vous devez savoir que la plupart de nos hôtes font la une des magazines, pour une raison ou une autre. Soit parce qu'ils sont beaux, soit parce qu'ils sont riches. Ou les deux.

— Est-ce censé m'impressionner ?

Visiblement, cette réflexion parut l'agacer. Mais il était là, assis en face d'elle, vêtu d'un costume gris foncé qui avait dû coûter une fortune et qui lui donnait l'air à la fois sérieux et sexy.

Oh ! non. Cela faisait déjà deux fois qu'elle trouvait son patron sexy. *Non, non, non.*

— Tout comme vous, j'aime me comporter de façon égale avec tout le monde. Mais beaucoup de gens se laissent impressionner par la richesse et la beauté. Pas vous, de toute évidence.

— Pourquoi le devrais-je ? Nous travaillons tous très dur, chacun dans notre domaine. Pourquoi le fait d'apparaître sur la couverture d'un magazine rendrait quelqu'un plus important que ceux qui restent dans l'ombre ?

— Vous avez raison. Mais l'essentiel de ma clientèle se compose de célébrités parce que c'est dans ce monde-là que j'ai évolué durant un certain temps. Je sais ce que ces gens aiment, ce qu'ils attendent de nous, et les factures qu'ils me règlent me permettent de payer mes employés.

Rachel jeta un coup d'œil autour d'elle. Tout était d'un luxe raffiné : les boiseries sur les murs, les nappes d'une blancheur éclatante, la vaisselle fine, les rideaux de velours, les meubles capitonnés, un personnel aux petits soins pour les clients, un service exemplaire, une ambiance feutrée.

Tout cela était l'œuvre de cet homme et, pourtant, si ce qu'il disait était vrai, ce n'était pour lui qu'un job. Une affaire dans laquelle il s'était investi.

Qui était-il ? Curieusement, elle avait envie d'en savoir davantage sur lui.

— Alors, vous aussi, vous êtes riche ?

— Pas vraiment, dit-il avec un petit rire ironique. En fait, pas du tout. Mais je me débrouille et, ici, cela marche de mieux en mieux. Nous en sommes à la troisième saison et les résultats s'améliorent chaque année. Mais je ne m'arrêterai pas tant que la station n'aura pas développé tout son potentiel.

— Comment se fait-il que vous connaissiez autant de gens fortunés ?

— Avant de m'occuper de Sainte-Colette, j'avais une agence de tourisme qui prenait en charge des célébrités. Elle était basée à Paris. Mes employés emmenaient des acteurs, des musiciens, des mannequins, partout où ils avaient envie d'aller. Nous nous occupions de tout : leur trouver des hébergements exclusifs, leur proposer les meilleures activités du coin, gérer leur quotidien afin de les débarrasser de tout souci matériel. Lorsque je suis revenu ici, j'ai pensé que l'endroit avait un fort potentiel et j'ai proposé à un vieil ami à moi de m'aider à monter cette affaire. Il m'a apporté un soutien financier qui nous a permis d'obtenir un prêt. Et nous avons créé ce lieu.

— Ainsi, vous avez quitté un job où vous étiez pratiquement tout le temps en vacances pour venir travailler ici. Pourquoi ?

— Hé, ce n'étaient pas des vacances pour moi ! Je passais le plus clair de mon temps au bureau pour tout coordonner et régler les problèmes que mes équipes rencontraient sur le terrain. Mais il y avait aussi quelques avantages. J'étais souvent invité à des réceptions, à des séjours sur des yachts, à des festivals de cinéma. Tout cela était très attirant pour un jeune homme venant de sa campagne, conclut-il en souriant.

— Visiblement, cela vous plaisait beaucoup. Pourquoi avoir tout abandonné ?

— Je suis né dans le village de Sainte-Colette et j'ai grandi ici. Je skiais sur les pentes et je nageais dans le lac. À l'époque, le domaine skiable de Sainte-Colette existait à peine. Il y avait simplement quelques chalets utilisés par les gens du coin et un ascenseur rudimentaire. C'était un endroit génial pour y passer son enfance, mais, comme tout le monde, je rêvais de partir ailleurs. J'ai saisi la chance qui s'offrait à moi et j'ai passé plusieurs années loin d'ici. Et puis… le moment est venu de rentrer à la maison, acheva-t-il, le regard sombre.

Il resta un moment silencieux, les yeux dans le vague, puis il se leva brusquement.

— Je n'ai déjà que trop abusé de votre temps, Rachel. Bonsoir.

Il était clair que, ce soir, Matt ne lui en dirait pas plus sur les raisons qui l'avaient poussé à abandonner sa vie de globe-trotteur. Ce qui, bien sûr, la poussait à vouloir en savoir davantage.

Mais elle le laissa partir, restant seule avec plus de questions que de réponses.

Il se sentait déstabilisé.

Lorsqu'elle avait posé sur lui ce regard perçant en lui demandant pourquoi il était revenu à Sainte-Colette, il avait failli tout lui raconter. À quoi bon jeter son passé en pâture à la glaciale Rachel Tait ?

Hier soir, la conversation avait eu un démarrage difficile, comme toutes celles qu'on pouvait avoir avec cette femme, semblait-il, mais elle avait fini par lui poser des questions intéressantes, jusqu'au moment où elles avaient touché de trop près à sa vie privée.

Mais pourquoi pensait-il si souvent à elle ? Elle était bien différente des femmes qu'il fréquentait habituellement. Il appréciait celles qui aimaient s'amuser et qui se montraient sociables, tout comme lui. Rachel n'était ni pétillante ni extravertie. C'était une femme réservée et indépendante, au point même de paraître indifférente.

— Patron ? Est-ce que ça va ?

La voix de Cody, l'un de ses employés, le ramena au moment présent. L'homme avait dû crier pour se faire entendre malgré le bruit du moteur de la motoneige. Ils allaient procéder à l'évacuation d'une personne qui s'était blessée sur une piste.

— Ça va très bien, répondit-il en levant le pouce.

En réalité, pas si bien que cela. Il aurait mieux fait de se concentrer sur sa mission plutôt que de se poser des questions sur l'une de ses collègues.

Ils grimpaient doucement le flanc de la montagne lorsqu'il aperçut une petite fille assise sur le sol. Elle avait le visage très pâle, ravagé par les larmes, et sanglotait en silence. Son père, assis à côté d'elle, leur fit de grands signes en les voyant approcher.

Matt sauta de la motoneige et reconnut aussitôt l'homme.

— Michael ! Salut.

— Ah, Matt ! C'est vous, Dieu soit loué.

— Qu'est-il arrivé ?

Il lui posa la main sur l'épaule dans un geste de solidarité, puis il s'accroupit devant l'enfant.

— Isla, mon chou, qu'est-ce que tu as fait ?

— Elle a été renversée par un gars qui faisait du snowboard, s'écria Michael. Quel imbécile ! On devrait interdire l'accès des pistes à des types pareils !

— Personne n'est à l'abri d'un accident, même pas les skieurs les plus expérimentés, observa Matt.

Il comprenait que, si Michael tenait des propos aussi excessifs, c'était parce qu'il était rongé par l'angoisse. Mais l'homme, un célèbre réalisateur de films, était aussi connu dans le milieu du cinéma pour avoir un caractère volcanique.

Michael caressa les cheveux de sa fille.

— Elle se plaint d'avoir mal au genou, dit-il.

— Nous allons vérifier qu'elle n'a rien au cou ni dans le dos et, ensuite, nous l'emmènerons au centre médical pour que notre médecin l'examine. Cela ne prendra pas longtemps.

— Bon, mais faites vite, je vous en prie. Nous sommes gelés, tous les deux.

— Je sais, mais nous ne pouvons pas prendre le moindre risque. Nous devons d'abord vérifier son état. Cody, attrapez les couvertures de survie, s´il vous plaît.

Cody s'exécuta et ils se hâtèrent de couvrir Isla et son père.

— Avec ça, dit Matt, vous devriez vite vous réchauffer.

Michael regarda le visage noyé de larmes de sa fille.

— Ma femme va me tuer.

— C'était un accident. Elle comprendra.

— Vous croyez ? dit Michael, l'air tendu. Elle va m'accabler de reproches, comme toujours.

Isla leva les yeux vers son père. Matt éprouva de la compassion pour elle, souhaitant de tout son cœur qu'elle ne se croie pas responsable de la mésentente de ses parents.

Il lui sourit.

— Hé, mon chou, ce n'était qu'un accident.

Il l'installa dans la motoneige et prit la direction du centre médical, se demandant quel accueil Rachel réserverait à Michael, connu pour son tempérament explosif. Ce serait l'occasion de voir son degré de professionnalisme et son sens de la diplomatie face à quelqu'un d'incontrôlable.

Rachel était dans son bureau.

— Matt ? C'est vous qui vous chargez des évacuations aujourd'hui ?

— Oui, nous opérons par roulement. Pour la gestion aussi. Nous participons tous aux différentes tâches.

— Je n'avais pas réalisé.

Elle regarda l'enfant.

— Coucou, toi ! Qu'est-ce qui t'est arrivé ?

— Nous avons récupéré cette petite en haut d'une piste. Elle est entrée en collision avec un snowboardeur. Elle dit avoir mal au genou. Aucune autre blessure, apparemment.

— Comment t'appelles-tu, mon cœur ? demanda Rachel en souriant à l'enfant.

— Isla, répondit Michael. Isla MacKenzie.

Matt était surpris de constater que Rachel ignorait le nom de cette petite fille, l'une des plus célèbres enfants des États-Unis, ou même peut-être du monde entier. Les réseaux sociaux parlaient d'elle depuis que sa mère lui avait donné naissance, cinq ans plus tôt, et le choix de son prénom avait fait l'objet de paris très lucratifs.

Rachel prit l'enfant par le menton et la regarda bien en face.

— Salut, Isla. Je m'appelle Rachel et je suis médecin. Je vais examiner ta jambe pour voir comment nous pouvons la guérir. Tu veux bien venir t'asseoir ici ?

Elle tapota le chariot et Matt souleva la petite patiente pour l'y installer.

— Merci, Matt.

Elle avait dit cela sur un ton qui laissait penser qu'elle le congédiait, mais il préférait rester dans les parages pour s'assurer que tout se passerait bien entre elle et le volcanique Michael.

Soudain, la porte s'ouvrit toute grande et Bianca entra en trombe dans la pièce.

Rachel leva les yeux vers elle.

— Ah, oui. Votre visite de contrôle pour les sutures. Pouvez-vous attendre dehors, je vous prie ? Nous sommes en train de nous occuper d'une urgence.

— Mais…

La top model se précipita vers le chariot.

— Bianca, je vous en prie, soupira Rachel. Ne recommencez pas. C'est une salle de soins, ici. Attendez votre tour.

— Mais c'est ma fille !

Rachel ouvrit de grands yeux, regardant tour à tour la mère et la fille.

— Ah, je suis désolée. Je ne savais pas.

— Où viviez-vous ? Au fond d'une grotte ? lança Bianca.

Elle se tourna vers Michael, assis à côté d'Isla.

— Mais qu'est-ce qui est arrivé ?

Le réalisateur quitta des yeux l'écran de son téléphone.

— Elle a été heurtée par un dingue monté sur un snowboard.

Bianca se pencha vers sa fille et la regarda avec attention.

— Elle n'a rien, heureusement. Son beau petit visage est intact, dit-elle en pinçant gentiment la joue de sa fille.

— C'est sa jambe qui lui fait mal, expliqua Michael, l'air impassible.

Bianca leva les yeux au ciel.

— Et tu disais pouvoir gérer la situation !

— J'en suis parfaitement capable, mais il y a de la neige, Bianca. Il arrive constamment des accidents.

— Je parie que tu ne l'as pas surveillée correctement.

— Au moins, moi, j'étais avec elle. Je n'étais pas en train de me pavaner devant un photographe.

Matt s'avança, prêt à intervenir pour leur demander de se calmer, mais Rachel le devança.

— Taisez-vous, je vous prie. J'essaye d'examiner votre fille. Elle est blessée.

Leur tournant le dos, elle commença à débarrasser Isla de sa chaussure de ski.

— Je vais y aller très doucement, ma chérie, mais, si tu as mal, dis-le-moi.

— Faire des photos, c'est mon job, Michael, reprit Bianca d'une voix courroucée. C'est pour cela que nous sommes ici.

— Ah, moi qui pensais que c'était pour passer un moment en famille ! lança-t-il d'un ton sarcastique. Quel idiot je suis !

Matt vit que Rachel semblait tendue, mais elle continua à déchausser Isla en prenant mille précautions.

— Bravo, ma chérie ! Tu es très courageuse. Maintenant, dis-moi où tu as mal.

— C'est mon genou.

— Tu veux bien que je regarde ? J'essayerai de ne pas te chatouiller.

L'enfant hocha la tête, mais sa lèvre inférieure se mit à trembler.

— Cela me fait mal.

— Je sais, ma chérie, dit Rachel en lui caressant les cheveux. Si tu veux, je peux te donner quelque chose pour soulager la douleur. Il faut d'abord que j'en parle avec tes parents.

— Qu'allez-vous lui donner exactement ? demanda Bianca sur un ton belliqueux.

— De simples antalgiques.

— Je suis d'accord.

— Il n'en est pas question.

Les deux parents avaient répondu en même temps, mais de façon radicalement différente.

— Non ! s'exclama Bianca. Nous mangeons sainement et nous ne prenons jamais aucun médicament. Avez-vous de l'arnica ?

— Pour une rupture de tendon ? C'est ridic…

Rachel croisa le regard de Matt et se tut brusquement. Puis elle afficha un sourire… qui parut presque naturel.

— Je comprends parfaitement vos réticences et jamais je ne suggérerais de donner un médicament à un enfant si ce n'était pas absolument nécessaire. Mais là votre fille souffre beaucoup, et un antidouleur la soulagerait vraiment.

Un lourd silence s'installa dans la pièce.

Rachel regarda tour à tour Bianca et son mari.

— Plus vite nous lui donnerons un antalgique, plus il sera efficace.

— Bon, d'accord, dit Bianca. Mais elle est allergique aux noix et aux œufs, alors ne lui donnez pas n'importe quoi. Je parie que tu avais oublié ce détail concernant ta fille ? ajouta-t-elle en se tournant vers son mari.

— Non, bien sûr. J'allais le signaler. Nous avons déjeuné tous les deux aujourd'hui et elle a survécu, non ?

— Ah ! Tu n'as même pas attendu que je revienne, pour

que nous puissions manger ensemble ? Eh bien, merci. Bravo pour ta conception des vacances en famille !

— Ce n'est pas ma faute si tu travailles tout le temps.

— Remarque pleine de saveur, venant d'un type qui n'est jamais là parce qu'il passe son temps en tournage !

— Tu dis cela comme si c'était un crime. Mes films sont importants, ils reçoivent des prix. Ils sont de qualité.

— Oh ! je t'en prie ! Épargne-nous ta tirade sur la défense de la justice sociale. Laisse-nous respirer.

C'en était trop. Voilà pourquoi Matt essayait de ne pas se retrouver impliqué dans les histoires de ses clients. Il ne supportait pas leurs exigences démesurées ni leurs caprices, surtout quand c'était au détriment d'une enfant.

Cette pauvre petite n'aurait pas dû être le témoin d'une scène pareille. Et ce vacarme empêchait Rachel de travailler correctement. Il devait intervenir.

— Assez ! lança-t-il.

Au même moment, Rachel leva la main pour les faire taire.

— Arrêtez ! J'essaye d'évaluer l'état de cette enfant. Elle souffre et vous ne faites qu'aggraver les choses. Pouvez-vous cesser de vous chamailler et penser un peu à votre fille ? C'est elle qui compte le plus dans cette pièce. Pas vous.

Ils la regardaient tous, l'air stupéfait.

— Si vous n'êtes pas capables de vous parler correctement, poursuivit-elle, l'un de vous deux va devoir sortir. Je ne demanderai pas à Isla de choisir lequel, ce serait trop cruel. Alors comportez-vous en adultes et décidez-vous. Vite.

Matt ne s'était pas attendu à cela. Il admirait la force et la franchise de Rachel. Et aussi la façon dont elle veillait sur Isla. Elle était comme une maman ourse protégeant son ourson. La colère et la combativité donnaient à ses yeux gris un éclat particulier. On eut dit de l'acier. De l'argent poli. C'était magnifique

Les deux superstars se tournèrent vers lui, l'air furieux.

— Allez-vous la laisser nous parler sur ce ton ? lança Michael, prêt à exploser.

Mais sa femme et lui avaient vraiment dépassé les bornes.

— Je ne tolérerai pas qu'on conteste les décisions de mon équipe médicale. Nous sommes dans un centre médical et nous avons besoin de paix et de silence. L'un de vous peut rester, l'autre attendra dehors.

— Mais…, tenta Michael en fronçant les sourcils.

— L'un de vous doit sortir. Ou les deux. Vous êtes libres de vous en aller.

Fusillant son mari du regard, Bianca haussa les épaules.

— D'accord, je sors.

Elle sortit de sa poche un téléphone et le plaça devant Isla.

— Je voudrais juste prendre une photo. Isla, mon bébé, regarde maman. Voilà. Nous verrons combien de *likes* tu auras pour cette pauvre jambe.

— Sortez ! ordonna Rachel d'un ton presque menaçant.

— Quoi ? protesta Bianca. Comment osez-vous…

Rachel croisa le regard de Matt.

— S'il vous plaît, ajouta-t-elle.

Une fois que Bianca eut quitté la pièce, Rachel respira profondément et, se concentrant sur la petite fille, elle reprit son examen.

Matt la regardait, silencieux. Il l'avait crue froide et brutale, mais la façon dont elle veillait sur cette enfant montrait à quel point elle s'impliquait personnellement dans sa mission. Il l'avait vue manifester une véritable émotion.

Qui était la vraie Rachel Tait ? Une femme sévère, exigeante et forte ? Il n'était sûr de rien, mais il semblait qu'il se soit trompé sur elle sur toute la ligne.

4.

Elle avait envie de crier. De se boucher les oreilles, comme elle le faisait quand elle avait l'âge d'Isla pour ne pas entendre les disputes autour d'elle. Tentant d'imaginer qu'elle vivait dans un monde merveilleux, pour fuir une réalité faite de violence et de laideur.

Mais aujourd'hui elle était médecin. Et Bianca et son mari n'étaient pas ses parents. Elle devait rester professionnelle et se comporter en adulte responsable. Cependant, voir le petit visage impassible d'Isla tandis que ses parents se disputaient devant elle lui rappelait de mauvais souvenirs qui la perturbaient. Elle détestait être le jouet de ses émotions. Cela la déstabilisait et lui faisait perdre toute objectivité. Ce qu'elle ne pouvait se permettre.

Après avoir placé la jambe d'Isla dans une attelle provisoire et vérifié les points de suture de Bianca, elle les envoya toutes les deux à l'hôpital pour faire faire un scanner du genou de la petite fille. Puis elle s'accorda un moment de répit et respira à pleins poumons en regardant par la fenêtre les pistes enneigées et le ciel d'un bleu éblouissant.

— Eh bien, cela n'a pas été facile !

Matthieu.

Elle l'avait vu sortir en compagnie de Bianca et de sa fille, mais il était sans doute revenu pour lui reprocher son attitude envers ses clients. Pas question qu'il la voie toute chamboulée. Elle respira de nouveau un grand coup, puis se tourna vers lui.

— J'ai deux mots à vous dire, commença-t-elle.

Il fronça les sourcils.

— Je vous écoute.

— J'ai le sentiment que vous me jugez constamment, et je n'aime pas cela. Vous surveillez tout ce que je dis ou ce que je fais comme si vous aviez peur que je ne sois pas à la hauteur.

— Je ne vous juge pas.

— C'est pourtant l'impression que vous donnez. Chaque fois que je m'adresse à un patient ou à l'un de vos employés, vous retenez votre souffle, craignant sans doute que je ne crée des problèmes. Je comprends. Vous dirigez une entreprise et vous voulez que tout se passe bien. Vous vous méfiez de moi, vous me trouvez brutale. Mais le centre médical est mon domaine, monsieur LeFevre. C'est moi qui donne le ton, ici. J'ai eu affaire à de nombreux patients, dans bien des situations. Je sais que les gens peuvent être tendus. Les parents sont souvent anxieux, et c'est bien naturel. Mais cette pauvre petite… Ses parents à elle se sont montrés odieux. Ils ne cherchaient qu'à marquer des points l'un contre l'autre. Ils ne se souciaient aucunement de leur fille. La prendre en photo pour diffuser des images d'elle sur les réseaux sociaux et compter les *likes* que cela lui vaudra… quelle horreur ! J'en reste sans voix.

— De toute évidence, ce n'est pas tout à fait exact, dit Matt avec un demi-sourire.

Mais il reprit aussitôt son sérieux.

— Isla MacKenzie est elle-même une star sur les réseaux sociaux. Elle est la fille de deux célébrités et sa naissance a suscité autant de passion que celle des enfants de familles royales.

— Cela m'est égal ! Elle n'a que cinq ans. Vous savez quoi ? Je réalise qu'en réalité je ne traite pas tout le monde de la même façon. Cette petite fille a droit à tous les égards parce que ses parents ne s'occupent pas d'elle. Je ne vais pas m'excuser pour ce que je leur ai dit. Je me moque de savoir s'ils sont riches, ce qu'ils font dans la vie… Isla avait besoin que quelqu'un prenne sa défense, et c'est ce que j'ai fait.

Matt sourit.

— Ainsi, le Dr Rachel Tait aurait un cœur, après tout.

En voyant ce sourire, Rachel sentit son estomac se nouer. Ridicule. Matthieu LeFevre ne pouvait exercer un tel pouvoir sur elle. Ni aucun autre homme. Un cœur ? La reine des Glaces ?

— Ne comptez pas là-dessus, dit-elle. Mais vous avez vu son visage ? Il n'exprimait rien. Aucune émotion, si ce n'était la douleur physique provoquée par sa blessure au genou. Elle semblait habituée à voir ses parents se quereller. Ils se criaient dessus, sans se soucier d'elle. Elle ne mérite pas cela, Matthieu. C'est une petite fille, pas un meuble que deux adultes se disputent.

Elle battit des paupières et crut un instant qu'elle n'allait pas pouvoir retenir ses larmes. La scène dont elle avait été témoin aujourd'hui lui rappelait douloureusement ce qu'elle-même avait vécu étant enfant.

Secouant la tête, elle refoula ses émotions comme elle le faisait depuis toujours, avant même d'avoir l'âge d'Isla.

— Avez-vous fini ? demanda Matthieu, les bras croisés.

— Fini quoi ? demanda-t-elle en relevant le menton tandis qu'elle regardait son patron droit dans les yeux.

— De vous en prendre à moi. Ce n'est pas moi qui ai malmené cette enfant. J'ai demandé à ses parents de quitter la pièce, vous vous rappelez ?

— Je ne m'en prends pas à vous.

Elle s'éclaircit la gorge. D'accord, elle s'en prenait à lui. Alors qu'il n'y était pour rien.

— Vous auriez pu faire preuve de plus de tact, dit-il, mais sur le fond vous avez raison. Nous ne pouvons tolérer ce genre de comportement dans un cabinet médical.

Il l'observa attentivement et parut soucieux.

— Cela vous a vraiment atteinte, Rachel ?

— Tout va bien.

— Et voilà, vous recommencez. « Tout va bien. Tout va bien. » Mais c'est normal d'être affecté par certaines choses, Rachel. Vous n'êtes pas une machine.

— Non, pas complètement, répliqua-t-elle en lui adressant un grand sourire. Mais j'y travaille.

— Je ne vous comprends pas. Avez-vous peur des sentiments, ou bien d'admettre que vous en éprouvez ?

La panique la saisit.

— Je n'ai pas besoin d'éprouver quoi que ce soit. Je ne le veux pas. Je veux juste faire mon travail.

— Et vous le faites très bien.

Il regarda par la fenêtre et resta silencieux un moment. Puis il se tourna vers elle, le regard brillant, et ajouta :

— Je sais… Allons dehors.

— Pourquoi ?

— Après cet épisode désastreux, j'ai besoin de prendre l'air et je pense que vous en avez peut-être besoin, vous aussi.

— Je ne peux pas quitter le centre médical.

— Suzanne et Eric sont dans le bureau. Accordez-moi juste cinq minutes de votre temps. Cela vous fera du bien.

— Non.

— Écoutez, je ne suis pas médecin, mais je connais un endroit qui possède des pouvoirs magiques. Allez, venez. Cinq minutes.

Il décrocha du portemanteau le blouson de ski de Rachel et le lui tendit. Voyant qu'il ne lui laissait guère le choix, elle enfila son blouson et sortit dans l'air glacé.

Ils passèrent devant la terrasse du restaurant, où les gens riaient et bavardaient, assis au soleil, puis ils commencèrent à gravir la colline, marchant lentement dans une neige épaisse.

Lorsqu'ils se trouvèrent à mi-pente, à bonne distance des bâtiments, ils s'arrêtèrent devant une clôture et regardèrent la vallée qui s'étendait en contrebas, avec le lac et, au-delà, les toits rouges des maisons composant le village de Sainte-Colette. De grands pins majestueux se dressaient sur le flanc de la montagne et des canots à moteur fendaient l'eau, laissant derrière eux un sillon d'écume blanche. Tout était si frais, net et brillant qu'on eût dit une œuvre d'art qui venait juste de naître sur la toile.

La neige et la distance amortissaient les bruits venant de

l'hôtel. Rachel sentait sa tension disparaître peu à peu. Elle s'accouda à la clôture, respirant l'air frais à pleins poumons.

Matthieu vint près d'elle. Ils étaient si proches l'un de l'autre qu'elle sentait son odeur. Une odeur qui lui plut tant qu'elle en fut profondément troublée. S'efforçant de ne pas trop l'inhaler, elle porta son regard vers le lac.

— Cela a dû être fabuleux de grandir ici, en ayant tous les jours sous les yeux une vue pareille.

— Contempler une telle beauté est un remède à tout, non ?

Il marqua une pause. Un bref instant, son regard s'assombrit avant de retrouver tout son éclat.

— Enfin, presque, ajouta-t-il.

— Que voulez-vous dire ?

Il lui sourit, mais elle vit qu'il s'agissait d'un sourire quelque peu forcé.

— On ne peut pas remédier à tout, Rachel. Mais cela aide sûrement d'avoir quelque chose de beau à regarder.

Levant les yeux, elle le contempla de profil. Il était grand et costaud. Musclé. Un nez aquilin, un menton volontaire. De longs cils noirs. C'était un très bel homme. Elle aurait voulu détourner le regard, mais ne pouvait s'y résigner.

Et, oui, bizarrement, le fait de regarder Matthieu lui faisait du bien.

— Que vous est-il arrivé ? demanda-t-elle.

— Mais… rien du tout.

Elle ne voulait pas se montrer indiscrète mais seulement l'aider. S'ils avaient pris un mauvais départ, tous les deux, ils avaient cependant déjà partagé des moments très intenses, lui semblait-il. Ou peut-être était-ce ce qui s'était passé avec la petite Isla qui la rendait un peu plus sensible aujourd'hui.

— Je suis sûre que vous ne me dites pas la vérité. De toute évidence, il s'agit de quelque chose d'important pour vous.

— Oh ! tout cela, c'est du passé, répondit-il en haussant les épaules. Les familles sont compliquées.

— Je suis bien d'accord avec vous.

Elle se tut, attendant qu'il en dise plus.

Sans la regarder, il reprit la parole.

— Ma mère a vécu ici toute sa vie. Elle aimait être au calme, et je dois dire qu'elle était bien mieux ici qu'en ville. Elle… Elle n'allait pas bien.

— Je suis désolée.

— En fait, elle est morte il y a deux ans.

— Est-ce pour elle que vous êtes revenu à Sainte-Colette ?

— Oui.

Elle soupira.

— La plupart du temps, j'ignore où se trouve ma mère. Je ne me vois pas renoncer à ma carrière pour m'occuper d'elle.

— Vraiment ? Vous ne savez pas où elle est ? Vous ne vous parlez pas ? Vous n'avez aucun contact ?

— Très peu. Comme vous disiez, c'est parfois compliqué. Nous ne sommes pas très proches, elle et moi. C'est pareil avec mon père. Tous les deux ont maintenant refait leur vie et fondé d'autres familles.

— Pourtant, vous devriez les revoir avant qu'il ne soit trop tard. Vous ne savez jamais ce qui peut arriver.

— Tout va bien.

Il semblait ne pas comprendre son attitude. Était-ce à cause de ce qui était arrivé à sa mère ? Quelque chose d'inattendu ? Mais elle ne pouvait pas l'interroger davantage sans paraître indiscrète.

Soudain, elle ressentit le besoin de lui expliquer pourquoi elle avait toujours l'air d'être si froide.

— Quand je dis que tout va bien, c'est vrai. Nous n'avons jamais été une famille très unie, et mes parents se sont séparés alors que je n'avais que dix ans.

— Cela a dû être dur pour vous.

— Oui, mais c'était mieux que de les entendre se disputer constamment.

— Comme Michael et Bianca ?

— À peu près, oui. Les voir se quereller, tout à l'heure, a réveillé en moi bien des mauvais souvenirs.

Matthieu poussa un soupir.

— Personne n'a envie de revivre ce genre de situations. Et maintenant, comment s'entendent vos parents ?

— Le divorce a été très difficile, et c'est encore compliqué. Mais j'en ai pris mon parti, je vous assure.

Du moins était-ce ce qu'elle avait cru jusqu'à aujourd'hui. Mais le regard apitoyé de Matthieu lui montrait qu'il avait le pouvoir de la percer à jour.

— Dommage, dit-il, le front plissé. Je suis vraiment désolé, Rachel. Je vous ai amenée ici pour que vous vous sentiez mieux, et non pas plus mal.

— Je ne me sens pas plus mal, mais je suis triste pour vous que vous ayez perdu quelqu'un que vous aimiez.

— Oui, j'ai vécu des moments difficiles.

Il resta silencieux un moment, puis afficha de nouveau un air serein.

— Bon, quelle était l'autre chose ?

— Que voulez-vous dire ?

Il sourit.

— Vous m'avez annoncé que vous aviez deux mots à me dire.

— Vraiment ?

Elle n'éprouvait plus aucune colère, à présent. Tout ce qu'elle voulait, c'était en savoir plus sur cet homme et sur sa relation avec sa mère. Elle aurait aimé comprendre comment il pouvait y avoir entre deux personnes un lien assez fort pour pousser l'une d'elles à tout abandonner pour l'autre, comme Matt l'avait fait pour sa mère.

Mais ce n'était pas le moment de lui poser des questions. Et peut-être n'était-ce pas raisonnable de sa part de chercher à mieux connaître cet homme. Tout comme il valait sans doute mieux qu'il n'en sache pas trop sur son compte à elle.

— Ah, oui, je vois. En fait, je voulais vous remercier de ne pas m'avoir passé un savon devant Michael et Bianca. Merci de m'avoir soutenue.

— J'avais envie d'intervenir plus tôt, mais j'hésitais, car, vous avez raison, le centre social est votre domaine. Et vous le dirigez comme une reine.

Il plissait les yeux. Il avait un si beau regard. Confiant. Chaleureux. Bienveillant.

— Mais je n'ai pas supporté de les entendre vous parler de cette façon, à vous et à Isla. Cela m'a paru inacceptable. Heureusement que tous nos clients ne sont pas comme Michael et Bianca.

— Tant mieux, car je ne crois pas que je pourrais tenir ma langue durant quatre mois ! Je finirais par exploser.

Matthieu se mit à rire.

— N'est-ce pas ce que vous avez fait aujourd'hui ? Boum, tout le monde à couvert ! Le Dr Tait est en train d'exploser !

— Croyez-moi, vous n'avez encore rien vu, affirma-t-elle en riant à son tour.

— Serait-ce une promesse, docteur Tait ?

— Attendez et vous verrez.

Mais… Cela ne ressemblait-il pas à une forme de flirt ?

— Euh… Peut-être.

— Ah, j'ai hâte de voir cela, dit Matt avec un grand sourire.

S'était-il réellement rapproché d'elle ? Ou l'avait-elle seulement imaginé ? Peut-être était-ce elle qui avait bougé ? Qu'importe. Il était bel et bien tout près d'elle, à présent. Elle sentait sa chaleur, son souffle qui lui caressait la peau, et son odeur agissait sur elle comme un puissant sortilège.

Depuis sa rupture avec David, elle s'était jetée à corps perdu dans le travail et avait fui toute relation trop intime, de peur de souffrir à nouveau. Elle ne parlait jamais de sa vie privée ni de son passé, et ne flirtait avec personne.

Mais il était évident qu'en cet instant son corps la trahissait. Elle tremblait, se sentait en effervescence, et, au plus profond d'elle-même, il y avait cette douleur sourde qui semblait ne pouvoir disparaître sauf si elle faisait quelque chose de vraiment stupide… comme toucher Matthieu.

Leurs regards se croisèrent. Et pendant un moment elle ne vit plus que lui. Le passé n'existait plus. La souffrance non plus. Il y avait juste cet homme qui, d'une certaine manière, l'extirpait de la prison volontaire dans laquelle elle s'était enfermée parce qu'elle s'y sentait bien et en sécurité. Elle ne voyait plus que ces yeux marron foncé dans lesquelles elle aurait pu se noyer. Et cette bouche qu'elle avait soudain une envie folle d'embrasser.

Que lui arrivait-il ?

Sur cette bouche se dessinait maintenant un sourire irrésistible. Prise de panique, Rachel pivota sur elle-même afin de s'éloigner, mais, à la faveur de ce mouvement, leurs mains se frôlèrent.

— Attendez… Rachel…

La façon dont il prononçait son prénom était si charmante, à la fois exotique et sexy, qu'elle renonça à s'en aller. Leurs doigts s'entremêlèrent et ce contact la fit frissonner. Tremblant comme une feuille, le cœur battant à tout rompre, elle restait agrippée à cette main, incapable de s'en libérer. Elle voulait la retenir. Retenir Matthieu.

C'est la ligne à ne pas franchir, non ? Ne pas mêler vie professionnelle et vie privée.

Non, elle ne devait pas. Elle ne pouvait pas se rapprocher de lui. Ni de personne d'autre. Elle retira sa main de celle de Matthieu.

— Je dois retourner travailler.

Et il fallait surtout qu'elle reste à distance de cet homme qui faisait naître en elle des émotions qu'elle ne voulait pas ressentir.

Il lui avait tenu la main tel un adolescent amoureux. Il s'était accroché à elle comme à une bouée de sauvetage, obéissant à une force sur laquelle il n'avait aucun contrôle.

Il ne comprenait pas ce qui lui arrivait. Qu'y avait-il chez Rachel Tait qui lui donnait l'envie de faire tomber les défenses de la jeune femme et de se rapprocher d'elle ? Il la voyait auréolée d'un mystère qu'il brûlait de percer à jour.

Ces derniers temps, il s'était plongé dans le travail afin d'éviter de la voir, mais il ne pouvait la chasser de son esprit.

Assis au bar, il sirotait une bière en essayant de se concentrer sur la conversation qu'il avait avec Louis concernant les festivités de Noël.

— Le grand sapin prévu pour décorer le hall arrivera la semaine prochaine, annonça Louis.

— Il a déjà une semaine de retard. Nous n'aurions jamais dû payer avant la livraison.

— Je sais, cela fait des jours qu'ils nous promettent de nous l'envoyer. L'année prochaine, nous ferons appel à un autre fournisseur. Et pour le jour de Noël on s'en tient à ce qu'on avait dit ? On élargit les horaires du petit déjeuner pour que les familles puissent passer du temps ensemble dans leur chalet, et le Père Noël fera son apparition après le déjeuner, quand tout le monde sera revenu des pistes. J'ai loué le costume, il ne reste plus qu'à vérifier qu'il te va.

C'était le moment que Matt préférait dans ce programme : celui où il endossait le rôle du Père Noël. Voir le visage des enfants s'illuminer lorsqu'il arrivait dans le hall de l'hôtel avait quelque chose de magique.

Il se tapota le ventre.

— Il va falloir que je rembourre cela, dit-il. Où est ce fameux gâteau à l'orange que tu proposes habituellement au retour des pistes ?

— Au réfrigérateur. Tu peux te servir. Mais, à ta place, j'y renoncerais. Les femmes préfèrent les ventres plats.

Il baissa les yeux vers son propre abdomen et soupira.

— Ah, j'aurais besoin de faire de l'exercice.

— Tu skies presque tous les jours, tu trimballes des caisses de bouteilles, tu portes du bois, c'est largement suffisant.

En réalité, Louis avait une silhouette parfaite.

— Je ne pensais pas à ce genre d'exercice.

Voyant Matt ouvrir de grands yeux, il crut bon de s'expliquer.

— Nous devrions sortir, toi et moi. Oublier le travail le temps d'une soirée. À quand remonte notre dernier jour de congé ? Nous méritons bien de nous distraire un peu. Ce sera peut-être l'occasion de faire des rencontres, ajouta-t-il en se déhanchant de façon suggestive.

Matt éclata de rire.

— Si nous revenions au sujet qui nous occupe, c'est-à-dire le programme de Noël ?

— Oui, mais je pense aussi au programme du week-end. Allez, Matt, tu n'es pas beaucoup sorti depuis le décès de ta maman. Cela fait deux ans, maintenant. C'est beaucoup.

— Nous avons trop à faire. Peut-être que l'an prochain nous pourrions passer quelques jours à Genève, ou bien à Nice ?

— D'accord. Mais ne t'étonne pas si les femmes te trouvent vieux et ennuyeux, lança Louis en lui faisant un clin d'œil.

— Vieux, à trente-quatre ans ? Je parlerais plutôt de maturité et de sagesse. Et, à la fin de la saison, avec un peu de chance, je serai aussi un homme riche, conclut Matt en riant. Crois-moi, tout va bien.

Il réalisa qu'il utilisait les mêmes mots que Rachel.

Voilà qu'il pensait de nouveau à elle. Pourquoi était-il ainsi attiré par une femme qui semblait avoir gravé sur son front « entrée interdite » ?

— Bon, revenons plutôt à nos moutons.

— D'accord, dit Louis. Nous reparlerons de cela plus tard.

Il consulta l'agenda qu'il avait sous les yeux.

— Après ton numéro de Père Noël, nous aurons le spectacle donné par notre équipe de skieurs composée de plusieurs membres du personnel. Et le soir nous offrirons simplement un buffet. Voilà pour le jour de Noël. Pour le 31 décembre, tout est déjà organisé. L'orchestre a confirmé sa venue, et la vente des billets marche bien.

— Excellent. Bien, maintenant, retournons au travail.

— Oui, patron, dit Louis en feignant de le saluer. Ah, nous devons aussi décider quel jour nous ferons le pot de bienvenue pour le nouveau médecin. Elle est ici depuis une semaine et nous n'avons encore rien organisé pour elle.

— Je ne pense pas qu'elle apprécie ce genre de choses.

— Elle n'aime pas faire la fête ? Mais qui est cette femme ?

Rachel Tait. Une énigme.

— Tout le monde n'est pas un fêtard comme toi, Louis.

Des pas précipités résonnèrent sur le sol carrelé du couloir. Ils se tournèrent tous les deux vers la porte.

Frederik apparut, tout essoufflé, le visage écarlate.

— Hé, patron ! Pouvez-vous venir nous donner un coup de main ? Quelqu'un s'est évanoui à l'accueil.

— Avez-vous appelé Rachel ? Le médecin ? demanda Matt tandis que Fred et Louis se précipitaient vers le hall. Demandez-lui de venir nous aider.

— Nous avons tenté de la joindre sur son portable, mais elle ne répond pas.

— Elle doit être quelque part. Essayez le restaurant.

— C'est fait. J'en venais quand je vous ai aperçu au bar. Désolé, patron.

— Je l'ai vue sortir avec ses skis il y a quelques heures de cela, déclara Louis. Au moment du déjeuner.

Matt jeta un regard vers la grande baie vitrée installée tout le long du couloir. La nuit était déjà tombée.

— Et elle n'est pas encore rentrée ?

— Je ne sais pas, dit Louis. Où sont Suzanne et Eric ?

— Ils sont rentrés chez eux, au pied de la montagne.

— On dirait qu'il n'y a plus que nous, conclut Louis.

— Nous allons gérer ce problème.

En tant que chef de l'équipe de secouristes, Matt était préparé à faire face à tout type d'urgence médicale, mais il aurait quand même préféré bénéficier de l'aide d'un professionnel de santé.

Lorsqu'ils arrivèrent dans le hall, ils virent un adolescent allongé sur le sol en position de récupération. Une femme que Matt connaissait, Rita Marsh, une star de séries télévisées, était agenouillée près de lui. En s'approchant, Matt vit qu'elle était en état de sidération devant son fils, un garçon de dix-sept ans, en proie à une succession de secousses, de tremblements et de contractions.

Heureusement, Zoe avait réussi à maintenir les curieux à distance. Rita leva les yeux, le visage ravagé par l'angoisse.

— S'il vous plaît, aidez-nous. Zane est diabétique. Il est en hypoglycémie.

Elle leur montra un petit appareil de contrôle qu'elle tenait à la main. Il indiquait un taux de sucre dans le sang beaucoup trop bas. La vie de Zane était en danger.

— Allez chercher un paravent pour nous mettre à l'abri des regards, ordonna Matthieu en s'adressant à Zoe.

Il s'agenouilla près du garçon, s'assura que rien n'obstruait ses voies respiratoires et qu'il était dans la bonne position, couché sur le côté, puis il se tourna vers Rita.

— Avez-vous du glucagon ?

Elle le fixa, le regard vide.

— Quoi ?

— Ce sont des injections de sucre. Peut-être vous en a-t-on donné à l'hôpital ou chez le médecin.

— Oh ! oui. Désolée, oui, nous en avons. Et aussi de l'insuline. C'est si nouveau pour nous, vous voyez. Son diabète a été diagnostiqué il y a seulement trois semaines, et cela a été pour nous un vrai choc. Il a été si malade, et je pensais qu'il allait mieux…

Elle fouilla dans la poche de son blouson de ski et sortit un sac de bonbons gélifiés.

— Nous avons cela. Je ne sais pas… je ne sais pas ce que je dois en faire. Je ne me souviens pas de ce qu'ils nous ont dit.

Elle était visiblement terrifiée, rongée par la culpabilité et l'anxiété.

— Je ne peux pas lui donner ces pilules dans l'état où il est actuellement, dit Matt. Il pourrait s'étouffer.

— Oui, bien sûr. Mais le stylo injecteur est resté au chalet, dans sa trousse de toilette.

Matt se tourna vers Louis, qui était en train de parler à Zane pour essayer de le rassurer.

— Louis, va au chalet n° 4 pour récupérer la trousse de toilette de Zane et ramène-la ici. Fais vite !

Puis il s'adressa à Fred.

— Appelez l'hélicoptère et expliquez-lui la situation. Une hypoglycémie sévère chez un garçon de dix-sept ans.

Zoe amenait un écran monté sur roulettes qui permettrait d'assurer une certaine intimité au patient.

De grosses larmes roulaient sur les joues de Rita.

— Nous aurions dû avoir ce stylo injecteur sur nous, je sais. Mais je croyais que Zane l'avait pris, et lui pensait que c'était moi. Je voulais qu'il se sente responsable de son traitement, mais c'est encore un enfant et il a du mal à intégrer tout ce qu'il doit savoir concernant sa maladie.

Matt lui posa la main sur le bras pour la réconforter.

— Il y a beaucoup de choses à apprendre, en effet, et un diabétique met du temps à réaliser qu'il doit se fier à ce qu'il ressent aussi bien qu'à la lecture de ses taux de glucose dans le sang. Faire trop d'exercice physique peut aussi provoquer une chute du taux de sucre. Zane n'est sans doute pas encore capable de reconnaître ces modifications dans son organisme. C'est pourquoi il doit vérifier fréquemment sa glycémie.

Il regarda le garçon. Zane avait le visage livide et respirait difficilement. Il fallait lui donner rapidement du glucagon, sinon, il risquait de tomber dans le coma.

Où était Rachel ? Pourquoi n'était-elle pas encore de retour ? Est-ce que tout allait bien pour elle ? S'était-elle perdue ? Il faisait nuit noire, dehors, et personne ne l'avait vue depuis le déjeuner. L'angoisse le saisit, lui nouant l'estomac. Il n'avait pas éprouvé une telle inquiétude depuis deux ans, mais il ne connaissait que trop bien cette sensation.

Il se força à ne songer qu'au problème qui l'occupait pour l'instant.

— Depuis combien de temps Zane est-il dans cet état ? demanda-t-il à Rita.

— Cinq minutes, peut-être… Je ne sais pas. Il m'a dit qu'il ne se sentait pas bien alors que nous revenions des pistes, puis il s'est mis à dire des choses bizarres qui n'avaient aucun sens et il s'est évanoui. C'est ma faute, conclut-elle en caressant les cheveux de son fils. J'aurais dû mieux veiller sur lui.

— Ce n'est la faute de personne. Honnêtement. Parvenir à contrôler son diabète est délicat, surtout au début.

Fred revint vers eux en courant.

— L'hélicoptère est en route, avec à son bord les paramédicaux. Ils seront là dans dix minutes.

Il fut suivi de près par Louis, qui apportait avec lui une grande trousse de toilette en cuir.

— Tiens, voilà, dit-il en la tendant à Matt.

— Merci.

Il ne lui fallut que quelques secondes pour ouvrir la trousse, trouver le médicament et la seringue et pratiquer l'injection dans le bras de Zane.

— Bon, cela fera effet dans quelques minutes à peine.

— Merci, mon Dieu ! s'écria Rita en lui saisissant la main tandis que de grosses larmes ruisselaient sur ses joues.

— Mais il ne sera pas en grande forme lorsqu'il va sortir de là, dit-il. Il risque d'être pris de vomissements et d'avoir l'air sonné, mais en premier lieu il faut lui donner davantage de sucre. Je vais lui faire apporter du jus de fruit.

Il ne restait plus qu'à attendre. Matt espérait de tout son cœur qu'ils n'étaient pas intervenus trop tard. Il savait que la vie de Zane était encore en danger.

Lentement, les tremblements et les contractions commencèrent à s'atténuer. Zane se calmait, tandis que sa respiration redevenait normale. Les paramédicaux firent bientôt leur apparition dans le hall.

— Merci, monsieur LeFevre, s'écria Rita, toujours en larmes, serrant convulsivement Matt dans ses bras. Merci !

Vous voyez, Rachel ? Ils ne sont pas tous comme Michael et Bianca.

Il aurait voulu qu'elle soit là et constate la gratitude que lui témoignait Rita. Il avait *très* envie qu'elle soit là.

Après tout, peut-être devrait-il suivre le conseil de Louis et passer une soirée dehors, en oubliant le travail.

Lorsqu'il eut remis Zane entre les mains des paramédicaux, il put enfin respirer. Quelques minutes plus tard, le jeune patient et ses parents partirent pour l'hôpital en hélicoptère. Matt se rendit alors au bar afin de boire un verre et de parler avec Louis de ce qui venait de se passer. Ils avaient réussi à sauver Zane en dépit de l'absence de Rachel. Mais où diable était-elle passée ?

Sa bière terminée, il se rendit au restaurant pour voir si la jeune femme s'y trouvait. Elle n'y était pas.

Il se dirigea alors vers son chalet, n'aperçut aucune lumière à l'intérieur, et, lorsqu'il frappa à la porte, personne ne répondit. Il n'eut pas plus de succès en essayant de la joindre au téléphone. Peut-être était-elle descendue au village avec la navette ? Mais le chauffeur ne se rappelait pas l'avoir vue dans le bus. Il essaya une nouvelle fois de lui téléphoner. Toujours pas de réponse.

Maintenant, il commençait à s'inquiéter sérieusement. Et si elle s'était blessée ? Si elle s'était perdue ?

5.

Il faisait nuit, à présent, et la piste n'était éclairée que par les étoiles, la pleine lune et la lampe frontale de Rachel. Mais la neige reflétait la moindre clarté, et Rachel n'avait aucun mal à éviter les bosses et les crevasses.

Cela faisait deux ans qu'elle n'avait pas skié ; au début, elle s'était sentie rouillée, mais maintenant elle avait retrouvé toute son énergie et filait droit devant, les cheveux au vent, les joues cinglées par un air glacial. Tandis qu'elle prenait de plus en plus de vitesse sur les pentes neigeuses, elle éprouvait un fabuleux sentiment de liberté.

Un battement sourd résonnait dans ses écouteurs. Ah, comme elle aimait cette musique rock des années 1980 ! Enivrée par sa course, elle chantait à tue-tête, prête à skier ainsi toute la nuit.

Arrivée à l'intersection de deux chemins, elle marqua une pause pour prendre ses repères. Au-dessous d'elle, sur la gauche, elle voyait scintiller au loin les lumières des chalets de Sainte-Colette. On eût dit une jolie carte postale, et elle savait à quel point ce lieu apportait à tous calme et confort, aussi bien aux employés qu'aux visiteurs. Soudain, elle éprouva une délicieuse sensation de chaleur.

Serait-ce parce que, ici, elle se sentait chez elle ? Mais non. Elle avait son petit appartement qui l'attendait à Leeds... Sans doute devrait-elle le vendre, étant donné qu'elle ne voulait pas retourner travailler là-bas, sachant que David s'y trouvait toujours.

Pour l'instant, sa résidence, c'était Sainte-Colette. Sur sa droite, beaucoup plus bas encore, elle apercevait les lumières du village, au-delà d'une grande nappe sombre. Sans doute était-ce le lac, pensa-t-elle.

Ce qui l'amena à se rappeler le moment qu'elle avait passé avec Matthieu, l'autre jour, accoudée à la clôture. Ils s'étaient tenu la main et, quand leurs peaux étaient entrées en contact, elle avait senti se déclencher en elle une bouffée de désir. Depuis, elle avait le plus grand mal à chasser Matthieu de son esprit.

Voilà pourquoi elle skiait. Écouter de la musique en poussant le volume au maximum la débarrassait de toutes ces pensées inappropriées. Pousser son corps jusqu'à ses limites extrêmes en pratiquant ces courses nocturnes où elle filait à toute vitesse sur ses skis l'obligeait à se focaliser sur ce qu'elle faisait et à rester concentrée.

Il avait suffi qu'elle s'arrête quelques instants pour qu'aussitôt elle recommence à penser à Matthieu. Elle avait pourtant essayé de le fuir, tous ces derniers temps. En vain. Elle ne cessait de songer au moment où elle lui avait pris la main et où elle avait été saisie d'une envie folle de l'embrasser.

À quoi avait-elle donc pensé ?

À rien. C'était bien là le problème. Elle s'était abandonnée à l'élan instinctif qui la poussait vers Matthieu. Un élan si puissant qu'elle n'avait pu y résister.

Depuis, elle ne cessait de se poser des questions. Avait-elle franchi la ligne rouge ? En quoi consistait cette ligne ? Parler avec Matthieu ? Flirter avec lui ? Le toucher ? Aller plus loin encore… ?

Avait-elle envie de franchir cette ligne ? Et lui, en avait-il envie ?

Ah, pourquoi les relations entre les gens devaient-elles être si compliquées ? Si seulement elle pouvait savoir comment les choses tourneraient.

Elle reprit sa course, dévalant la pente en songeant au bon bain chaud qu'elle s'offrirait, une fois de retour au chalet. Elle ne s'arrêterait pas au restaurant, elle se contenterait de fromage, de quelques biscuits et d'un verre de vin rouge pour son dîner. Et elle se coucherait tôt.

L'objectif était de ne pas risquer de se retrouver nez à nez avec M. LeFevre.

D'être dans une zone neutre, d'où Matthieu serait absent.

Elle en avait besoin.

Il l'entendit avant même de la voir. Elle chantait un air qu'il crut reconnaître, mais sans en être certain, tant elle détonnait.

Il sentit son rythme cardiaque ralentir. Il était rassuré. Rachel allait bien.

Elle apparut, balançant la tête au rythme sourd de la musique qui lui parvenait à travers les écouteurs plaqués sur ses oreilles. Comme elle avait les yeux baissés, elle ne vit pas qu'il était là. Mais lui vit qu'elle souriait.

La lampe fixée sur le linteau du chalet s'alluma automatiquement, enveloppant Rachel d'une lumière dorée. De nouveau, Matt fut frappé par sa beauté. Contrairement à son habitude, elle semblait détendue, les joues toutes roses, le regard brillant.

— Hé, Rachel !

— Matthieu ?

Elle vint vers lui d'un pas mal assuré, la démarche alourdie par ses chaussures de ski. Son visage avait changé d'expression. Elle paraissait maintenant sur le qui-vive, et son air détendu avait fait place à une attitude purement professionnelle.

— Vous avez failli me donner une crise cardiaque ! Que se passe-t-il ?

Il ne voulait pas lui avouer à quel point il s'était inquiété pour elle, sa réaction lui semblant à présent démesurée. Il préféra parler travail.

— J'ai pensé que vous deviez être informée qu'un de nos clients a eu une crise à la réception.

— Oh ! mon Dieu ! Est-ce qu'il va bien ?

— Oui, je pense. Il est parti en hélicoptère à l'hôpital de Bourg-Saint-Maurice.

— Bien.

Elle déposa ses skis dans le râtelier installé devant le chalet.

— Entrez donc, dit-elle en ouvrant la porte.

Dans le couloir, elle se débarrassa de ses chaussures de ski et accrocha son blouson au portemanteau. Matt fit de même et la suivit dans la cuisine, où elle mit de l'eau à chauffer.

— Bon, racontez-moi tout, dit-elle.

De toute évidence, elle croyait qu'il ne s'était inquiété que pour le patient, et non pour elle. Mais il savait que c'était un sentiment de culpabilité qui avait nourri son angoisse. Que se serait-il passé s'il était vraiment arrivé quelque chose à Rachel et qu'il ait été incapable de lui porter secours ou de la retrouver à temps ? Il avait déjà connu cela par le passé.

Se soucier à ce point de Rachel lui faisait peur. Il la connaissait à peine, mais il était étrangement attiré par elle. Cela devait cesser. Il lui fallait faire comme elle : rester sur un plan strictement professionnel.

Le travail. Ne penser qu'au travail.

— Zane a appris récemment qu'il était diabétique. Son taux de sucre dans le sang est tombé très bas. Sa mère était avec lui, elle avait du glucagon. Nous avons pu faire une injection à Zane. Nous avons protégé ses voies respiratoires et, pour finir, l'hélicoptère les a emmenés à l'hôpital, sa mère et lui.

— Bien. Parfait.

Elle ôta son serre-tête en laine, libérant ainsi ses cheveux, qui vinrent alors encadrer à la perfection son beau visage.

— Vous semblez vous y connaître, ajouta-t-elle.

— J'ai suivi une formation de secouriste.

Ayant veillé sur sa mère durant presque toute sa vie, il était particulièrement investi dans l'application des premiers soins. Mais Rachel n'avait pas besoin de savoir cela.

— Vous avez fait exactement ce qu'il fallait, dit-elle. Désolée de ne pas avoir été là pour aider.

— Nous vous avons appelée un million de fois.

— Vraiment ? Je n'ai pas entendu mon téléphone. J'étais sur les pistes.

— Toute seule ? Dans le noir ?

— J'avais ma lampe frontale, je ne risquais rien. C'était génial, d'être là-haut pour assister au coucher du soleil. Les couleurs étaient magnifiques.

Il se dit que pour un regard neuf Sainte-Colette devait avoir en effet un côté magique. Mais, pour lui qui avait grandi ici, cet endroit était aussi associé à la douleur. Et à la culpabilité. Ainsi qu'à une immense gratitude pour tous les bons moments qu'il y avait vécus malgré tout. Alors, oui, il était ici chez lui.

Rachel mit un sachet de thé dans une tasse, puis elle leva vers lui un regard interrogateur qui signifiait : « Voulez-vous du thé ? »

Ce qui impliquait aussi de passer plus de temps avec elle ? L'offre était tentante. Mais cela ne ferait qu'attiser l'attirance qu'il éprouvait pour elle.

Il secoua la tête.

— Écoutez, dit-il, nous avons ici plusieurs pistes difficiles. Vous pourriez vous joindre demain au groupe de skieurs constitué de membres du personnel.

— Oh ! je ne sais pas, répondit-elle avec un haussement d'épaules.

— L'ambiance y est très amicale, et ce serait une façon agréable de faire connaissance avec les autres employés.

Elle parut réfléchir un moment, puis hocha la tête.

— Peut-être.

Sans doute ne pourrait-il rien tirer de plus d'elle ce soir.

— Bon, je vais m'en aller. Je voulais juste vous mettre au courant pour Zane, car j'ai pensé qu'à son retour de l'hôpital lui ou sa mère auraient peut-être besoin de parler à quelqu'un qui soit capable de comprendre leurs problèmes.

— Génial. Merci. Si vous le voyez, dites-lui qu'il peut passer me voir à n'importe quel moment.

— Je n'y manquerai pas.

Comme il s'apprêtait à sortir, elle l'interpella.

— Matthieu…

Il se retourna.

— Oui ?

— Au sujet de l'autre jour…

Il y avait de la douceur dans sa voix.

Il ne pouvait nier qu'il s'était passé quelque chose entre eux lorsqu'ils s'étaient promenés en montagne. Mais Rachel désirait-elle autre chose ? Qu'allait-elle dire ? Qu'elle avait envie d'aller plus loin avec lui ? Et lui, en avait-il envie ?

Autrefois, il avait toujours tenu à garder une certaine légèreté dans ses relations avec les femmes. Veiller sur sa mère lui prenait une bonne partie de son temps libre, ce qui laissait peu de place à l'instauration d'un lien affectif profond avec quelqu'un d'autre. À présent, il était libre de faire ce qu'il voulait. Mais l'idée d'entretenir une relation sérieuse avec une femme le mettait mal à l'aise. Trouver le bonheur ? Alors que sa mère n'avait jamais connu cela ? Et qu'aujourd'hui encore il était hanté par le regret d'être arrivé trop tard pour la sauver ?

Il se passa la main dans les cheveux.

— Ce jour-là, nous avons eu une conversation assez intense.

— Oui, c'est vrai. On peut vraiment dire cela.

Il eut l'impression qu'elle avait retenu son souffle, attendant sa réponse.

— Et il arrive que les gens fassent ce genre de choses, dans des moments pareils. Ils ont besoin de se toucher.

Il essayait de se convaincre lui-même que ce qui s'était passé entre eux n'était rien d'autre qu'un geste amical.

— Cela ne se reproduira plus, ajouta-t-il.

— Non, bien sûr.

Elle se dirigea vers la porte d'entrée et l'ouvrit, attendant clairement qu'il s'en aille. Il était évident qu'elle avait l'habitude qu'on lui fasse des avances et elle savait parfaitement comment faire comprendre qu'elle les refusait.

Il ne put se défendre de ressentir une certaine déception. Il n'avait pas réalisé à quel point il avait espéré que Rachel manifeste le désir d'aller plus loin avec lui. Lui-même en avait une envie folle. Mais il venait de se faire éconduire. Bon, d'accord. Il s'en remettrait.

De toute façon, il n'avait pas le choix.

Le plus bizarre, c'était que d'habitude il ne s'intéressait qu'aux femmes qu'il sentait être sur la même longueur d'onde que lui. Mais il y avait chez Rachel quelque chose qui l'attirait comme un aimant.

— Vous vous êtes bien débrouillé aujourd'hui avec le patient diabétique, dit-elle tandis qu'il enfilait son blouson.

— Je sais. Bonne nuit, Rachel.

Il se trouvait stupide parce qu'en dépit du fait qu'elle venait de le rejeter il mourait d'envie de l'embrasser.

— Bonne nuit.

Il sortit dans la nuit glaciale et se retourna pour la regarder une dernière fois. Elle lui adressa un petit signe de la main.

— Matthieu ?

Elle avait les pupilles dilatées et sa voix était pleine de douceur. Il sentit son désir s'accroître. Comme il avait envie d'embrasser cette bouche pulpeuse et sensuelle !

Son cœur fit un bond.

— Oui ?

Il se demanda si elle allait l'inviter à rentrer de nouveau chez elle, et s'il accepterait sa proposition.

— Merci d'avoir veillé sur moi, dit-elle en souriant.

Il comprit qu'elle avait deviné la vraie raison qui l'avait poussé à se rendre au chalet : il voulait s'assurer que tout allait bien pour elle.

— Mais je suis capable de prendre soin de moi, ajouta-t-elle.

Elle referma la porte, le laissant dans le froid, le corps brûlant et l'esprit confus.

6.

Même si Rachel aimait être seule, elle devait reconnaître qu'elle se sentait en sécurité lorsqu'elle skiait avec d'autres personnes. Spécialement quand Matthieu était de la partie.

Elle avait suivi son conseil et s'était jointe à ses collègues skieurs. Il régnait une excellente ambiance dans ce groupe qui se composait de Sonia, qui travaillait au restaurant, Louis, le directeur du bar, Zoe, la réceptionniste, et... Matthieu lui-même. Elle avait d'abord pensé qu'il était venu pour voir comment elle se débrouillait sur une piste de ski, mais elle avait compris qu'il participait à ces sorties du mardi et du jeudi après-midi presque toutes les semaines, ce qui lui permettait de se détendre en compagnie de ses amis, qui se trouvaient être aussi ses employés. La moitié du village travaillait pour lui, et tous le voyaient comme un héros local pour avoir su monter une affaire florissante et faire venir autant de célébrités dans ce coin de montagne.

Rachel avait skié avec ses compagnons sur des pistes peu fréquentées par les touristes et elle avait adoré glisser parmi les sapins sur une neige presque vierge. À présent, ils descendaient vers la vallée en empruntant des pistes noires dont la difficulté l'obligeait à rester très concentrée.

Elle était la dernière de la file, consciente de n'être pas aussi expérimentée qu'eux, mais ravie de pouvoir suivre le rythme. Enfin, presque.

— Pas mal ! cria Louis lorsqu'elle les rejoignit.

Elle eut droit aux applaudissements et aux félicitations de tout le groupe.

— Bravo ! Belle descente !

— Vous vous en êtes bien tirée !

— Excellent !

— Merci, dit-elle en s'inclinant pour leur faire la révérence. Je suis un peu lente, mais je finis par arriver.

Elle croisa le regard de Matthieu et lut dans ses yeux qu'elle l'avait impressionné par ses talents de skieuse. Il lui adressa un petit sourire qu'elle trouva excitant. Il y avait bien longtemps qu'elle ne s'était pas sentie regardée par un homme. Mais peut-être était-ce parce qu'elle avait préféré passer inaperçue… Elle ne savait pas très bien.

Zoe pointa de son bâton une piste où la neige avait été tassée, formant de petits monticules.

— On fait la piste à bosses ?

— Pourquoi pas ? répondit Rachel.

Elle n'avait pas l'habitude de se lancer dans un parcours aussi difficile que celui-ci, mais les encouragements du groupe la stimulèrent et elle releva le défi, ravie d'apprendre et de progresser.

Elle parvint à descendre la piste sans embûche. Arrivée la dernière, elle trouva ses compagnons en train de discuter du spectacle qu'ils offriraient aux clients de la station.

— Le jour de Noël, expliqua Sonia, le patron s'habille en Père Noël, et nous nous sommes ses assistants, déguisés en lutins, en rennes ou bien en fées. Et nous donnons un spectacle sur la Piste familiale. Les enfants adorent.

— Les adultes aussi, précisa Louis avec un sourire équivoque. Surtout les femmes. Nous sommes très… populaires.

Ignorant ce commentaire, Rachel regarda Matthieu en souriant.

— En Père Noël ?

Il haussa les épaules, mais lui rendit son sourire.

— Que dire ?

Elle éclata de rire.

— Je ne sais pas ! Ho, ho, ho, peut-être ?

— Bonne idée ! répondit-il en s'esclaffant.

Soudain, il fila vers un tremplin sur lequel il fit un saut périlleux spectaculaire avant de s'élancer dans le vide.

Tous les autres le suivirent, un par un, rivalisant d'audace dans leurs figures acrobatiques.

Tu peux le faire, se dit Rachel. Mais, lorsqu'elle arriva près du tremplin, elle prit peur et renonça à tenter sa chance. Elle longea la rampe de lancement et, arrivée tout au bord, elle aperçut ses compagnons, en contrebas, qui lui faisaient de grands signes.

Comme ils lui paraissaient loin ! Heureusement qu'elle n'avait pas sauté du tremplin. À coup sûr, elle aurait effectué un atterrissage lamentable et se serait ridiculisée devant eux tous. Devant Matthieu.

Il lui était déjà trop souvent arrivé de se ridiculiser en public. Le souvenir de sa marche vers l'autel lui traversa l'esprit.

Elle leva ses bâtons et fit signe au petit groupe.

— Je suis bonne skieuse, mais pas assez pour ce genre d'exercices ! cria-t-elle. On se retrouve en bas !

Lorsqu'elle parvint au bas de la descente, tous avaient poursuivi leur route, sauf Matthieu, qui l'avait attendue.

— Vous auriez dû continuer avec les autres, dit-elle.

— On ne laisse personne tout seul derrière, Rachel. Nous nous appliquons tous cette règle. J'ai cru que vous alliez sauter du tremplin, ajouta-t-il en souriant.

— Je connais mes limites. Mais c'était superbe ! Vous êtes tous incroyables.

— Vous n'êtes pas mal non plus. Je suis ravi de vous avoir vue skier. Vous pouvez vous joindre à l'équipe des secouristes, si vous le souhaitez.

Elle prit cela comme un énorme compliment.

— J'adorerais.

— Excellent. Je vous inscrirai sur le tableau de service. Vous venez boire un verre ?

Sans doute avait-il dû voir dans son regard qu'elle hésitait.

— Nous avons l'habitude de prendre un pot ensemble

après ces sorties, s'empressa-t-il d'ajouter. Nous serions ravis si vous vous joigniez à nous.

— Non, merci. Je dois absolument envoyer quelques mails.

Il l'observa un moment, puis hocha la tête.

— D'accord. Une autre fois, peut-être ?

Il n'insista pas. Pourquoi l'aurait-il fait après ce qu'elle lui avait dit la veille ? Elle repoussait les gens dès qu'ils s'approchaient trop. C'était mieux ainsi.

Elle n'avait aucune envie de souffrir à nouveau.

Quelques jours plus tard, après une nouvelle sortie à skis avec ses collègues, Rachel était assise au restaurant à sa place habituelle. Elle avait passé une bonne journée. Les patients ne s'étaient pas montrés trop difficiles, mais elle avait eu malgré tout quelques cas intéressants à traiter. Elle s'était même accordé un moment pour prendre un verre avec ses camarades et y avait trouvé un certain plaisir, mais maintenant tous s'étaient dispersés et elle était contente d'être seule.

Principalement à cause de la photographie qu'elle était en train de regarder sur sa tablette. On y voyait David et Vicky au bal annuel de l'hôpital. Ces deux dernières années, David et elle y étaient allés ensemble.

Elle agrandit la photo afin d'en mieux voir les détails. Très élégants dans leur tenue de soirée, les deux tourtereaux se dévoraient des yeux en posant devant l'énorme sapin de Noël dressé dans le hall de l'hôtel où le bal était donné. C'était exactement au même endroit que David et elle s'étaient fait prendre en photo. Elle avait encore les images quelque part sur sa tablette.

David avait été la seule personne dont elle s'était sentie vraiment proche. La seule personne à qui elle s'était confiée… mais, apparemment, cela n'avait pas suffi. Elle avait pourtant essayé de s'ouvrir. Cependant, il y a des choses qu'on préfère garder pour soi, non ? Mais peut-être aurait-elle dû finalement se livrer davantage.

Soudain, elle remarqua que, sur la photo, Vicky portait à

l'annulaire de la main gauche une bague ornée d'un énorme diamant. Ils étaient donc fiancés ? Déjà ? Comment pouvait-on tomber amoureux aussi vite ? À moins que…

« Il n'y a personne d'autre. Le problème, c'est toi. »

David lui aurait-il menti ? Avant leur rupture, la trompait-il déjà avec Vicky ? Leur amie… Son amie à elle, en fait. Du moins, c'était ce qu'elle avait cru.

Elle ne voulait même pas y penser. C'était déjà assez douloureux d'avoir été trahie. Et elle ne se rappelait pas que David l'ait jamais regardée avec cet air d'adoration…

— Joli couple, dit une voix derrière elle.

— Oh !

Matthieu. Plongée dans ses pensées, elle ne l'avait pas entendu s'approcher d'elle. Elle éteignit la tablette.

— Vous me cherchiez, peut-être ? Y a-t-il un problème ?

— Non, aucun. Tous les soirs, je viens faire un tour au bar et au restaurant pour m'assurer que tout va bien.

Il lança un regard vers la tablette.

— Des amis à vous ?

— En réalité, il s'agit de mon ex. Et de sa nouvelle petite amie. Ils sont fiancés. Ce qui me semble un peu rapide, étant donné que nous avons rompu il y a seulement quelques mois.

Pourquoi lui raconter tout cela ? Qu'allait-il penser d'elle ?

Il fit la grimace et posa la main sur son cœur.

— Aïe ! dit-il. Ce doit être désagréable.

Oui. Et même très douloureux.

Il la regardait, comme s'il attendait qu'elle en dise davantage. Elle n'avait pas vraiment le choix. Il l'avait surprise en train de regarder les photos, il devait se poser tout un tas de questions sur cette rupture.

— Nous étions censés nous marier en juillet dernier.

— Ah ! Ce n'est jamais facile d'oublier.

— Au contraire. Je trouve cela de plus en plus facile à mesure que le temps passe.

— Pourtant, vous regardez encore ces photos.

— Je sais. C'est stupide. Mais je suis tombée dessus en consultant la messagerie d'un ami commun.

Elle réalisa soudain qu'elle n'avait pas pensé à David durant ces derniers jours. Il appartenait au passé, elle voulait tourner la page. Elle sourit à Matthieu, l'air serein.

— J'ai été surprise de les voir ensemble, c'est tout.

— Je comprends. J'imagine que vous lui en voulez beaucoup, non ?

— D'être tombé amoureux d'une autre femme ? Mais non ! Ce qu'il fait ne me concerne pas.

Mais cela la faisait quand même souffrir.

Être célibataire pouvait parfois créer un grand sentiment de solitude, mais, si cela signifiait qu'elle n'aurait plus jamais à subir une telle douleur, elle préférait encore rester seule.

— Il faut savoir tirer profit des leçons que la vie nous donne, ajouta-t-elle en souriant.

— Oui, bien sûr, répondit Matthieu d'un ton compréhensif.

Elle se demanda s'il avait déjà eu le cœur brisé, lui aussi. Elle en doutait. Ayant entendu Louis raconter leurs escapades passées, il lui paraissait improbable que lui ou Matthieu aient jamais eu des peines de cœur. Ils ne pensaient qu'à s'amuser et à prendre du bon temps.

— Rachel, pourriez-vous m'accorder une faveur ?

— Mais oui, bien sûr.

— Je dois faire une course au village et j'ai besoin que quelqu'un me donne un coup de main.

Il souleva un gros sac, curieusement bosselé.

— Louis est occupé, reprit-il. Zoe ne peut quitter le bureau de la réception et Fred est en congé. Angela…

Elle rangea la tablette dans son sac et se leva.

— Qu'est-ce que c'est ? Le Père Noël est déjà au travail ?

Il se mit à rire.

— En quelque sorte. Mais vous devez vous habiller chaudement, mettre des gants et une écharpe. On se retrouve à la réception dans cinq minutes, d'accord ?

Elle était intriguée. Et, ce qui était plus inattendu, excitée.

Elle le retrouva quatre minutes plus tard. Ils traversèrent le parking et se dirigèrent vers un bâtiment qu'elle n'avait pas encore visité. Comme ils le contournaient, elle découvrit derrière la présence d'un traîneau en bois équipé de coussins et d'une couverture.

Des aboiements frénétiques se firent entendre derrière une grosse porte en bois. Lorsque Matthieu l'ouvrit, Rachel aperçut l'intérieur d'une grange immense et six magnifiques huskys qui se jetèrent aussitôt sur lui pour le fêter. Il rit en les couvrant tous de caresses.

— Les chiens ont besoin de courir, et je dois envoyer des paquets par la poste pour mes clients, alors j'ai pensé que nous pourrions faire d'une pierre deux coups.

Elle consulta sa montre. Il était presque 19 h 30.

— Mais la poste n'est-elle pas fermée à cette heure-ci ?

— Natalie est une vieille amie à moi. Cela ne la gênera pas de nous voir arriver si tard. Allez, entrez, les chiens ne vous feront aucun mal.

— Vous êtes sûr ?

Elle ne put s'empêcher de rire quand l'un d'eux, doté de beaux yeux dorés, bondit sur elle et se frotta contre sa hanche.

— Je crois que vous avez un admirateur, Rachel. Il s'appelle Loki. Et là, c'est Thor. Et voici Freya, Sif, Fulla…

Il émit un bruit étrange, mêlant sifflement et claquement de langue. Aussitôt, tous les huskys se rassemblèrent autour de lui, à l'exception d'un seul.

— Celui-ci, c'est Odin, expliqua Matthieu. Il est plus jeune que les autres, et encore en phase d'entraînement.

— Ils portent tous des noms nordiques.

— C'est Louis qui les a choisis. Il est fou de mythologie.

— Ces huskys appartiennent à Louis ?

— Ils sont à nous deux.

Voyant son air perplexe, il se lança dans des explications.

— Louis et moi, nous sommes amis de longue date. Nous avons grandi ensemble, travaillé ensemble dans l'agence, et il est revenu ici deux ans après moi.

— Ces chiens sont absolument magnifiques. Est-ce qu'ils aiment tirer les traîneaux ? N'est-ce pas trop dur pour eux ?

— Pas du tout. Ils adorent cela. Ce sont des animaux très forts, très intelligents. Celle-ci, c'est Freya, la mère d'Odin. Elle est leader dans le groupe.

— Salut, Freya, dit Rachel en se penchant pour la caresser. Tu es superbe !

La chienne se mit à la flairer avec tant d'enthousiasme que Rachel perdit l'équilibre et s'étala par terre.

— Hé, doucement ! Oui, je sais que tu m'aimes déjà ! dit-elle en riant.

Comme elle passait les doigts dans la fourrure de Freya, celle-ci lui lécha vigoureusement le visage.

— Freya ! lança Matthieu.

La chienne cessa aussitôt de donner ses coups de langue. Elle s'assit et resta parfaitement immobile, posant sur Matthieu un regard d'adoration.

Rachel se redressa et resta assise sur le sol.

— Je ne savais pas que les chiennes tiraient les traîneaux.

— Le sexe de l'animal importe peu. Ce qui compte, c'est la vitesse et l'agilité.

Comme Freya posait la patte sur le genou de Rachel, il sourit.

— Elle a très bon goût, dit-il.

— Oh ! elle veut juste un câlin. Et je crois qu'elle a envie que je la suive, ajouta-t-elle alors que Freya la tirait par la manche de son blouson.

Elle la suivit jusqu'au traîneau et regarda Matthieu atteler les chiens.

— Installez-vous, lui dit-il quand il eut fini. Moi, je reste derrière pour conduire.

— Pourquoi avez-vous besoin de moi ?

Il lui étala la couverture sur les jambes, puis lui posa le sac sur ses genoux.

— Votre travail est essentiel, répondit-il. Certains de ces paquets contiennent des objets très fragiles et probablement hors de prix. Je n'ai pas envie qu'ils tombent et se brisent.

— C'est noté. Je vais les tenir solidement.

Elle savait qu'en réalité il cherchait à lui faire oublier la photo qui l'avait déstabilisée. Et elle avait accepté de l'accompagner à cause des huskys.

Et de lui aussi, elle devait le reconnaître. Comment ne pas apprécier un homme qui adorait les chiens ?

David détestait les animaux de compagnie.

Ah, il fallait vraiment qu'elle cesse de penser à l'homme qui avait brisé son cœur et sa foi en l'amour.

Matthieu refit le bruit curieux qu'il émettait pour se faire obéir des chiens, et l'attelage démarra aussitôt. Le traîneau filait si vite sur la neige que Rachel en avait le souffle coupé. D'une main, elle tenait solidement le sac, et de l'autre, son bonnet, poussant des cris de joie, le sourire aux lèvres. Cette course lui plaisait tant qu'elle aurait voulu ne pas en voir la fin, mais ils arrivèrent bientôt au village. Ils s'arrêtèrent sur une petite place bordée d'arbres et de bâtiments en pierre grise. Il y avait là un tabac, un bureau de poste, un épicier, une boulangerie et, au coin de la rue, un bar dont les clients, chaudement vêtus, étaient assis en terrasse sous des guirlandes lumineuses et des radiateurs infrarouges.

Matthieu descendit du traîneau, qu'il ancra dans la neige, et, après avoir caressé tous les chiens, il s'approcha de Rachel.

— Cela vous a plu ?

— C'était super ! Incroyable !

— Vous avez l'air d'être absolument… ravie.

— Je ne pensais pas qu'ils seraient aussi rapides.

Elle sortit son téléphone de sa poche et prit quelques photos de l'attelage. Matthieu s'empara alors de l'appareil.

— Vite, je vais en prendre une autre ! dit-il.

Et il photographia Rachel, toujours assise dans le traîneau.

— Allez, souriez !

— J'ai des crampes à force de sourire ! riposta-t-elle. Les chiens, le traîneau, ce village…

« Et vous », aurait-elle pu ajouter. Il était si mignon avec sa grosse écharpe et son bonnet, le nez rougi par le froid. Et elle trouvait vraiment adorable qu'il se donne tant de mal pour lui changer les idées.

Mais on pouvait trouver quelqu'un adorable sans pour autant se laisser emporter par ses sentiments.

Elle détourna le regard et voulut descendre du traîneau.

— Attendez !

Il s'accroupit à côté d'elle et, se serrant tout contre elle, il prit une photo d'eux deux, posant joue contre joue.

— Mettez-la sur Internet, dit-il. Il la verra.

— Oh ! cela lui sera bien égal ! Il n'y attachera aucune importance.

— Mais vous, si.

— Mais non !

Comme elle tentait de récupérer son téléphone, Matthieu l'en empêcha, riant de bon cœur de la voir s'agiter en vain. Son rire était communicatif, et Rachel ne tarda pas à l'imiter. C'était si bon de prendre les choses à la légère, comme lui le faisait ! Elle n'avait eu que trop tendance, jusqu'à présent, à ne voir que le côté tragique de la vie. Elle découvrait avec bonheur combien le rire pouvait être libérateur.

— Franchement, Rachel, vous ne devriez pas vous soucier de ce qu'il pense, dit Matthieu en la regardant droit dans les yeux.

Il était si proche qu'elle sentait son odeur. Elle voyait les flocons de neige atterrir sur son visage et sur sa lèvre supérieure. Il avait vraiment une bouche magnifique…

— Et c'est un imbécile de vous avoir laissée partir.

— Il ne m'a pas laissée partir. Il m'a plaquée devant l'autel.

Cela lui avait échappé. Maintenant, il allait penser qu'elle était le genre de filles qu'on laisse tomber. Pas le genre de celles qu'on a envie d'embrasser.

Voulait-elle que Matthieu ait envie de l'embrasser ?

Il avait changé de visage. Il avait l'air à la fois sidéré et furieux.

— Il a fait… *quoi* ?

Voilà pourquoi elle préférait garder pour elle ses pensées

et ses émotions. Cela lui évitait d'avoir à revivre des moments aussi embarrassants que douloureux. Mais, puisqu'elle avait commencé à se confier à lui, elle devait aller jusqu'au bout.

— Il a demandé à son meilleur ami de me dire qu'il était désolé, mais qu'il ne pouvait pas m'épouser, parce que j'étais trop… trop…

— Trop quoi ?

Il semblait de plus en plus en colère.

— Trop fermée. Il a dit que c'était difficile d'arriver à me connaître. Nous sommes sortis ensemble pendant deux ans, et il prétendait ne pas me connaître ! Apparemment, je suis froide et distante.

Elle avait appris très tôt à garder ses distances avec les gens et, depuis sa rupture avec David, elle redoublait de vigilance afin d'éviter de souffrir à nouveau. Mais Matthieu… avec lui, c'était différent.

— Il a vraiment dit cela ? Vous ? L'avocate d'Isla ? La fan de huskys ? Vous seriez froide ? s'écria-t-il en secouant la tête, l'air incrédule. Bon, en ce qui concerne la vie privée, d'accord, ajouta-t-il avec un sourire. Et il n'y a pas de mal à cela. Tout le monde n'a pas envie de se répandre sur les réseaux sociaux. Indépendante ? Certainement. Mais il est clair qu'il ne vous a pas vue vous dresser pour prendre la défense d'une enfant blessée, ou vous rouler par terre pour jouer avec un chiot. Et même si… même s'il avait cette opinion-là de vous, vous abandonner dans une église le jour de votre mariage est un geste impardonnable.

— Je n'avais rien vu venir, alors cela a été pour moi un vrai choc. Il m'a dit que nous nous étions encroûtés et qu'il ne supportait plus notre relation. Il me trouvait trop renfermée. J'avais pourtant essayé de toutes mes forces de m'ouvrir à lui, mais il est vrai que je ne suis pas du genre à déballer tout ce que je ressens.

— Puis-je… Puis-je vous demander pourquoi il vous a proposé le mariage s'il pensait ne pas bien vous connaître ?

Elle se sentit rougir. Mon Dieu ! Comme cette question était embarrassante !

— C'est moi qui lui ai suggéré de m'épouser.

— Ah !

— Eh oui ! Je croyais que c'était ce qu'il voulait. Seulement, ce n'était pas avec moi qu'il avait envie de se marier.

— Il est dingue ! lança Matthieu en grognant.

— Voilà comment cela s'est passé. Nous étions en vacances en Crète et nous avions eu une excellente journée, profitant de la mer et de la beauté des paysages. Il n'y avait là rien d'extraordinaire, mais tout semblait parfaitement à sa place. Du moins le croyais-je. J'étais contente.

Après avoir vu l'amour passionnel de ses parents se transformer en haine réciproque, elle se méfiait des sentiments extrêmes et ne cherchait pas le grand amour, car elle savait comment cela finissait.

— Je lui ai dit que ce serait bien si tous les jours à venir ressemblaient à celui que nous venions de passer. Il était d'accord. C'est là que j'ai ajouté : « Alors épouse-moi, David. »

— Cela demandait un certain courage, non ?

Elle se mit à rire.

— Apparemment, il semblait être le mari idéal. Posé, fiable, tout le contraire de ce que j'avais connu chez moi. Je cherchais la stabilité et j'ai cru qu'avec lui je la connaîtrais.

— Comment a-t-il réagi à votre demande en mariage ?

— Il m'a regardée, stupéfait, puis il a hoché la tête. J'ai cru que son hésitation était due à l'effet de surprise, mais apparemment il n'a pas osé dire non de crainte que je ne le prenne mal.

— Vous abandonner au pied de l'autel lui a paru être une meilleure solution ?

— Il a dit qu'il avait essayé pendant des semaines de me parler, puis il a pensé qu'il avait simplement le trac, comme beaucoup de fiancés. C'est le jour même du mariage qu'il a réalisé qu'il ne pouvait vraiment pas m'épouser. Et maintenant je vois des photos de lui avec Vicky, notre amie. Ils vont se marier.

— Vous la connaissez ?

— Elle faisait partie de notre groupe d'amis. J'étais plus proche d'elle que ne l'était David. Enfin, c'était ce que je croyais. Le problème, c'est que nous travaillions ensemble, nous avions les mêmes amis, les mêmes collègues… et tout le monde a su ce qui s'était passé. Que David ne voulait plus de moi. Qu'il ne me trouvait pas assez bien pour lui.

Elle rit, tout en se demandant pourquoi elle racontait à cet homme ses déboires sentimentaux avec David.

— Durant les deux semaines où nous étions censés vivre notre lune de miel, nous avons récupéré chacun nos affaires et cherché un logement où David pourrait emménager. Nous ne communiquions que par texto. Je me sentais incapable de parler avec lui. Je n'avais rien à lui dire.

— Ah, c'est vraiment cruel, Rachel.

Il la regardait comme s'il trouvait toute cette histoire vraiment absurde. C'était ce qu'elle avait pensé, elle aussi, sur le moment. Mais maintenant elle commençait à réaliser que sa tendance à tout garder pour elle pouvait la faire paraître froide et distante. Sa façon de dire constamment « tout va bien » empêchait les gens d'entrer dans son intimité. Matthieu lui en avait fait prendre conscience le lendemain de son arrivée. Il lui avait ouvert les yeux sur son comportement en société.

Pourquoi se livrait-elle ainsi à lui aujourd'hui, elle n'aurait su le dire. Les mots sortaient tout seuls de sa bouche, et il semblait vraiment intéressé par ce qu'elle disait. Mais peut-être aussi que cela lui donnait envie de la fuir.

— Nous avons continué de travailler dans le même service durant quelque temps encore, et c'était étouffant. Bien que j'adore mon job, j'en suis bientôt arrivée au point de ne plus avoir envie d'y aller. J'ai compris que je devais partir. Et je suis venue ici. Il fallait que je m'éloigne de tout cela.

Elle n'éprouvait plus ni gêne ni tristesse.

— Vous avez encore des comptes à régler avec lui, non ?

— Oh ! Seigneur, non ! David sait ce que je pense de lui.

Son amour pour lui s'était mué en quelque chose de laid et de sale. Mais maintenant elle voulait simplement ne plus penser un seul instant à son ex.

Matthieu éclata de rire.

— Pauvre type !

Pour la première fois depuis bien longtemps, Rachel rit de bon cœur, elle aussi.

— Probablement est-il en train de trembler comme une feuille, s'attendant à ce que j'explose !

— Ne lui faites pas ce plaisir.

— Je n'en ai pas l'intention. Tout ce que je veux, c'est l'oublier. Et elle aussi. Les oublier tous les deux.

Bizarrement, elle se sentait déjà le cœur plus léger, comme si le fait d'en avoir parlé l'avait délivrée de la douleur qui la tenaillait depuis cinq mois. Elle avait quitté Leeds et n'était plus contrainte de réprimer ses émotions, de peur de s'effondrer devant ses amis. Ici, elle pouvait respirer et se sentir libre. Aller de l'avant.

Il lui faudrait sans doute plus de temps pour se libérer d'une autre douleur, vieille de trente ans. Mais ce serait pour plus tard. Pour l'instant, elle était en France, en compagnie d'un homme superbe et de six adorables chiens.

Soudain, elle prit conscience de la proximité physique de Matthieu. Leurs cuisses se touchaient. Elle sentait son souffle sur elle. Sa force et sa chaleur.

— Vous savez quoi ? dit-elle. Ne parlons plus de cette histoire ! Elle appartient au passé. Regardez-moi : je suis ici, sur un traîneau fabuleux tiré par des huskys. C'est magique ! Fantastique ! Je ne laisserai personne gâcher ce beau moment. Mais, je vous en prie, rendez-moi mon téléphone, il renferme toute ma vie !

— Je vous le rendrai à condition que vous me promettiez d'envoyer à ce minable cette photo de nous deux. Montrez-lui que vous avez tourné la page. Il en sera convaincu en vous voyant en compagnie d'un beau Français sexy, pas vrai ? ajouta-t-il en feignant de se pavaner.

— Sexy ? répéta-t-elle en riant. Vous avez un ego surdimensionné, Matthieu LeFevre.

— Et alors, où est le problème ? rétorqua-t-il en lui adressant un clin d'œil. Jusqu'à présent, je dois dire que personne n'a eu à se plaindre de moi.

— Ah ! Je parie que la plupart des femmes boivent la moindre de vos paroles, dit-elle d'un ton ironique.

— C'est parfois pesant... mais, oui, c'est vrai, déclara-t-il en affichant un grand sourire. Sérieusement, qui pourrait résister à mon charme et à celui de six superbes huskys ?

Il la regarda en battant des cils tandis qu'il caressait Odin.

— Voyez celui-ci, ajouta-t-il. Comment ne pas être séduit par les yeux magnifiques de ce chiot ?

Elle rit, feignant l'indignation.

— Vous vous servez de vos chiens pour draguer ? Ah, Matthieu, je suis choquée !

— En fait, je viens juste de découvrir que je pourrais le faire ! C'est une excellente idée. Merci pour le tuyau.

— Oh ! vous me connaissez. Ma vie amoureuse est un vrai succès. Si vous avez besoin d'un conseil, je suis la femme... qu'il... vous faut.

Son débit s'était ralenti en voyant le visage de Matthieu changer d'expression. Il la dévorait des yeux, sans cacher à quel point il la trouvait désirable. Et cela faisait de lui l'homme le plus sexy qu'elle eût jamais rencontré.

Leurs regards étaient rivés l'un à l'autre et l'atmosphère s'était soudain chargée d'une délicieuse tension érotique.

— Vous a-t-on déjà dit combien vous étiez jolie lorsque vous souriez ? demanda Matthieu en lui caressant la joue.

— Non, jamais, répondit-elle d'une voix étranglée.

Il promena un doigt sur ses lèvres.

— Ravissante, murmura-t-il.

— Vous vous souvenez de notre conversation de l'autre jour ? Quand nous avons parlé de la ligne à ne pas franchir ?

— Oui, je me souviens, répondit-il, le regard brillant.

— Vous est-il déjà arrivé de la franchir, à titre personnel ?

Elle n'arrivait pas à croire qu'elle ait pu lui dire cela. Mais c'était trop tard.

Il lui prit le visage dans ses mains, l'invitant à se lever.

— Jamais, jusqu'à présent.

— Voudriez-vous faire une exception ?

— Est-ce que cela ne risquerait pas de rendre les choses un peu gênantes, Rachel ?

— Je ne sais pas, répondit-elle en lui caressant la joue à son tour. Oui, probablement.

— C'est simplement pour chasser de votre mémoire le souvenir de votre ex, n'est-ce pas ?

Il suffisait de voir comment il la regardait pour comprendre que ce n'était là qu'un prétexte pour l'embrasser. Il en avait autant envie qu'elle. Son visage était empreint d'un air de gravité et ses yeux avaient pris un éclat particulier.

— Je ne sais pas, murmura-t-elle. C'est juste que je dois…

Vous embrasser.

— Parlez, Rachel. Dites-moi ce que vous voulez.

La façon dont il prononçait son prénom était irrésistible. De nature à faire fondre la reine des Glaces elle-même.

Mais dire ce qu'elle voulait était exactement le genre de choses qu'elle était incapable de faire. Dans sa vie professionnelle, exiger que ses demandes soient satisfaites ne lui posait aucun problème. Mais là… Exprimer ses désirs les plus intimes… Combien de fois s'y était-elle essayée, avec pour seul résultat de se voir ignorée ? Au point finalement de renoncer à réclamer quoi que ce soit.

Mais il était clair que Matthieu attendait sa réponse. Et tant pis s'il repoussait ses avances. Cela lui était déjà arrivé, et de la pire des façons. Que pouvait-il se passer ? Au pire, il s'en irait. Or, si elle se fiait à la manière dont il la regardait en cet instant, elle ne pensait pas qu'il ait la moindre envie de partir.

— Ce que je veux, Matthieu, c'est vous embrasser.

— Ce désir est partagé, dit-il en s'approchant d'elle.

— En êtes-vous sûr, après tout ce que je vous ai dit ?

— Pourquoi cela me ferait-il peur ? Vous avez parlé avec franchise. J'aime cela.

Il la poussa contre le tronc d'un vieux platane, lui mordilla la lèvre inférieure et sourit.

— Vous êtes gelée, mais vous allez vous réchauffer très vite.

Et il s'empara de sa bouche.

7.

Certes, elle était froide, mais pas dans le sens où son ex le disait. Ses lèvres étaient glacées, ses joues aussi, mais sa bouche… Ah, sa bouche était brûlante, humide. Divine. Elle avait le goût de la neige fraîche, mélangé à celui du chablis qu'elle avait bu au cours de son repas. Un goût délicieux dont il ne pouvait se rassasier.

Mais elle se retenait, à la fois pleine de désir et hésitante, ce qui le fit sourire intérieurement. Il était conscient que ce qu'il faisait était stupide, car Rachel sortait à peine d'une relation qui lui avait brisé le cœur. Elle avait besoin de cicatriser et d'avoir plus que ce qu'il pouvait lui donner. Mais, tout comme elle, il voulait juste un baiser. Et chasser ainsi de la tête de Rachel le souvenir de son ex.

Il s'écarta légèrement et la regarda. Elle avait les yeux grands ouverts, et ils brillaient d'un éclat particulier. Il rit et l'embrassa sur la joue, le nez, les paupières.

— Vous êtes délicieuse, Rachel !

— Dites-le encore. Redites mon prénom.

— Rachel… *je veux t'embrasser partout,* lui murmura-t-il, en français, cette fois.

— M'embrasser partout ? Oh ! Matthieu…

Il la vit prête à s'abandonner. Elle le prit par les épaulcs et l'attira vers elle. Leur baiser s'intensifia et il sentit l'excitation s'emparer de lui. Il découvrait qui était la vraie Rachel Tait, et la force de son désir.

— Matthieu, j'ai besoin… de cela, gémit-elle en se pressant contre lui.

Prétendre que cette femme était froide était une absurdité.

Elle avait juste besoin de prendre son temps et d'être embrassée comme il fallait.

Soudain, les huskys se mirent à aboyer, ramenant brutalement Matthieu à la réalité. Ils étaient dans son village, où tout le monde le connaissait. Il s'était toujours montré discret en ce qui concernait sa vie privée, principalement pour protéger sa mère. Maintenant, il allait faire les frais des commérages. Il s'attendait presque à entendre les clients du bar les applaudir, mais il réalisa que Rachel et lui étaient cachés par le tronc du platane, et donc à l'abri des regards.

Il s'écarta d'elle, à contrecœur, mais conscient que c'était la chose à faire. Après s'être laissé emporter par un désir irrépressible, il devait à présent reprendre son sang-froid.

Rachel semblait encore tout étourdie par leur baiser.

— Est-il parti ? demanda-t-il en souriant.

— Qui donc ?

Il la sentait trembler, mais lui aussi était secoué. Jamais il n'avait échangé un baiser pareil. Profond, généreux, libéré.

— Nous devrions rentrer, mais d'abord allons porter ce sac à Natalie.

Cela l'aiderait peut-être à se remettre les idées en place.

Mais, bien sûr, il n'en fut rien. Il ne cessait de penser à la façon dont elle l'avait regardé quand il lui mordillait les lèvres. On eût dit qu'elle voulait le dévorer. Jamais il n'avait vu une femme aussi avide de recevoir un baiser. Un baiser de *lui*.

Il se demandait si Rachel pensait, comme lui, qu'ils avaient commis une erreur en s'embrassant. Elle se montra charmante et amicale avec Natalie et, pendant le trajet du retour, elle resta très calme. Elle ne poussait plus des cris de joie en voyant le traîneau filer à toute vitesse, elle n'affichait plus de grands sourires ravis, elle parlait à peine. C'était comme si soudain elle avait rétabli une certaine distance entre eux. Il aurait dû lui en être reconnaissant, car il ne voulait pas que les choses deviennent sérieuses avec elle. Il n'avait jamais noué de liens trop intimes avec une femme et n'avait aucunement l'intention de changer de mode de vie.

Une fois les chiens nourris, abreuvés et remis dans les chenils, Rachel voulut regagner son chalet.

— Je vais rentrer chez moi, il est tard.

— Laissez-moi vous raccompagner.

— Tout va bien.

Elle sourit, leva les yeux au ciel et se corrigea.

— Je veux dire… je connais le chemin.

Il ne savait pas ce qu'elle pensait vraiment. Et il ne voulait pas avoir à le deviner. C'était ce qu'il avait dû faire avec sa mère durant toute sa vie : surveiller ses changements d'humeur, interpréter l'expression de son visage, être constamment vigilant, car elle était toujours imprévisible. Maintenant, il avait besoin de transparence et de simplicité. Il aimait que les choses soient faciles.

— Est-ce que ça va, Rachel ? Vous êtes restée plutôt silencieuse depuis… le village.

— Je ne m'étais pas comportée ainsi depuis bien longtemps, dit-elle en soupirant. Je suis d'une nature plutôt calme. Je réfléchis beaucoup et parle peu. En fait, j'ai vraiment besoin d'avoir mon espace vital. Écoutez, Matthieu, pour l'instant, je ne cherche pas à nouer une relation.

— Bien sûr, oui, je comprends. Moi non plus. Bonne nuit, Rachel, dit-il en l'embrassant sur les deux joues.

— Merci pour la balade en traîneau. J'ai trouvé cela très amusant.

— Moi aussi, j'ai beaucoup aimé. Ce fut un plaisir.

Il la salua d'un signe de tête et tourna les talons.

À vrai dire, cette sortie jusqu'au village avait fait beaucoup plus que simplement l'amuser. Et, même si la voix de la raison lui conseillait le contraire, il brûlait d'envie de renouveler l'expérience.

Lorsque Rachel referma la porte de son chalet, elle avait encore le cœur qui battait à tout rompre et les jambes flageolantes au souvenir du baiser qu'elle avait échangé avec Matthieu. Venait-elle de commettre encore l'une de ces erreurs catastrophiques dont elle était coutumière ? Sans doute. Mais elle ne regrettait rien.

— Oh ! mon Dieu ! murmura-t-elle, les joues en feu.

Elle l'avait embrassé. Soudain, elle ne put se retenir de partir d'un petit rire idiot. Depuis quand n'avait-elle pas ri ainsi ?

Il avait dit qu'il avait envie de l'embrasser partout.

Oh oui, je t'en prie. Cela avait été un merveilleux baiser, mais aussi un geste complètement fou. Heureusement qu'ils étaient d'accord pour ne donner aucune suite à cette histoire.

Elle n'avait quasiment pas fermé l'œil de toute la nuit et, le lendemain matin, lorsqu'elle se leva, elle se sentait à la fois groggy et surexcitée.

Avait-elle déjà connu cela avec David ? Avait-elle eu l'estomac noué et brûlé d'impatience à l'idée de le revoir ? Non, jamais. Leur relation avait été… assez agréable. Satisfaisante. Sans passion, contrairement à ce qu'avaient connu ses parents.

David s'était montré sérieux, comme elle. Il avait les pieds sur terre, comme elle. Et puis il l'avait quittée pour une autre femme. Il avait rencontré le grand amour.

Le jour de congé qu'elle avait devant elle risquait de lui paraître interminable. Elle prépara son petit déjeuner, lut ses mails, puis erra dans son petit chalet, cherchant quelque chose à faire. Comme elle éprouvait le besoin de dépenser son trop-plein d'énergie, elle sortit voir les chiens. Après les avoir caressés et câlinés, elle se promena dans la station, regarda les vitrines des boutiques et s'offrit un café et un gâteau dans un bar. Et ensuite… que faire ?

En temps normal, elle se serait plongée dans un livre, mais aujourd'hui il lui fallait faire de l'exercice. Elle retourna au chalet, enfila sa tenue de ski et prit le télésiège.

— Si quelqu'un vous pose la question, vous répondrez que je suis allée skier sur les pistes supérieures, dit-elle à l'employé de service. J'ai avec moi ma balise de localisation, en cas d'urgence. Je reviendrai vers 16 heures pour skier avec mes collègues.

— C'est entendu, doc. Amusez-vous bien !

— J'y compte bien, en effet !

Elle enclencha la barre de sécurité, se rappelant trop tard qu'elle avait laissé ses écouteurs sur la table, au chalet.

Bon, je vais devoir écouter mes pensées.

Ce n'était pas génial. Il valait mieux qu'elle ne songe plus au baiser échangé avec Matthieu.

Elle se lança sur un chemin qu'elle avait déjà parcouru avec ses collègues, mais aujourd'hui tout paraissait différent. Le ciel était nuageux, la visibilité, médiocre, la neige, dure et glacée. Elle savait qu'elle allait devoir rester vigilante.

D'épais flocons commencèrent à tomber. Elle s'amusa à essayer de les attraper avec sa langue, ce qui la fit rire. Elle était heureuse de se sentir aussi libre, dans un espace aussi vaste. Pourtant, elle éprouvait un étrange sentiment de solitude. Elle avait pris goût à ses sorties en groupe. Elle aimait skier avec ses collègues, partager les rires et les défis qu'ils se lançaient et, tout simplement, profiter de l'ambiance amicale qui régnait au sein de l'équipe.

Ils semblaient tous l'apprécier, même si elle continuait de maintenir une certaine distance entre elle et eux.

Pourquoi se comportait-elle ainsi ? Quel était le problème ? Devait-elle parler davantage ? Communiquer avec les gens ? En était-elle capable ? Non, selon David. Même Matthieu lui avait fait remarquer la veille combien elle était silencieuse.

Après leur baiser.

Allons ! Elle devait cesser de penser à lui et se concentrer sur la descente, devenue très raide, et sur la neige qui maintenant tombait de plus en plus dru.

Soudain, son pied heurta quelque chose de dur et, malgré ses efforts, elle ne put garder l'équilibre. Son ski gauche se détacha et continua sa glissade jusqu'au moment où il disparut en contrebas.

Elle poursuivit sa course folle, se heurtant aux petits rochers et aux arbres qui jalonnaient le chemin. Incapable de s'arrêter, elle tentait de ralentir sa descente en tendant la main pour s'accrocher aux troncs tandis que, de l'autre, elle maintenait son casque en place pour se protéger la tête.

Il y avait des arbres devant elle, autour d'elle, des arbres partout, et elle filait à toute allure, retenant son souffle, s'attendant au pire…

Lorsque son dos heurta le tronc d'un sapin, le choc fut si brutal qu'elle tomba de tout son long dans la neige et resta un moment étendue sur le sol, complètement sonnée.

Une douleur brûlante irradiait dans sa jambe droite et son dos lui faisait mal. Elle réussit cependant à s'asseoir et tenta de reprendre ses esprits.

— Allez, lève-toi. Lève-toi et rentre au chalet.

Une poussée d'adrénaline lui donna la force de se remettre debout, mais elle avait les jambes flageolantes. Retroussant le bas de sa combinaison de ski, elle constata que son genou droit était rouge, enflé et écorché.

Que faire ? Et surtout où se trouvait-elle ? Les chutes de neige étaient devenues si épaisses qu'elle avait l'impression d'être au sein d'un nuage. Elle regarda autour d'elle, cherchant des repères, mais la visibilité était quasi nulle.

Le ski qui lui restait s'était brisé, mais il tenait encore à sa chaussure. Elle le détacha, car il ne lui servait plus à rien. Achever la descente à pied lui prendrait des heures et elle risquait l'hypothermie, mais elle n'avait pas le choix. Elle devait marcher. Seulement, où aller ? Quel chemin prendre ?

Si elle déclenchait sa balise de localisation, elle pourrait faire venir l'équipe de secouristes. Elle n'en avait pas besoin. Cela n'en valait pas la peine. Il ne s'agissait pas vraiment d'une urgence. Elle était simplement un peu… étourdie. Peut-être un peu perdue. Et elle avait un peu mal.

Très mal.

Il fallait d'abord qu'elle sache où elle était. Elle prit son téléphone afin de consulter le GPS. L'écran était brisé et il n'y avait aucun signal. L'appareil était inutilisable.

Elle laissa échapper un juron. Puis elle se souvint qu'elle était sortie de la piste un peu plus haut. Le mieux était d'essayer de grimper afin de retrouver son chemin.

La pente s'avéra plus raide qu'elle ne le pensait. Il lui faudrait du temps pour arriver là-haut. Mais c'était la seule façon pour elle d'espérer se remettre sur la bonne voie.

Ayant par chance récupéré ses deux bâtons, elle s'en servit pour avancer, les plantant dans la neige gelée pour progresser. Elle atteignit enfin le point où elle pensait avoir perdu son ski et son sac à dos.

Elle les aperçut, en effet. Ils gisaient en contrebas, bien trop loin pour qu'elle puisse aller les chercher. Tant pis. L'essentiel, c'était qu'elle avait bel et bien retrouvé ce qui semblait être la piste. Cependant, elle ignorait où celle-ci la mènerait et il n'y avait personne pour la renseigner.

Tout ce qu'elle savait, c'était que la station de ski se trouvait plus bas, vers l'est. Se fondant sur ces éléments, elle commença à se traîner dans cette direction, en essayant d'ignorer la douleur qui lui perforait le dos et la jambe.

Pour se donner du courage, elle se mit à chanter, mais au bout d'un moment, épuisée, assoiffée, elle se laissa tomber sur la neige. Elle était à bout de forces et, maintenant, tout son corps la faisait souffrir.

La nuit n'était pas encore tombée, mais la visibilité était de plus en plus réduite. Comme elle aurait été contente d'avoir quelqu'un auprès d'elle, en cet instant ! Ils auraient pu rire ensemble de cette aventure et elle aurait alors oublié à quel point elle souffrait.

Si jamais je m'en sors vivante, je ferai en sorte de m'amuser beaucoup plus.

Elle embrasserait Matthieu. Elle l'inviterait dans son chalet. Eh oui ! Elle le ferait. Parce qu'il était stupide de sa part de se priver de la compagnie d'un homme comme Matthieu. Jusqu'à présent, il ne lui avait fait aucune avance. Il lui avait simplement proposé de la raccompagner chez elle. Au lieu de se recroqueviller dans sa coquille, elle aurait dû s'écrier : « Oui, bien sûr, avec plaisir ! »

L'idée d'embrasser Matthieu lui donna l'énergie de se lever. Alors qu'elle reprenait sa marche, quelque chose attira son attention. Un oiseau couleur argent volait au-dessus d'elle. Elle chercha à mieux le voir. Non, ce n'était pas un oiseau. En fait, elle ne savait pas.

S'était-elle cogné la tête en tombant ? Chaque pas était maintenant une torture pour son dos, mais elle voulait croire qu'il ne s'agissait sans doute que de simples ecchymoses. Elle inspecta de nouveau le ciel. L'oiseau argenté avait disparu.

Regardant devant elle, elle réalisa soudain que le chemin s'arrêtait là. La panique s'empara d'elle. Elle était bel et bien perdue. Et seule.

Encore.

— Elle se trouve à une cinquantaine de mètres de la Porte du Ciel, dit Cody. Juste après le taillis, sur la gauche. On dirait qu'elle a perdu ses skis.

Il fit atterrir le drone et regarda Matt en grimaçant.

— Elle n'a pas l'air d'être en grande forme, ajouta-t-il.

— Allons la chercher, lança Matt. Allez, dépêchons-nous !

— On y va !

Cody sauta à l'arrière de la motoneige tandis que Matt mettait le moteur en marche, et les deux hommes foncèrent en direction de la piste de la Porte du Ciel.

À mesure qu'ils grimpaient dans la montagne, la couverture nuageuse se faisait de plus en plus épaisse. Pourquoi Rachel était-elle allée skier par un temps pareil ? se demanda Matt, la gorge serrée. Il avait ordonné la fermeture des pistes une heure auparavant, en raison des conditions météorologiques qui les rendaient trop dangereuses. Pourvu qu'il ne soit rien arrivé de grave à Rachel.

Mon Dieu, non, je vous en prie.

Le souvenir lui revint de cette terrible journée qu'il avait vécue deux ans plus tôt. Ce qu'il avait découvert alors, ce à quoi il avait dû faire face, le hantait aujourd'hui encore.

Il regarda autour de lui. La neige ne cessait de tomber. Tout était blanc.

— Voyez-vous quelque chose ? demanda-t-il à Cody.

— Absolument rien. On n'y voit pas au-delà de cinq mètres.

Ils suivirent la piste jusqu'à son terme et ne trouvèrent rien. Pas la moindre trace de pas. La neige fraîche avait tout recouvert.

— Faisons demi-tour et continuons à chercher, déclara Matt.

Ils parcoururent de nouveau la piste, sans plus de succès. Le jour commençait à baisser. Rachel restait introuvable.

— On essaye encore une fois ? dit Matt. Ensuite, on élargira notre champ de recherche.

— Attendez ! s'écria Cody. Là ! Regardez !

Il désignait du doigt un point sur leur droite.

— C'est elle, non ? ajouta Cody. Vous ne voyez pas un truc rose ?

Matt plissa les yeux, essayant de percevoir ce que Cody lui montrait. Un mouvement attira son attention. Il y avait bien quelque chose… Le blouson rose de Rachel ?

— Rachel ! Rachel ! cria-t-il de toutes ses forces.

Pas de réponse.

— Rachel !

Rien. Et puis…

— Matthieu ?

La voix était faible. Mais Rachel pouvait parler. C'était bon signe. Matthieu se détendit, soulagé.

— Tenez bon ! cria-t-il. On arrive !

Il sauta de la motoneige et courut vers la masse gisant sur le sol. *Pourvu qu'elle aille bien.*

Le souvenir d'un autre jour, d'une autre femme, l'assaillit. Cette fois-là, il n'avait pas eu autant de chance qu'aujourd'hui.

Elle était affalée sur le sol, les joues rosies par le froid, les lèvres presque bleues.

— Rachel ! Rachel !

— Matthieu ?

Elle tenta de s'asseoir, mais sans y parvenir.

Il était fou de joie de l'avoir retrouvée. Il dut se faire violence pour ne pas la serrer dans ses bras devant Cody. Il s'accroupit près d'elle. Elle semblait être gelée jusqu'aux os, mais elle était consciente, ce qui le rassura.

— Que s'est-il passé, Rachel ?

— Je suis partie… explorer.

— Mais qu'est-ce qui vous a pris ? Pourquoi ne pas avoir suivi la piste qui se trouve juste à quelques mètres d'ici ?

— Ah ! dit-elle en affichant un petit sourire las. J'aime bien tracer ma route moi-même, vous devez le savoir.

Ils allaient donc jouer à nouveau la comédie du « Tout va bien » ? Un sentiment de frustration le submergea. Il avait envie à la fois de la secouer et de l'embrasser. Mais, se rappelant qu'elle lui avait dit à quel point elle tenait à avoir son espace vital, il s'écarta légèrement.

— Qu'avez-vous fait de vos skis ?

— L'un est tombé en contrebas lorsque j'ai perdu l'équilibre, et j'ai eu assez de jugeote pour ne pas prendre le risque d'aller le chercher. Je me suis alors débarrassée de mon deuxième ski et j'ai commencé à marcher, mais…

Elle allongea la jambe et fit la grimace.

— Qu'est-il arrivé à votre jambe ?

— Oh ! ce n'est rien. J'ai dû la tordre un peu quand je suis tombée. Cela ira. Je viens juste d'y mettre un peu de glace pendant que je m'accordais une petite pause.

— Vous devez être complètement frigorifiée.

— Oui, il fait assez froid. Heureusement que je suis chaudement vêtue !

Son hypothermie allait s'aggraver s'ils restaient là encore plus longtemps.

— Euh… Est-ce que je peux vous demander de me ramener en motoneige ?

— Rachel, nous sommes venus vous chercher ! Vous

souffrez peut-être d'hypothermie. Nous avons pensé que vous vous étiez peut-être perdue. Nous avons décidé la fermeture des pistes il y a déjà un bon moment, car les conditions météorologiques se sont rapidement dégradées. N'avez-vous pas entendu la sirène ?

— Je chantais.

Elle disait cela comme si c'était la chose la plus normale du monde, en pleine tempête de neige ! Il sourit.

— Mais oui, bien sûr. Nous avons utilisé un drone qui nous a permis de vous localiser.

— Un drone ? Ah oui, je vois. L'oiseau.

Pendant un bref instant, elle crispa les lèvres, et Matthieu aurait juré avoir vu des larmes briller dans ses yeux. Mais elle se ressaisit rapidement.

— Vous me cherchiez ? Ce n'était pas la peine. Tout va bien.

— Alors pourquoi êtes-vous assise dans la neige au milieu de nulle part ?

— Lorsque je vous ai entendu m'appeler, j'ai cessé de marcher. Si quelqu'un vous cherche, le mieux est de rester où vous êtes.

— Mais pourquoi n'avoir pas utilisé votre balise de localisation ?

— J'allais le faire quand vous êtes arrivés.

Matthieu se retint de lâcher un juron. Si Rachel s'était servie de sa balise, ils l'auraient trouvée plus rapidement.

— Venez avec nous sur la motoneige, dit-il en l'enveloppant dans une couverture de survie.

— Oui, avec plaisir.

Elle voulut se lever, mais elle fit la grimace et, fermant les yeux, se frotta le dos.

— Accordez-moi juste un instant, murmura-t-elle.

— Attendez, dit-il en l'empêchant de bouger. Vous vous êtes fait mal au dos ? Que s'est-il passé ?

— Une simple chute. Je me suis un peu ankylosée en cessant de marcher.

— Et maintenant, comment vous sentez-vous ?

Il lui palpa la colonne vertébrale, les bras, les jambes et la nuque, mais elle s'écarta de lui.

— Je n'ai rien de cassé, Matthieu, je vous assure. Je peux…

— Cody, donnez-moi un coup de main.

Ils l'aidèrent à se relever, mais la douleur lui déformait le visage. Au grand étonnement de Matthieu, elle accepta qu'il la soutienne au moment où elle dut grimper dans la motoneige. Elle s'allongea et il lui mit une autre couverture, puis resserra la bâche autour d'elle.

— Vous avez assez chaud ? demanda-t-il.

Les yeux mi-clos, elle lui adressa un sourire plein de gratitude.

— Oui, cela va bien mieux, maintenant.

— Dès que nous arriverons, je vous préparerai mon fameux chocolat chaud.

— Oh oui, j'en serai ravie !

Elle avait toujours les yeux fermés et, cette fois, son sourire avait quelque chose d'enfantin. Elle était très belle. Absolument magnifique. Et tellement inaccessible.

— Vous m'avez vraiment fait peur, Rachel.

— Je suis désolée de vous avoir causé du souci.

Elle ouvrit les yeux et lui posa la main sur la joue.

— Merci d'être venu me chercher.

— Ne me remerciez pas avant qu'on vous ait ramenée à bon port.

Pourquoi diable était-elle partie skier par un temps pareil ? Il la connaissait suffisamment pour savoir qu'elle n'en faisait qu'à sa tête. C'était une femme indépendante et c'était ce qu'il aimait chez elle, même s'il n'était pas sûr d'être de taille à faire face aux situations que cela créait.

Sa mère avait toujours été la proie de ses émotions. Des émotions sombres, tragiques, douloureuses qui la détruisaient. Les larmes, les crises de colère, l'excitation, la dépression avaient constitué son quotidien.

Rachel était à l'exact opposé. Elle gardait tout pour elle. Bien malin l'homme qui saurait la sortir de sa coquille. Il se demanda s'il pourrait être cet homme-là. Si même il en avait envie.

Non.

Il cherchait à éviter toute relation trop intime avec les gens, mais il y avait chez Rachel quelque chose qui le touchait. Il avait été pris de panique lorsqu'il avait cru ne pas pouvoir la retrouver à temps pour la sauver. Il ne voulait pas faire une nouvelle fois l'expérience de tenir autant à quelqu'un pour finir par le perdre.

Il s'assura que Rachel était bien protégée par la couverture de survie, puis, sans réfléchir, il se pencha vers elle et l'embrassa sur le front.

— Vous êtes en sécurité, maintenant.

— Oui. Je dois reconnaître que je commençais à paniquer. Ah, heureusement qu'il y a des drones ! J'adore l'équipe de secouristes. J'adore le chocolat chaud. Et je vous adore, Matthieu LeFevre.

Il ne sut quoi répondre. Il était conscient que ces mots ne voulaient rien dire, mais il aurait aimé que Rachel les pense vraiment. C'était stupide de sa part de réagir ainsi, bien sûr.

— Eh, du calme, vous deux ! s'exclama Cody en riant.

— Mais je vous adore aussi, Cody ! dit-elle en souriant. Vous êtes mes deux chevaliers, dans leurs brillantes combinaisons de ski.

— Il est clair qu'elle est en hypothermie et ne sait plus ce qu'elle dit, lança Matthieu. Il faut être folle pour venir ici toute seule, pas vrai, Rachel ?

— Je pense que je me suis perdue, répondit-elle en souriant toujours.

— Vous le pensez… ?

Il ne savait pas s'il devait rire ou pleurer. Le mieux était de regagner au plus vite le centre médical.

Rachel n'aurait su dire ce qui lui était le plus pénible : la douleur qu'elle ressentait dans tout le corps ou bien l'embarras qu'elle éprouvait en étant la patiente qui alourdissait encore plus la charge de travail de ses collègues.

— Franchement, n'en faites pas toute une histoire, je vous en prie, dit-elle à Suzanne, l'infirmière qui examinait son genou. Ce n'est rien du tout.

— Je n'en fais pas toute une histoire, je regarde ce qu'il en est. Prenez ces antidouleur, ajouta-t-elle en lui tendant deux cachets et un verre d'eau. Vous allez devoir passer une radio.

— Je sais. Je m'occuperai de cela demain. Il suffit que je mette une genouillère pour cette nuit.

— Vous êtes sûre ?

Elle posa l'attelle sur le genou enflé, puis fit un petit signe d'adieu avant de s'en aller.

— Ah, je me sens déjà mieux, déclara Rachel en sautant du chariot.

Elle était à la fois contente et inquiète de se retrouver seule avec Matthieu. Le baiser qu'ils avaient échangé la veille embrouillait tout.

Matthieu ne l'avait pas quittée un seul instant depuis qu'il l'avait récupérée dans la montagne. Il s'était montré aux petits soins pour elle, mais elle sentait bien qu'il était tendu. On eût dit qu'il cherchait maintenant à prendre ses distances avec elle.

— La genouillère me fait vraiment du bien, dit-elle en s'efforçant de prendre un ton enjoué.

— Je vais vous ramener à votre chalet pour que vous puissiez chausser convenablement l'autre pied et ensuite je vous conduirai à l'hôpital de Bourg-Saint-Maurice. Je les appellerai pour les prévenir que nous arrivons.

— Franchement, pas ce soir. Je veux juste me réchauffer, me sécher et me reposer. La radio peut attendre jusqu'à demain.

Elle souffrait tellement qu'elle rêvait juste de s'allonger. Et elle ne voulait pas abuser davantage du temps de Matthieu.

Il fronça les sourcils.

— Mais plus vite vous serez soignée, mieux ce sera, non ?

— Cela peut parfaitement attendre jusqu'à demain. Pour l'instant, je voudrais juste profiter de mon spa.

— Toute seule ?

— Pardon ?

Voyant son air étonné, il s'empressa de la rassurer.

— Je voulais dire que ce n'était peut-être pas prudent que vous preniez un bain toute seule.

— Tout se passera bien. Les antidouleur vont bientôt faire leur effet.

Mais elle ne pouvait s'empêcher de s'imaginer dans le spa en compagnie de Matthieu. Elle aurait près d'elle son beau chevalier savourant le plaisir d'être dans un bain à bulles.

— Rachel, il est évident que vous souffrez beaucoup. Je ne peux vous laisser seule. Et si votre état s'aggravait cette nuit ? Si vous aviez une hémorragie interne ?

— Mais je suis certaine que cela ne se produira pas !

— Comment pouvez-vous en être si sûre ?

— Je…

Elle commença à avancer en sautillant, mais, saisie d'une douleur fulgurante dans le dos, elle dut se retenir au chariot.

— Vous voyez bien, vous ne pouvez même pas marcher !

— J'y arriverai. Je suis forte.

Matthieu ouvrit alors la porte.

— Bien, dit-il. Allons-y.

Rachel franchit le seuil, se mordant la lèvre pour ne pas hurler de douleur. Elle allait lui montrer de quoi elle était capable. Respirant un grand coup, elle fit porter tout son poids sur son pied valide. Puis elle s'arrêta et dut s'appuyer contre le chambranle de la porte. La distance qui la séparait du télésiège lui parut infranchissable alors que, le matin même, elle l'avait parcourue en quelques enjambées seulement. Elle avait mal partout, et plus la moindre énergie. Levant les yeux, elle vit que Matthieu la regardait d'un air glacial.

— Bon, d'accord, vous marquez un point. Il se peut que j'aie besoin d'aide, cette nuit. Mais où voulez-vous que j'aille ?

— Bien. Je sais combien cela a dû vous coûter de me dire cela. Je vais contacter Suzanne. Vous pourrez vous installer chez elle.

Il prit son téléphone et appela Suzanne, avec qui il échangea quelques mots avant de raccrocher.

— Elle n'est pas disponible, ce soir. J'appelle Zoe.

Visiblement, il n'était pas disposé à l'accueillir chez lui. Elle ne pouvait pas lui en vouloir, après la façon dont elle s'était comportée avec lui après qu'ils se furent embrassés.

L'échange téléphonique avec Zoe ne fut pas plus fructueux.

— Elle est occupée, elle aussi. Il ne reste plus qu'une seule solution. Vous allez devoir venir chez moi.

Cette perspective ne semblait pas l'enchanter particulièrement.

— Je peux très bien rester dans mon chalet.

— Non, Rachel. Je vais demander à Fred d'aller vous chercher quelques affaires. J'ai trois chambres, c'est assez grand pour que nous ayons chacun notre espace vital.

Il glissa un bras sous ses épaules pour la soutenir tandis qu'elle marchait vers la motoneige en sautillant.

— Matthieu… Êtes-vous fâché contre moi ?

— Franchement, Rachel, je ne sais pas, dit-il avec un soupir.

— Je vois. Est-ce parce que je ne vais pas me faire faire la radio ce soir ? Ou bien parce que je suis tombée ? Ou alors parce que je suis partie skier toute seule… ?

— C'est parce que…

Il s'interrompit et la regarda droit dans les yeux.

— … vous vous êtes blessée.

— Vous êtes fâché parce que j'ai fait une chute ? Mais cela n'a aucun sens, Matthieu !

— Vous avez sans doute raison. Mais c'est mon problème, ajouta-t-il en lui tournant le dos.

Elle le prit par l'épaule, l'obligeant à lui faire face.

— Matthieu, je vous en prie, parlez-moi. Que se passe-t-il ?

« Parlez-moi. » C'était elle qui disait cela ? Elle qui avait tant de mal à se confier ?

Il fit la grimace, comme si cette conversation lui pesait.

— J'essaye de garder mon calme, Rachel. Vous souffrez, vous n'avez pas besoin que j'ajoute encore à ce que vous endurez.

— J'aimerais mieux que vous me disiez franchement ce que vous avez sur le cœur. Je déteste les tensions.

— Eh bien, le temps est devenu mauvais, mais vous n'êtes pas pour autant revenue à la base. Vous n'avez pas utilisé votre balise de localisation. Vous avez refusé de faire votre radio ce soir. Vous ne vouliez pas avoir quelqu'un près de vous cette nuit pour veiller sur vous…

Elle vit dans ses yeux combien il s'était inquiété pour elle et elle en fut profondément touchée.

— Mais j'ai dit à quelqu'un où j'allais et à quelle heure je comptais revenir. Je suis solide, en bonne santé et assez bonne skieuse, vous le savez. Si j'avais eu des problèmes, j'aurais utilisé la balise de localisation…

— Vous n'aviez pas de problème ? Alors que vous étiez toute seule, blessée, perdue dans le blizzard ? Qu'appelez-vous une urgence, Rachel ? La mort ? Vous tenez tellement à votre indépendance que vous êtes trop fière pour demander de l'aide ? Mais, moi, je *suis* responsable de tout ce qui se passe ici !

— Vous n'êtes pas responsable de moi. Personne ne l'est. Moi seule suis responsable de ce qui m'arrive. Je ne pense pas avoir besoin d'être secourue, Matthieu. Je peux parfaitement veiller sur moi.

— Mais pourquoi ne laissez-vous pas les gens vous aider ?

— Je suis toute prête à reconnaître mes torts quand il s'avère que je me suis trompée et j'assume la responsabilité de mes actes. Juste avant que vous ne me trouviez, j'étais en train de me dire qu'il fallait que je déclenche la balise de localisation.

— Mais vous ne l'avez pas fait.

— Parce que vous arriviez ! Écoutez, je suis indépendante mais pas stupide. Je connais mes limites.

Soudain, une pensée lui traversa l'esprit. Elle avait été si heureuse d'être enfin au chaud, en sécurité, avec la perspective de savourer bientôt un chocolat chaud qu'elle avait dit tout haut la première chose qui lui passait par la tête. Ce n'était pas dans ses habitudes, de se comporter de cette façon ! Même si elle ne pensait pas vraiment ce qu'elle disait, cela restait une énormité. Jamais elle n'aurait dû lâcher une telle insanité.

— Êtes-vous fâché contre moi parce que j'ai dit… euh… que je vous aimais ?

— Pas du tout !

Il avait l'air affolé. Le play-boy pris au piège. Il volait au secours des gens, mais il ne voulait pas se retrouver enchaîné.

— J'ai bien compris que vous exprimiez simplement votre gratitude.

— Exactement. Je ne voulais pas dire… vous savez bien… que je vous *aimais* vraiment.

— Je sais.

Il semblait rassuré, esquissant même un petit sourire.

— Cody va avoir le cœur brisé, dit-il.

— J'en doute. Et vous m'avez promis un chocolat chaud… que je n'ai toujours pas goûté.

Elle souhaitait vraiment redonner un ton enjoué à leur conversation.

— C'est vrai. Accordez-moi dix minutes et vous l'aurez, je vous le promets.

Il l'aida à s'asseoir sur la motoneige en veillant à bien positionner sa jambe blessée.

— Accrochez-vous à moi, si vous voulez. Enfin, vous n'en avez peut-être pas envie, mais vous devriez le faire.

Voilà où ils en étaient. Aucun d'eux ne savait où il en était, ni ce que l'autre pensait et voulait vraiment. L'incertitude, la peur et la fatigue empêchaient toute véritable communication.

Il s'installa devant elle. Elle le tint alors par la taille, sentant le jeu de ses muscles tandis qu'il filait à toute vitesse vers les chalets. Elle se rappela que, la dernière fois où elle l'avait serré dans ses bras, il l'avait embrassée avec fougue.

Comment pourrait-elle l'amener à lui faire revivre un moment pareil ?

8.

Le chalet de Matthieu se trouvait juste à côté de l'hôtel. Il comprenait trois grandes chambres ayant toutes de hauts plafonds lambrissés et des murs blancs. Aidée de Matthieu, Rachel entra dans un vaste salon dont les fenêtres donnaient sur les pistes. Les nuages s'étaient dissipés et, avec le retour du soleil, le ciel se teintait d'éclatantes couleurs orangées, oscillant entre la pêche et l'abricot.

— Ce temps est complètement fou, dit-elle en s'asseyant sur une banquette placée près de la fenêtre. En quelques minutes, on passe d'une quasi-obscurité à cette magnifique lumière.

— Cela nous oblige à faire preuve de vigilance.

Comme il allait s'éloigner, elle le retint par la main.

— Qu'y a-t-il, Rachel ?

— Écoutez, Matthieu, je suis désolée de ce qui s'est passé. Merci de m'avoir amenée ici et de veiller sur moi.

— Normal, c'est mon job.

— Vous faites bien plus que votre job. Encore merci.

— Pas de problème.

Il n'avait pas tenté de retirer sa main, ce qui redonna de l'espoir à Rachel. Allait-elle oser… ? Elle se l'était promis quand elle était perdue là-haut, gelée jusqu'aux os. Elle devait sauter le pas.

— J'ai pensé, lorsque j'étais dans la montagne…

— Oh ! cela semble très sérieux, dit-il en plissant les yeux.

— En réalité, non. Ce n'est pas sérieux du tout. Je ne veux plus rien faire de sérieux, maintenant. Du moins en ce qui concerne ma vie privée. J'ai donné deux ans de ma vie à David pour apprendre finalement que je ne suis pas apte à vivre en couple. Mais je veux m'amuser et je pense… d'après ce que j'ai entendu dire… que, vous aussi, vous aimez prendre du bon temps.

— Ah, je vois que Louis n'a pas pu s'empêcher de trop parler, comme d'habitude !

— Tout le monde sait que vous êtes… disons que vous n'êtes pas encore prêt à vous stabiliser, déclara-t-elle en souriant.

— Non, en effet.

Il semblait ne pas bien comprendre où elle voulait en venir.

— Alors ne pourrions-nous pas oublier ce qui s'est passé aujourd'hui et revenir en arrière ?

— Cela dépend jusqu'où…

— Jusqu'au… Jusqu'au moment où nous étions sur le traîneau. Nous avons beaucoup ri, alors. Et…

Elle le regarda dans les yeux. Elle ne s'était jamais sentie aussi vulnérable ni aussi vivante qu'en cet instant.

— … Et si nous revenions au moment où nous étions derrière l'arbre ?

Il haussa les sourcils et esquissa un petit sourire.

— Vous voulez qu'on s'embrasse à nouveau, Rachel ?

C'était le moment ou jamais de faire preuve de franchise.

— Oui. Oui, Matthieu, j'en ai très envie.

Il s'assit à côté d'elle et lui prit la main, le regard taquin.

— Quoi ? Après m'avoir dit que vous ne m'*aimiez* pas ?

Un magnifique sourire illuminait son visage.

Elle sourit à son tour, oubliant à quel point elle souffrait.

— Même si je vous ai dit cela, j'adorerais vous embrasser, Matthieu. Si vous aussi vous en avez envie.

— Et votre besoin d'espace vital, qu'en faites-vous ?

— J'ai eu assez d'espace, là-haut, dans la montagne, pour que cela me suffise pendant un bon moment. Mais si nous repartions de zéro ? Je hais cette tension qu'il y a entre nous.

— Moi aussi. Bon, je vais aller préparer le chocolat chaud que je vous ai promis.

Elle sentit son cœur se serrer et connut un début de panique. En fait, il ne s'était pas prononcé sur la proposition qu'elle venait de lui faire. Serait-elle allée trop loin ?

— Vous prenez la fuite ?

— Non, je réfléchis.

— Ah ! Ce n'est pas bon signe.

— Croyez-moi, vous préparer mon fameux chocolat chaud est le plus beau compliment que je peux vous faire. Je n'ai pas besoin de réfléchir à votre offre, Rachel, murmura-t-il en se penchant vers elle. Je me demandais seulement par quoi commencer.

— Et… ?

— Vous souffrez encore et vous devez vivre un vrai supplice. Votre bien-être passe avant tout.

Il lui caressa le front et lui posa un baiser sur la joue.

— Matthieu, je sais ce qui va me faire le plus de bien.

Le prenant par le cou, elle l'attira vers elle pour avoir ce baiser dont ils ne cessaient de parler depuis un bon moment.

Il se mit à rire et s'empara de ses lèvres.

Était-ce la douceur de ce baiser ou bien l'effet des analgésiques ? Elle sentit ses douleurs disparaître comme par enchantement. Accrochée à son cou, elle se pressa contre lui, animée par une envie irrésistible de pousser les choses plus loin. Était-elle devenue folle pour nourrir un désir aussi violent pour un homme ? Peu importe ! Elle était prête à reconnaître qu'elle avait perdu la tête. Tout ce qu'elle voulait, c'était embrasser Matthieu et faire l'amour avec lui.

Mais il finit par s'écarter, lui posant une série de petits baisers tout le long des épaules, comme autant de promesses.

— Ce fut une dure journée, dit-il. Vous devez être épuisée, Rachel.

— Jamais trop fatiguée pour vous embrasser, mais, vous avez raison, je suis éreintée.

— Auriez-vous assez de force encore pour boire un chocolat chaud ?

— Dans la liste de mes souhaits, cela vient en deuxième position, juste après l'envie de vous embrasser.

— Ah ! Avec grand plaisir ! dit-il en lui posant un baiser sur le nez avant de disparaître dans la cuisine.

Elle profita de son absence pour examiner la pièce. Elle s'était attendue à découvrir un intérieur typiquement masculin, dépouillé et monochrome, mais la décoration était du même style que celle de l'hôtel et des autres chalets, à la fois chaleureuse, colorée et raffinée. Des souvenirs de voyage garnissaient les étagères, et les murs étaient ornés de photos en noir et blanc, de grands formats montrant New York, Hong Kong, Singapour, Tokyo… Toutes étaient signées. Elles étaient l'œuvre de Matthieu.

Lorsqu'il revint, chargé d'un plateau garni d'une chocolatière en argent, de deux tasses en porcelaine blanche et d'une assiette de petits sandwichs au fromage, elle pointa du doigt la photo de New York.

— Vous avez donc tous les talents ?

Il sourit.

— Ah, vous parlez des photos ? J'ai simplement flatté mon ego démesuré en choisissant de les tirer dans un format aussi grand.

Il lui tendit une tasse de chocolat et l'assiette de sandwichs, puis s'assit en face d'elle sur la banquette.

— Elles vous plaisent ? demanda-t-il.

— Je les trouve fabuleuses. Regrettez-vous votre vie d'avant ?

— Pas du tout. Mais les voyages me manquent, c'est vrai. Et vous ? Avez-vous beaucoup voyagé ?

— Oui. Je partais toujours à l'étranger durant les vacances scolaires. Les États-Unis, la Thaïlande, la Croatie, la Grèce… j'ai vu beaucoup de pays.

— Vous aviez beaucoup de chance, dit-il en souriant.

— Si on veut.

Elle resta un moment silencieuse, puis se rappela s'être promis de s'ouvrir davantage.

— Après leur divorce, mes parents se sont livrés au jeu de la surenchère. C'était à qui m'offrirait les plus belles vacances, les plus beaux cadeaux. Chacun voulait apparaître comme un meilleur parent que l'autre. Mais ils passaient leur temps à se disputer et à se faire des reproches. Je finissais toujours par les supplier de m'inscrire au centre de loisirs et j'y allais tous les jours pour échapper à cette ambiance malsaine.

Elle se mit à rire, bien qu'il n'y eût rien de drôle dans cette histoire. Durant toute son enfance, elle avait seulement cherché à ne plus être au centre des querelles de ses parents.

Le sourire de Matthieu avait disparu.

— Pendant quelques instants, j'ai été presque jaloux de vous, mais ce que vous avez vécu semble vraiment terrible.

— Ça l'était. Tous les centres de loisirs ne se valent pas. Dans certains d'entre eux, je parvenais à me faire des amis. Sinon, je me plongeais dans la lecture. Je lisais beaucoup, à l'époque. À Noël comme à mes anniversaires, j'étais toujours couverte de cadeaux. Le plus drôle, c'est qu'ils ne m'ont jamais donné ce dont je rêvais le plus.

— Et qui était… ?

— Des cours de danse. Je les avais suppliés de m'inscrire dans une école de danse, mais ils n'ont jamais pu se mettre d'accord pour en choisir une. Je vivais en alternance une semaine chez l'un, puis une semaine chez l'autre, et chacun d'eux exigeait que les cours de danse aient lieu près de chez lui. Ils avaient là un nouveau prétexte pour se disputer. J'ai fini par renoncer à leur demander quoi que ce soit.

— Et vous avez grandi en ne comptant que sur vous. Je vois.

— Apparemment, cela peut s'avérer problématique.

— Oh ! je ne sais pas. Tout à l'heure, vous avez exprimé très clairement ce que vous souhaitiez avoir.

Matthieu sourit et se pencha pour l'embrasser.

— Plus besoin de réclamer des baisers, Rachel. Vous n'aurez qu'à vous servir chaque fois que vous en aurez envie.

Profitant aussitôt de cette offre, elle lui vola un autre baiser.

— Je ne vais certainement pas m'en priver !

— Vous avez raison.

Il souleva doucement sa jambe blessée et posa celle-ci sur un coussin qu'il avait mis sur sa cuisse.

— Il faut la maintenir surélevée, ajouta-t-il.

— Merci, *docteur* LeFevre.

Il lui chatouilla les orteils, ce qui la fit rire, puis elle goûta le chocolat chaud.

C'était une pure merveille. Jamais elle n'en avait bu de pareil. Outre le goût prononcé du chocolat, il y avait une note citronnée et quelque chose d'autre qu'elle ne parvenait pas à identifier. Elle but encore une gorgée, puis une autre.

— Incroyable ! Je me sens déjà tellement mieux…

— Je sais. Ce chocolat est un remède à tout.

— Qu'y a-t-il dedans ? Je voudrais connaître la recette.

— Je ne peux pas vous la donner, c'est un secret de famille. Ma mère me l'a confié, et elle le tenait de sa mère. J'ai juré de ne jamais le révéler.

— C'est vraiment divin.

Elle remarqua alors que Matthieu regardait une photo encadrée posée sur la table basse. On y voyait une jeune femme tenant un petit garçon sur ses genoux. L'enfant était parfaitement reconnaissable. C'était Matthieu. Il devait avoir dans les quatre ans et affichait un sourire espiègle. La jeune femme riait, le regard tourné vers l'objectif. Elle avait les mêmes yeux et la même jolie bouche que l'enfant.

— Elle est très belle. C'est votre mère ?

— Oui, répondit-il avec un sourire ému.

Elle appréciait qu'il soit aussi attaché à sa mère. Visiblement, ils avaient été très proches l'un de l'autre. Comme elle aurait voulu connaître cela avec ses parents !

— Elle vous manque ?

— Bien sûr.

— Matthieu… Vous m'avez dit qu'elle était malade. Était-ce un cancer ?

— Non. En fait, elle a été malade toute sa vie. Elle souffrait de troubles bipolaires. Nous avions des hauts et des bas, passant de phases d'excitation à des états dépressifs.

« Nous ». Il avait dû faire face au problème de sa mère et le prendre en charge comme si c'était le sien.

— S'est-elle… ?

— Suicidée ? Oui, dit-il, le visage sombre. Cette fois-là, je suis arrivé trop tard.

— C'est vous qui l'avez trouvée ?

— Oui. Je l'ai quittée quelques heures pour venir régler ici certaines questions. Elle m'avait dit au revoir en m'affirmant que cela irait. Elle n'était pas en grande forme, mais je l'avais déjà laissée seule auparavant, à plusieurs reprises… Elle a avalé des cachets et du cognac… Je n'ai rien pu faire.

— Mon Dieu, Matthieu, c'est horrible. Rien d'étonnant à ce que vous soyez si protecteur.

Il se passa la main sur le visage.

— J'aurais dû l'en empêcher. J'aurais dû savoir.

— Vous ne pouvez pas penser que ce qui est arrivé est votre faute !

— J'aurais dû comprendre qu'elle n'était pas bien, ce jour-là. J'ai appris très tôt à déchiffrer les expressions de son visage. Je savais de quelle humeur elle était. Si elle avait besoin d'aide ou pas. Elle pouvait être en forme un certain temps, parfois même pendant des mois, elle prenait son traitement, et tout allait bien. Et puis elle arrêtait soudain ses médicaments, disant qu'elle n'en avait plus besoin, et elle retombait en dépression.

— Je n'ose imaginer ce que cela a dû être pour vous.

— À cinq ans, on rêve d'une vie normale. À huit ans, on veut surtout que personne ne soit au courant. C'est mal, je sais, mais c'était ce que je ressentais.

Il marqua une pause et respira un grand coup.

— Mais on arrivait à se débrouiller. Je l'aidais de mon mieux… Enfin, je l'espère. Quand j'ai eu vingt ans, elle allait plutôt bien. Elle avait un petit ami, un homme très gentil qui l'encourageait à prendre ses médicaments. Pendant près de trois ans, la situation a été bien meilleure. Lorsqu'on m'a offert un job à Paris, j'ai commencé par refuser, mais ma mère l'a appris par les parents de Louis et elle m'a poussé à accepter, disant que c'était une occasion unique.

— Elle avait raison.

— Oui. J'avais des amis ici qui gardaient un œil sur elle et, bien sûr, au début, je l'appelais pratiquement tous les jours. Je revenais presque chaque week-end et je passais mes vacances ici. Mais elle s'est fâchée en me voyant revenir si souvent au pays, disant que je ne lui faisais pas confiance. Elle se soignait, faisait attention à elle... Alors j'ai commencé à voyager davantage. J'étais plus détendu.

Il marqua une pause, le regard fixé sur ses mains.

— Et puis sa relation avec Gilbert s'est dégradée, et elle a commencé à décliner. Elle ne voulait plus voir personne. Alors je suis revenu. Je l'ai trouvée en très mauvais état. Mais j'ai pu la faire soigner et elle s'est sentie beaucoup mieux. J'ai passé un an avec elle et elle allait tout à fait bien. Et puis, un jour, tout s'est arrêté. Je n'avais rien vu venir. Je n'ai pas su déceler les signes avant-coureurs.

— Parfois, il n'y en a pas, Matthieu.

— J'aurais dû les voir. J'étais toujours sur le qui-vive. Deux fois déjà je l'avais trouvée... j'aurais dû deviner.

— Ce n'est pas votre faute. Vous devez le comprendre.

Il haussa les épaules, comme s'il ne la croyait pas.

— Maintenant, je suis seul, je ne suis responsable de personne d'autre, et j'en suis ravi.

— Est-ce pour cette raison que vous n'avez jamais voulu vous engager avec une femme ? Parce que vous deviez penser à votre mère et être prêt à revenir auprès d'elle ?

— Non. C'est parce que je ne voulais pas... je ne *veux* pas avoir de nouveau la responsabilité de quelqu'un.

Il se tourna vers elle, affichant un sourire ironique.

— On peut dire que si nous avions l'intention de passer un bon moment c'est assez réussi, pas vrai ?

Elle se mit à rire et lui caressa le bras.

— Peut-être que plus on en apprend sur une personne, plus on a de chances de passer un bon moment avec elle.

Elle n'arrivait pas à croire qu'elle ait pu dire cela. Mais il y avait chez Matthieu quelque chose qui la poussait à s'ouvrir à lui. Ah ! Peut-être qu'elle apprenait enfin à devenir intime avec quelqu'un. À reconnaître ses sentiments au lieu de les étouffer. C'était libérateur, mais aussi très risqué.

Mais, avec Matthieu, elle se sentait toujours en sécurité. Elle savait qu'il l'aimait bien... Cela se voyait à la façon dont il la regardait, la touchait. Il l'acceptait telle qu'elle était.

— Je suis sûr que nous pouvons passer de bons moments ensemble si nous apprenons à mieux nous connaître. Surtout physiquement..., ajouta-t-il en riant.

Il l'embrassa une nouvelle fois. Puis son visage se crispa.

— Je suis désolé. Je n'aurais pas dû vous raconter tout cela. J'en parle rarement... mais bien sûr ce n'est pas un secret. Tout le monde, au village, connaissait ma mère et notre histoire. Ils ont tous veillé sur moi quand j'étais enfant. À Noël, ils m'offraient de la nourriture et des petits cadeaux. Il y avait aussi d'autres petites attentions, comme des billets pour assister à des matchs de football, ou des jouets dont ils prétendaient vouloir se défaire.

— Ils vous aiment, c'est évident.

— Je leur dois beaucoup.

— D'où la station de ski et les jobs pour les gens du coin ?

— C'est en partie ce qui m'a motivé, oui. Le plus drôle, c'est que j'essayais de cacher à tout le monde l'état de ma mère. Mais tous étaient au courant. On ne peut rien cacher, ici. Pas même ce qui fait souffrir.

— Partager une souffrance aide à l'alléger. Cela fait du bien de savoir qu'un village entier se soucie de vous, non ?

Si seulement elle avait pu bénéficier autrefois du soutien ne serait-ce que d'une seule personne... Mais elle s'était repliée sur elle-même. Peut-être devrait-elle s'inspirer de l'exemple de Matthieu et apprendre à accepter d'être aidée.

Mais si cela l'exposait au risque d'être rejetée ? C'était ce qu'avait fait David. Et son père. Et sa mère. Pourtant, quand on rencontrait les bonnes personnes et qu'on osait se confier à elles, on se découvrait un foyer. Un lieu auquel on appartenait. Elle, elle n'avait aucune attache. Elle n'appartenait à rien ni à personne.

— Assez parlé de moi, dit Matthieu en lui caressant la main.

— Merci de l'avoir fait.

Ces confidences les avaient rapprochés. Tous deux avaient subi un traumatisme, mais ils y avaient réagi différemment. Elle était stupéfaite de la force qu'il avait et de sa générosité. Il était évident qu'il avait adoré sa mère. C'était un homme bon. Le plus gentil qu'elle ait jamais rencontré.

Ils restèrent un moment assis en silence, savourant leur chocolat en admirant le paysage. Puis Matthieu se tourna vers elle et lui caressa la joue.

— Vous avez l'air d'être épuisée. Vous voulez vous coucher tôt ?

Elle posa sa jambe blessée sur le sol et se redressa, s'agrippant à la banquette pour garder son équilibre.

— Oui, mais je vais d'abord prendre un bain.

— Cela va aller ? demanda-t-il en lui prenant la main.

— Tout va bien, Matthieu.

— Vraiment ?

Comprenant le message, elle éclata de rire.

— Je voulais dire que, grâce à vous, j'ai eu tout ce dont j'avais besoin : merci pour tout. Mais ma jambe et mon dos me font très mal. Un bain chaud me fera le plus grand bien.

— Bien sûr. Prenez cela avec vous, ajouta-t-il en remplissant de nouveau sa tasse de chocolat. Si vous en voulez davantage, vous n'aurez qu'à crier.

— Une femme pourrait prendre goût à ce genre d'attentions, dit-elle en s'emparant de la tasse.

— Oh ! je vous en prie, n'allez pas vous fracasser contre des sapins juste pour avoir le plaisir de prendre un bain en buvant du chocolat chaud. La prochaine fois, vous n'aurez qu'à demander, d'accord ?

Il se leva et la serra dans ses bras.

Elle se dit qu'à cela aussi, une femme pouvait facilement prendre goût.

Mais sans doute n'était-ce pas une très bonne idée.

9.

Ah ! Il aurait mieux fait de se taire. Alors qu'ils étaient censés passer un bon moment ensemble, il avait dû l'effrayer en lui racontant toutes ces histoires. Cependant, elle n'en avait rien laissé paraître. Elle l'avait écouté, pensive.

Il nettoya le plateau et acheva de préparer la chambre d'amis. Alors qu'il cherchait une musique qui pourrait plaire à Rachel, un bruit sourd lui parvint, venant de la salle de bains.

Affolé, il se précipita vers la porte.

— Rachel ! Rachel ! Est-ce que ça va ?

— N'entrez pas ! ordonna-t-elle d'une voix anxieuse.

En même temps, on aurait dit qu'elle riait.

— Rachel, que se passe-t-il ?

— Je… Tout va bien. C'est juste que… Oh !

Elle laissa échapper un juron. Il y eut encore quelques exclamations, des grognements et des bruits d'éclaboussures. N'y tenant plus, Matthieu entrouvrit la porte.

— … Puis-je ?

— Bon, d'accord. Mais ne regardez pas !

Il entra dans la salle de bains, essayant de ne pas regarder. Mais, du coin de l'œil, il capta l'essentiel de la scène.

— Qu'est-il arrivé, Rachel ?

Elle était plongée dans l'eau, les cheveux plaqués sur le crâne, le visage bombardé de bulles grâce aux jets du spa réglés au maximum de leur puissance. L'eau coulait à flots et débordait de la baignoire, inondant le sol.

— J'ai glissé en entrant dans mon bain et je me suis retrouvée la tête sous l'eau. Sans faire exprès, j'ai heurté la tasse avec mon pied, elle est tombée par terre. Je suis désolée. J'espère que vous n'y teniez pas particulièrement… ?

— Non, pas du tout, dit-il en observant sur le carrelage les restes de chocolat mêlés aux débris de la tasse.

— Ne bougez pas, Rachel. Vous pourriez vous blesser.

Elle se mordit la lèvre et fit la grimace.

— J'avais l'intention de tout nettoyer et de jeter les morceaux à la poubelle, sans que vous vous aperceviez de rien.

— Vous vouliez dissimuler les preuves du crime ? répliqua-t-il, moqueur. Et accomplir cet exploit avec un pied dans un tel état ? Sautiller sur un carrelage humide, c'est courir de grands risques !

Il se rendit dans la cuisine et revint avec un seau et un rouleau d'essuie-tout, puis entreprit de nettoyer le sol en essayant d'oublier la présence de Rachel dans la baignoire. Il l'entendait se laver les cheveux et poursuivre sa toilette. Elle était nue. Mouillée. Couverte de bulles. Et elle voulait l'embrasser. Il sentit tout son corps s'enfiévrer. Jamais il n'avait autant désiré une femme. Mais il s'agissait de Rachel, et l'attirance qu'il éprouvait pour elle ne ressemblait à rien de ce qu'il avait connu jusqu'alors.

Il ne savait pas quoi faire. Elle avait eu une vie difficile avec ses parents et avec son ex qui l'avait plaquée. Elle méritait bien plus que ce qu'il pouvait lui donner. Et elle voulait lui donner beaucoup trop, il le voyait bien. Il le lisait dans ses yeux. Ses yeux disaient tout. Sa vulnérabilité. Sa souffrance. Le désir qu'elle éprouvait pour lui et qui donnait à ses yeux gris l'éclat de l'argent.

Il ressentait au fond de lui le même désir intense. Un désir brûlant qui l'envahissait dès qu'elle était en sa présence. Il lui suffisait de penser à elle pour que son corps s'embrase.

Elle était nue. À deux pas de lui. Une vraie torture.

— Matthieu… Pouvez-vous me donner une serviette pour mes cheveux ?

— Bien sûr.

Essayant de garder son calme, il attrapa une serviette et, tournant le dos à Rachel, il la lui tendit. Elle se mit à rire.

— Euh… Matthieu… Je suis par ici.

— Où cela ?

Il se retourna et vit qu'elle se trouvait à l'autre extrémité de la baignoire.

Il resta paralysé à la vue de sa peau nue, de son port de reine et de la courbe de ses seins émergeant de l'eau. Les bulles avaient disparu.

Il lui donna la serviette et se tourna aussitôt. Pas question qu'il continue à la regarder.

— Je m'en vais. Appelez-moi si vous avez besoin d'aide

— D'accord. Oh ! Oh ! mon Dieu !

Il fit aussitôt demi-tour.

— Quoi ? Qu'est-ce qu'il y a ?

L'air horrifié, Rachel couvrit de ses mains sa poitrine avant de plonger dans l'eau.

— Je pensais… Où sont passées toutes les bulles ?

— Cela arrive parfois, avec le shampoing et le savon… Il y a une réaction chimique… qui fait disparaître les bulles.

Il ne pouvait effacer de sa mémoire l'image de la peau laiteuse, de la teinte sombre des mamelons. *Seigneur.* Elle était divine. Ne pas la toucher était un vrai supplice.

Elle s'assit sur le rebord de la baignoire et se pencha en avant, lui tournant le dos.

— Mon Dieu, Rachel ! Votre dos est couvert d'ecchymoses.

— Vraiment ? C'est assez douloureux, en effet. Est-ce que cela a l'air sérieux ? Où est-ce ? Pouvez-vous vérifier, s'il vous plaît ? Indiquez-moi l'endroit qui semble le plus mal en point. Je veux voir si c'est de là que vient la douleur.

Il obéit et appuya doucement son doigt sur l'ecchymose la plus marquée.

— Ici ?

— Aïe ! Oui, c'est bien là. Mon dos est-il vraiment très abîmé ? Où cela ?

— Il est couvert de bleus. Une vraie carte du monde. Là, je vois l'Italie et… là, c'est l'Australie.

Il faisait courir ses doigts le long de la colonne vertébrale, chassant les gouttes d'eau en traçant sa carte imaginaire.

— Ici, on dirait les contours de la Russie, et là je vois l'Espagne, tout près du Maroc.

— Tout cela n'est guère rassurant.

Elle tremblait et commençait à avoir la chair de poule, mais elle ne bougeait pas.

— Avec vos tracés sur ma peau, vous me faites des chatouilles !

— Rachel…

Sans doute sa réaction était-elle déplacée, mais il était humain et Rachel était splendide. *Mais en miettes*. De bien des manières. Retrouvant un peu de bon sens, il s'écarta.

— Désolé. Écoutez, la chambre d'amis est au bout du couloir, à gauche. Je vous reverrai demain matin.

— Matthieu… Attendez.

Elle lui saisit la main et lui serra les doigts, avec fermeté et douceur à la fois. Sa peau était chaude.

— Oui ?

— Je crois que je vais avoir besoin d'aide pour sortir de la baignoire. Je ne peux pas prendre appui sur mon pied blessé.

— Vous n'aurez qu'à m'appeler quand vous voudrez que je vous donne un coup de main.

Rachel ferma les robinets.

— Matthieu…, murmura-t-elle d'une voix sensuelle.

— Oui ?

— J'ai besoin de vous.

Son regard montrait clairement son désir d'être embrassée. Matthieu sentit son corps réagir plus qu'il ne l'aurait voulu.

— Oui, bien sûr.

Réfrénant son envie de la serrer dans ses bras, il lui tendit une serviette, dans laquelle elle s'enroula. Quand elle sortit de la baignoire, elle chancela et dut s'agripper à Matthieu.

Il la trouvait si belle, avec ses joues toutes roses et ses

yeux brillants. Elle dut voir à quel point il était ébloui, car elle esquissa un petit sourire et soupira.

— À propos de cette fameuse carte… Si la Russie était là…

Elle lui prit la main et la promena le long de son dos.

— … le Canada devrait être par ici, non ? lança-t-elle en le guidant jusqu'à la courbe de ses seins.

— Je n'ai pas besoin d'avoir un cours de géographie, grommela-t-il en la poussant contre le mur. Je sais exactement où je veux être.

Gémissant d'impatience, elle s'empara de la bouche de Matthieu et lui donna un baiser fiévreux. Il lui avait dit de se servir, sans demander la permission. Elle le prenait au mot.

La façon dont il la regardait ne fit que l'exciter davantage. Quand il glissa la langue dans sa bouche, elle ne put résister à l'envie de lui ôter son sweater et son T-shirt. Elle lui caressa le dos, suivant le mouvement de ses muscles tandis qu'il la collait contre le mur.

Elle voulait qu'il l'embrasse partout. Qu'il la touche partout. Elle voulait qu'il la pénètre.

Ce désir irrépressible, violent et sauvage, n'avait aucun sens. Et pourtant il lui semblait parfaitement sensé. Lui seul comptait. Il était tout. Matthieu était tout.

Sa serviette glissa… ou peut-être l'avait-elle laissée glisser ? Elle n'aurait su le dire. Elle était là, devant lui, complètement nue, et elle aimait la façon dont il la regardait, les yeux pleins de désir et de promesses.

S'exposer ainsi était une folie. Elle risquait d'être rejetée. Jamais elle ne s'était comportée de cette façon, cherchant au contraire à toujours se protéger. Mais sous le regard de Matthieu elle se sentait précieuse, sexy, désirée. En sécurité.

Voyant qu'il voulait la porter dans ses bras, elle rit.

— Mais je peux marcher !

— Non, *chérie*, tu ne peux pas, répliqua-t-il, riant à son tour.

Et il se hâta de l'emmener dans la chambre.

Elle avait souvent imaginé, ces derniers jours, à quoi pouvait ressembler la chambre de Matthieu, la façon dont il la regarderait quand il l'y emmènerait, ce qu'elle ressentirait alors. Mais ce qu'elle vivait ce soir dépassait tous ses rêves.

La chambre était éclairée par deux veilleuses qui diffusaient une lumière douce. Les yeux fixés sur Matthieu, les lèvres scellées aux siennes, elle ne prêtait aucune attention au décor. Lui seul comptait.

Il la posa doucement sur le lit. Les draps étaient doux et frais. Il s'allongea près d'elle, torse nu, et lui caressa les seins, avec sur le visage une expression qui acheva de la bouleverser. Elle ne s'était pas attendue à le voir aussi avide, aussi ardent, comme si elle était la seule personne au monde capable de le combler.

Le souffle court, elle tendit la main vers la fermeture Éclair de son jean et la descendit, prête à s'emparer de ce qu'elle convoitait… Mais Matthieu lui attrapa les doigts, les yeux brillant d'un éclat sauvage.

— Attends, Rachel…

— Non, je ne peux pas. J'ai déjà attendu trop longtemps.

Elle le poussa à s'étendre sur elle de tout son long. Elle voulait sentir son poids, sa chaleur, sa force. Comme elle lui couvrait le visage de baisers, il se mit à rire.

— Nous avons toute la nuit devant nous, *chérie*.

Elle adorait sa façon de l'appeler « chérie », en français.

— Alors, répliqua-t-elle, faisons de chaque minute un moment précieux, *chéri*.

Il rit, et elle l'imita. C'était si bon, de rire ensemble !

Elle glissa de nouveau la main dans son jean et le caressa, mais il l'empêcha de continuer.

— Non, Rachel, attends.

Elle adorait aussi la façon dont il prononçait son nom.

— T'entendre dire et redire « Rachel » avec ton accent français suffirait à me rendre heureuse pour toujours. Je ne crois pas avoir besoin d'autre chose.

— Nous allons voir. Rachel, Rachel…

Elle éclata de rire.

— Oh ! oui, Matthieu ! Encore, encore.

Il lui embrassa doucement la poitrine, puis descendit plus bas, posant ses lèvres sur son ventre, ses hanches, ses cuisses. Lorsqu'il lui écarta les jambes, elle poussa de petits gémissements et s'abandonna au plaisir qu'il lui donnait avec ses mains, sa bouche, sa langue.

Voyant qu'il ralentissait le rythme, elle faillit le supplier. Mais Rachel Tait ne suppliait personne. Elle ne montrait ni ses émotions ni ses besoins. Elle gardait tout pour elle.

Sauf que Matthieu mettait à mal ce parfait contrôle d'elle-même. Il prolongeait l'attente, espaçant ses caresses comme pour la pousser à les réclamer.

— Matthieu…

— Que désires-tu ? Dis-le.

— Ne t'arrête pas !

Mais il avait déjà cessé de lui prodiguer ces incroyables sensations dont elle ne parvenait pas à se rassasier.

— Dis-moi ce que tu désires, Rachel.

Rachel Tait ne mendiait pas… jusqu'au moment où elle n'y tint plus.

— Je t'en prie, Matthieu ! Je t'en prie… encore !

— Avec grand plaisir, Rachel.

Jamais elle ne s'était sentie aussi bien. Elle l'entendit murmurer son nom tandis qu'il la caressait au plus intime d'elle-même. Elle s'abandonnait, goûtant son plaisir sans réserve, avec l'impression de voler, de flotter et de se désintégrer avant de renaître sous les doigts de Matthieu.

Haletante, elle resta un moment allongée sur le lit, essayant de reprendre son souffle et de refouler les larmes qui lui venaient après avoir vécu ce trop-plein d'émotions.

— Qu'est-ce que tu me fais, Matthieu ? demanda-t-elle, partagée entre le rire et les sanglots.

— Du bien, j'espère ? dit-il en levant la tête.

Lorsqu'il la vit en larmes, son sourire disparut.

— Tu pleures ? Qu'y a-t-il ? Quelque chose ne va pas ?

— Mais non ! Tout est parfait. Je ne sais pas ce qui m'arrive.

— Que ressens-tu ? Dis-le-moi.

Il lui caressait la joue si tendrement que ses pleurs redoublèrent. Pourquoi réagissait-elle ainsi ? Elle était incapable de le dire. Mais, puisque Matthieu lui demandait de s'expliquer, elle allait tenter de le satisfaire. Il ne la rejetterait pas. Elle avait confiance en lui.

— J'ai l'impression de m'être transformée. Comme si j'étais devenue quelqu'un d'autre. Quelqu'un de libre, comme les oiseaux. Je ne comprends pas. Mais tu ne devrais pas me poser ce genre de questions. J'ai du mal à trouver mes mots.

Il éclata de rire.

— Mon bel oiseau libre… je crois que je comprends.

Lui saisissant la main, il la posa sur son cœur.

— Vole haut, *chérie*. Et profite pleinement du voyage !

— *Oui, bien sûr. Merci, Matthieu. Merci pour tout.*

— Bel effort, dit-il en souriant, touché de l'entendre s'exprimer en français.

Il recommença à l'embrasser, avec tant d'habileté et de tendresse qu'elle se sentait dans un état second.

Au bout d'un moment, il s'écarta pour reprendre son souffle.

— Et comment va ta jambe ? Et ton dos ?

— Je n'y pense plus ! La douleur devient supportable quand on jouit comme je viens de le faire.

— C'est peut-être l'effet des analgésiques, car nous n'en sommes qu'aux préliminaires, tu sais, dit-il en souriant.

— Excellente nouvelle ! Parce que je te veux, Matthieu. Et je veux que tu ressentes autant de plaisir que moi.

— C'est déjà le cas ! J'ai presque joui en te voyant atteindre l'extase.

— Je veux te voir, moi aussi, dans cet état.

Elle rit, surprise de s'entendre parler ainsi. David n'avait jamais eu ce genre de conversations avec elle. Ils avaient toujours fait l'amour dans le noir, avec une certaine retenue. Elle avait cru que cela lui suffisait. Quelle erreur !

— Mais ce serait beaucoup mieux si tu étais nu, toi aussi.

Comme il commençait à ôter son jean, Rachel l'arrêta.

— Laisse-moi faire, dit-elle.

— Avec grand plaisir !

Elle aimait le voir si joueur et prêt à s'amuser, et en même temps capable de se montrer sérieux et profond.

Comme il s'allongeait sur le dos, les bras derrière la tête, elle s'assit à côté de lui et entreprit de lui enlever son jean, puis son boxer short, et commença à le caresser lentement. Il se laissait faire, poussant des petits grognements de plaisir.

— Mon Dieu, Rachel, je n'en peux plus… Je veux te prendre, être en toi !

— Oui, je t'en prie ! Viens !

Il lui saisit la main.

— Attends… Je dois mettre un préservatif.

Il roula au bord du lit et s'équipa rapidement. Quelques secondes plus tard, le regard brûlant de désir, il s'allongea sur Rachel et l'embrassa avec fougue. Elle se frotta contre lui, impatiente qu'il la pénètre.

Mais il marqua une pause et lui caressa les cheveux.

— Rachel, tu es sûre que c'est ce que tu veux ?

— Oh oui ! Jamais je n'ai été aussi sûre de quelque chose. Viens, Matthieu, je t'en prie.

Et elle n'eut pas besoin de le supplier davantage.

Ce qu'elle venait de vivre dans les bras de Matthieu était incroyable. Jamais elle ne s'était sentie aussi bien. Parfaitement comblée.

Tandis qu'ils reprenaient leur souffle, elle savourait ce moment. Elle ne bougeait pas, blottie contre Matthieu, qui l'enlaçait étroitement. Pour rien au monde elle n'aurait quitté ce lit. Épuisée, ravie, à la fois somnolente et détendue, elle sourit.

— C'était extraordinaire. Je ne crois pas avoir jamais ressenti quelque chose de pareil.

— Alors c'est que ton partenaire et toi vous vous y preniez très mal, répondit-il en lui adressant un clin d'œil. La prochaine fois, je veux te déshabiller moi-même. Cela fait partie du jeu et c'est très agréable.

La prochaine fois.

— Veux-tu que je me rhabille pour te donner le plaisir de m'ôter ensuite tous mes vêtements ?

— Non ! Ne t'habille plus jamais. Jamais !

— Je risque d'avoir très froid si je vis nue dans ces montagnes…

— Ne pense pas à cela. Ni à rien d'autre. Il n'y a que nous deux. Le monde extérieur n'existe pas. De quoi as-tu envie, là, maintenant ?

D'être embrassée. D'avoir quelqu'un à qui parler, et que je peux écouter. Quelqu'un qui me soit cher. Je ne veux plus être seule. J'ai envie de toi.

Elle sentit les larmes venir. Jusqu'à présent, elle n'avait jamais eu l'impression d'avoir besoin de quoi que ce soit. Pas de cette façon. Qu'est-ce que cela signifiait ? Elle ne voulait pas vraiment le savoir, car elle ne souhaitait pas donner trop d'importance à ce merveilleux moment.

— J'ai envie de faire encore l'amour avec toi, dit-elle en se pressant contre lui tout en le couvrant de baisers.

Mais elle ne put retenir un bâillement et sentit une immense fatigue s'abattre sur elle.

— Désolée, je crois qu'il faut que je fasse d'abord une petite sieste.

— Alors dors, Rachel, dit-il en lui rendant ses baisers. Tu as besoin de te reposer. Tu as eu une dure journée.

Pas seulement une dure journée. Une grande révélation, aussi. Elle avait tenté de se protéger, de ne pas se livrer et de garder ses distances. Mais il avait su percer ses défenses. Pire encore, elle lui avait dit et montré ce qu'elle voulait. Elle l'avait même supplié de lui donner ce plaisir qu'elle attendait de lui.

Et elle se moquait bien de s'être ainsi lâchée.

Elle n'avait aucun regret.

10.

— Matthieu…

Il ne savait pas s'il rêvait ou si c'était bien réel, mais Rachel Tait était dans son lit et lui caressait la cuisse.

Il ne rêvait pas.

— *Chérie*… Comment te sens-tu ? Souffres-tu ?

— Un peu. Mon genou me fait mal, mais c'est supportable. Et toi ?

— Je ne me suis jamais senti aussi bien.

— Parfait.

Elle marqua une pause, puis se mit à rire.

— Tout semble différent ici.

— Comment cela ?

— J'ai l'impression qu'à Sainte-Colette tous mes sens sont en éveil. Le soleil y est plus brillant, la neige, plus blanche, le ciel, plus bleu. Et, dans cette chambre, c'est le noir absolu.

— Veux-tu que j'allume ?

— Non, c'est juste un peu déroutant.

— Sainte-Colette est reconnue officiellement comme une réserve de ciel étoilé. Viens voir.

Il lui tendit un peignoir bien trop grand pour elle et l'accompagna jusqu'à la fenêtre. Lorsqu'il écarta les rideaux, elle s'exclama en découvrant la Voie lactée :

— Waouh ! C'est incroyable !

— Regarde toutes ces étoiles, toutes ces planètes… Elles sont le toit du monde. Lorsque je voyage et que je les vois, je me sens chez moi.

— Pour ma part, il n'y a pas un endroit où je me sente vraiment chez moi, dit Rachel en soupirant.

— J'ai du mal à imaginer ce que c'est. J'ai connu ici des moments difficiles, tragiques, même, mais je m'y suis toujours senti chez moi. Comment fais-tu ?

— J'envisage de vendre l'appartement que je partageais avec David et d'acheter un autre logement, afin d'avoir enfin quelque chose rien qu'à moi. J'ai grandi dans deux maisons différentes, mais aucune n'a été pour moi un foyer, car je ne pouvais jamais m'y détendre. Si les disputes étaient effrayantes, le silence l'était tout autant, car je savais qu'il serait suivi d'une explosion. Cela ne manquait jamais.

— Je comprends. J'ai connu cela avec ma mère. C'était tout ou rien. Le silence était pire que tout, car je ne savais jamais ce qu'elle faisait… ou ce qu'elle avait fait.

À trois reprises, elle avait essayé de se suicider et, chaque fois, il l'avait trouvée à temps. Voilà pourquoi il ne croyait pas à l'amour. L'amour n'avait pas suffi à empêcher sa mère de se tuer.

— Je suis tellement désolée, Matthieu. Je voudrais pouvoir faire quelque chose pour t'aider.

— C'est du passé, Rachel. Je dois vivre avec. J'essaye de me rappeler les bons moments.

— Je suis si contente que tu en aies eu. Et je voudrais que tu en aies encore plein ! Tu les vivras pour elle.

— Merci, dit-il en lui donnant un long baiser.

Ils restaient debout dans le noir, contemplant la voûte étoilée. Matthieu sentit que c'était peut-être le moment de poser la question.

— Tu n'étais pas très proche de tes parents, n'est-ce pas ? Dis-m'en plus, je t'en prie. Je veux te connaître.

— En es-tu certain ?

— Bien sûr. Je veux savoir qui est la vraie Rachel Tait et, pour cela, je dois mieux connaître ton passé.

— Je n'en parle jamais. Je n'ai jamais rien dit à David. Les gens ne comprennent pas.

— Essaye avec moi. Je t'ai tout raconté sur ma mère et moi.

— D'accord, dit-elle avec un petit sourire tremblant. Mes

parents se sont mariés quelques semaines après s'être rencontrés. C'était un amour passionnel qui a viré rapidement à la haine. Ils ne cessaient de se disputer et de se réconcilier. Un jour, je les ai suppliés d'arrêter, en leur disant que je ne pouvais plus supporter cela, et mon père est parti. Il s'est remarié et, dès lors, il ne s'est plus occupé de moi. J'avais seize ans quand maman a rencontré Ken. Elle était folle de lui et elle l'a épousé. À ses yeux, je n'existais plus. Mais mon père comme ma mère ont insisté pour venir à mon mariage. J'avais peur qu'ils ne se disputent encore, mais, en même temps, j'avais envie qu'ils soient fiers de moi, et heureux pour *moi*. Qu'ils ne me voient plus seulement comme un problème et un sujet de discussion entre eux. Pendant que mon père me conduisait à l'autel, j'ai cru un instant que nous avions enfin une vraie relation père-fille. Et puis David a disparu, me plantant là comme une idiote.

— Comment ont réagi tes parents ? Dis-moi qu'ils t'ont soutenue.

— Papa était furieux, disant qu'il avait été humilié en public. Il a préféré s'en aller rapidement pour retrouver sa femme, qui n'était pas venue, sachant que ma mère serait présente.

Elle s'efforçait de parler calmement, mais ses mains tremblaient.

— Maman s'est montrée un peu plus compréhensive. Après avoir encaissé le choc et avalé trois whiskys, elle a déclaré que tout cela était une honte, mais que j'avais de la chance d'avoir échappé à quelqu'un qui ne m'aimait pas.

— Sur ce point, elle avait raison.

— C'est vrai. Elle a ajouté que je serais mieux toute seule parce que j'avais toujours vécu ainsi. Elle n'en revenait pas que j'aie pu passer autant de temps à lire dans ma chambre, en oubliant le monde extérieur. Comme si elle n'était pas elle-même la cause de ce comportement... Et puis elle est partie, sans me prendre dans ses bras ni chercher à me réconforter.

Elle avait l'air si triste que Matthieu aurait tout donné pour pouvoir la consoler.

— Comment as-tu réagi ? J'espère que tu as explosé… ?

— Même pas. Ils ne m'écoutaient jamais. J'ai fait comme d'habitude : j'ai tout enfoui en moi, gardant ma colère pour David. Je me suis défoulée dans les textos que je lui ai envoyés.

— J'ai du mal à imaginer une situation pareille.

— Ce sont des choses qui arrivent.

La voir si résignée le fit bondir.

— Mais non, ce n'est pas vrai !

— Cela m'arrive à moi. J'ai l'habitude. En fait, je ne peux me lier à personne. Je dois vivre en solo.

Elle le regarda, les yeux brillants.

— Tu sais, lors de ma chute en montagne, j'ai cru que j'allais mourir. J'ai alors revu le visage d'Isla, la tête d'Odin, et ton visage, Matthieu. Mais pas mes parents ni David. Cela montre qu'ils ne font vraiment plus partie de ma vie.

Il ne pouvait pas modifier son passé, mais il tenait à la convaincre qu'elle comptait vraiment pour lui.

— Tu peux te fier à moi, Rachel, dit-il en lui caressant la joue.

— Oh ! tu es bon et je sais que tu es sincère, mais je ne veux me lier à personne. Cela finit toujours mal et l'on se retrouve seul. Voilà pourquoi nous devons juste chercher à passer de bons moments ensemble, sans rien prendre trop au sérieux.

Il avait le sentiment que, pour lui, les choses devenaient sérieuses, que cela leur plaise ou non.

— Il semble que, toi comme moi, nous avons une histoire familiale plutôt compliquée, *chérie*.

— C'est le cas de la plupart des gens, non ? répliqua-t-elle en riant. Il dépend de nous d'y survivre ou pas. Moi, je mettais la musique à fond pour ne pas entendre mes parents se disputer et je dansais dans ma chambre jusqu'à ce que je me sente mieux.

— Tu parles de cette musique affreuse que tu écoutais la première fois où tu as skié ici ?

Comme elle le regardait avec des yeux ronds, il sourit.

— Je t'ai entendue. Je crois que toute la station t'a entendue.

— Tant mieux ! Cela a dû leur faire du bien ! Mais comment peux-tu dire que c'est une musique affreuse ? Elle m'a sauvé la vie. Ou, du moins, a sauvé ma santé mentale.

Levant les mains au-dessus de sa tête, elle commença à se déhancher en suivant un rythme qu'elle seule entendait.

— Tu devrais essayer, Matthieu. Passe-moi mon téléphone. Je vais trouver du rock des années 1980 et te le faire écouter.

— Tiens, prends le mien.

Elle saisit l'appareil et trouva rapidement ce qu'elle cherchait. Une musique endiablée envahit la chambre.

— Allez, lève les bras ! Et maintenant chante à tue-tête !

— Mais nous sommes au milieu de la nuit, Rachel !

— Et alors ? Personne ne peut nous entendre ! Allez, fais comme moi, amuse-toi ! J'adore danser, à ma façon, bien sûr, mais je me moque bien de ce que les gens peuvent penser !

Il en était convaincu. Rachel ne cherchait pas à plaire. Elle voulait simplement qu'on l'accepte telle qu'elle était.

Mais il faisait plus que l'accepter. Il la désirait… avec une violence qu'il n'avait jamais connue auparavant

Rachel s'accrocha à son cou et se mit à onduler des hanches, tout contre lui, jusqu'à ce que, n'y tenant plus, il commence à danser, lui aussi, et à chanter comme elle, d'abord à mi-voix, puis de plus en plus fort.

Elle riait et l'encourageait, se mouvant avec grâce devant lui. Rendu fou de désir, il l'embrassa fiévreusement et l'entraîna vers le lit, impatient de lui faire l'amour.

— Oui, Matthieu ! Oui, oui !

Elle s'agrippait à lui, lui enfonçant ses ongles dans les épaules, sans le quitter des yeux. Elle gémissait de plaisir tandis qu'il la couvrait de caresses et prenait possession de ce corps offert.

Il lut dans ces yeux gris qui le fixaient de la confiance, du désir, et aussi autre chose qu'il préférait ne pas nommer.

Puis, dans un sanglot, elle murmura son prénom tandis qu'ils atteignaient ensemble le même point ultime, fusionnant dans le même plaisir partagé.

Lorsqu'elle ouvrit les yeux, la chambre était inondée de lumière et Matthieu n'était plus là. Il avait laissé un plateau avec du chocolat chaud et des croissants, ainsi qu'un petit mot :

Appelle-moi quand tu te réveilleras et je viendrai t'aider.

Il lui manquait déjà, mais cela lui laissait aussi le temps de réfléchir à ce qui s'était passé cette nuit. Jamais elle n'avait vécu quelque chose d'aussi intense. Elle avait décidé de prendre du bon temps avec Matthieu, mais il avait su aussi l'amener à lui raconter tout son passé. Elle s'était livrée à lui comme elle ne l'avait encore jamais fait avec personne. Et il lui avait donné l'impression de partager vraiment sa souffrance.

Même si elle trouvait merveilleux d'avoir quelqu'un qui la comprenne aussi bien, elle ne voulait pas trop attendre de lui ni s'imaginer qu'elle pourrait bénéficier de ce soutien toute sa vie.

Oui, elle avait très envie de faire de nouveau l'amour avec lui, mais sans que cela s'accompagne de sentiments et de réactions émotionnelles menaçant de la déstabiliser. Elle avait passé sa vie à essayer de les éviter.

Elle était une adulte, un médecin exerçant son métier avec un grand professionnalisme, et c'était cette image qu'elle voulait imposer à tout le monde, particulièrement à Matthieu. Non pas celle d'une femme qui cherchait à appartenir à quelqu'un. Elle en avait fini avec cela.

Du moins le croyait-elle.

Après s'être douchée et habillée, elle se servit de ses bâtons de ski comme de béquilles pour se rendre à la réception afin de réserver un taxi qui l'emmènerait à l'hôpital.

Arrivée dans le hall, elle s'arrêta net en voyant Matthieu occupé à décorer un sapin de Noël gigantesque. Il lui sourit et alla vers elle pour l'embrasser sur les deux joues.

— Bonjour, Rachel.

Ravie et troublée, elle regarda autour d'elle et constata

que personne ne faisait attention à eux, chacun étant absorbé par son travail.

— Bonjour, Matthieu. Comment cela se passe-t-il au centre médical ?

— Suzanne et Eric s'en sortent très bien.

— Je m'en veux tellement de ne pas être là-haut pour faire le job.

— Nous pourrons chercher une solution, mais pour le moment le plus urgent est que tu passes une radio. Attends…

Il traversa le hall et revint avec une chaise sur laquelle il la fit s'asseoir.

— Comment te sens-tu ?

— Tu veux savoir ? répondit-elle en souriant. C'est comme si j'avais été mise en pièces et que tous les morceaux avaient ensuite été recollés.

— Cela arrive quand on a bien dormi, observa Matthieu.

Ou quand on a bien fait l'amour.

— Merci de m'avoir laissée faire la grasse matinée.

— Tu étais épuisée.

Son sourire montrait qu'il en connaissait parfaitement la cause et qu'il avait très envie que cela se reproduise.

— Tu aurais dû m'appeler, ajouta-t-il. Je serais allé te chercher.

— Ce n'était pas la peine. J'arrive à me déplacer en sautillant, grâce à mes bâtons de ski et à quelques antidouleur efficaces. Je suis venue organiser mon transport à l'hôpital.

— Mais je vais t'y emmener ! dit-il en fronçant les sourcils.

— Franchement, il est inutile de te déranger. Tu me sembles très occupé.

— Un peu, c'est vrai. Mais, si tu m'aides, nous en aurons bientôt fini et je pourrai te conduire à l'hôpital. Tiens, accroche ça, s'il te plaît, demanda-t-il en lui tendant une boule dorée.

— Bien, chef, répondit-elle en riant. Où dois-je la mettre ?

— Où tu veux. C'est toi qui choisis.

— Tu as affaire à une experte, tu sais. Le seul avantage à

vivre dans deux maisons est que j'avais toujours deux sapins de Noël à décorer.

Elle mit en place la boule dorée et sentit une douce chaleur l'envahir. Cette scène était si simple, si naturelle… si intime. *Trop* intime, en fait. Cela lui donnait l'impression d'entamer une vraie relation. Mais elle ne devait pas se laisser aller à trop rêver. Matthieu ne lui avait rien demandé de plus que de l'aider à décorer ce sapin.

— J'aime bien la symétrie, dit-elle après avoir accroché la boule sur une branche. Faire en sorte que les deux côtés soient en harmonie.

— Et moi j'aime quand c'est très coloré.

Il vint vers elle et elle réalisa alors qu'il avait placé sa chaise dans un coin, à l'abri des regards. Il se pencha vers elle, l'embrassa sur la bouche et lui prit les mains.

— Je n'avais pas l'intention de coucher avec toi lorsque je t'ai proposé de venir chez moi, mais je suis très heureux de ce qui est arrivé.

— Tu n'es pas ennuyé que nous ayons franchi la ligne ?

— Pas du tout. Je suis sûr que nous pourrons garder le secret sur cette nuit que nous avons passée ensemble. Mais je ne veux pas que tu penses que j'ai voulu profiter de la situation.

Elle rit et lui caressa la cuisse.

— J'ai envie de croire que je t'ai séduit, Matthieu.

— Et c'est ce que tu continues de faire en ce moment même, répondit-il, le regard brillant.

— Je profite simplement de la situation ! Ce serait dommage de ne pas…

— Matthieu ! Matthieu !

Une petite voix les fit sursauter et les obligea à se séparer. À demi cachée par le sapin, Rachel pencha la tête et vit Isla assise dans un fauteuil roulant poussé par son père. Matthieu s'avança vers l'enfant et s'accroupit à côté d'elle.

— Coucou, Isla.

— Coucou, Matthieu ! Coucou, Rachel !

Après avoir salué Michael d'un bref signe de tête, Rachel sourit à Isla et leva la jambe pour lui montrer sa genouillère.

— Regarde !

— Vous aussi ? s'écria l'enfant en ouvrant de grands yeux. Vous êtes-vous cognée contre un snowboardeur ?

— Non, je suis la seule responsable. J'ai fait une chute stupide en montagne.

— Matthieu vous a-t-il secourue avec sa motoneige ?

— Oui. Comment va ton genou, ma chérie ?

— Il me fait mal. Mais nous regardons beaucoup de films, et papa me donne des glaces en me demandant de ne pas le dire à maman. Et maman, elle, me donne des pizzas, et je ne dois pas le dire à papa !

La petite fille afficha un grand sourire, comme si elle s'estimait particulièrement chanceuse. Rachel se tourna vers Michael et posa sur lui un regard interrogateur. Bianca et lui n'avaient-ils donc rien appris ?

Mais il sourit.

— Franchement, tout se passe bien. Nous avons longuement parlé, tous les deux, après que vous nous avez ouvert les yeux. Nous avons annulé tous nos plans de travail prévus ces jours-ci et nous avons décidé de rester ici pour passer de vraies vacances en famille. Rien que nous trois. Si nous cherchons chacun à gâter notre fille, ce n'est plus qu'un jeu maintenant entre nous.

Rachel aurait préféré qu'ils renoncent à ce type de jeux, mais elle était consciente qu'ils essayaient de faire de leur mieux avec Isla.

— Je suis ravie que les choses se soient arrangées entre vous, dit-elle en souriant.

— Nous aussi. Merci pour tous vos conseils. Bianca sera là dans une minute, nous allons en ville.

— Hé, Isla, veux-tu me donner un coup de main ? demanda Matthieu en tendant à l'enfant une grosse boule de Noël.

Et il la souleva dans ses bras pour qu'elle puisse accrocher la décoration à une branche du sapin. Puis il lui en donna une autre et, bientôt, la boîte fut vide. En voyant l'arbre orné de toutes ces boules multicolores placées dans un joyeux désordre, Rachel fut tentée d'introduire un peu de symétrie dans cette installation, mais elle se retint, comprenant que son geste aurait été malvenu.

— Et voilà, mon cœur, tu as tout mis en place, dit Matthieu en reposant l'enfant sur le sol. Chaque fois que tu passeras devant ce sapin, tu pourras admirer ton magnifique travail.

En le voyant si attentionné et si gentil avec la petite fille, Rachel se sentit fondre. Cet homme qui avait tant souffert et qui ne cherchait qu'à rendre les gens heureux méritait de connaître le bonheur. Un instant, elle s'imagina vivant avec lui et un enfant… leur enfant. Fondant une famille avec lui.

Non. Elle ne devait pas laisser son esprit divaguer ainsi. Elle était déjà allée trop loin avec Matthieu. Il était temps qu'elle se ressaisisse et reconstruise, pierre par pierre, la muraille destinée à protéger son cœur et qu'il avait réussi, avec ses baisers, à abattre.

— C'est superbe, Isla ! Mais nous devons partir, maintenant. N'oublie pas qu'il faut nous rendre à l'hôpital pour faire examiner ce genou, déclara Bianca.

Elle venait d'arriver, et semblait transformée. Non seulement elle parlait d'une voix douce, mais elle semblait beaucoup plus détendue et épanouie. On la sentait heureuse.

Rachel saisit l'occasion qui s'offrait à elle de s'éloigner un peu de Matthieu.

— Ah, vous allez à l'hôpital ? Pourriez-vous me prendre avec vous ?

— Pourquoi ? Vous vous êtes blessée, vous aussi ?

— Oui, au genou. Ce serait génial si vous pouviez m'emmener.

Elle se tourna vers Matthieu, espérant qu'il n'insisterait pas pour l'y conduire lui-même.

— C'est d'accord ?

— Bien sûr, répondit-il en souriant. J'ai des millions de choses à faire. Il faudra me dire quel aura été le verdict. Nous pourrons peut-être avoir une conversation plus tard ?

— Avec plaisir, répondit-elle avec un sourire.

Mais elle ne savait pas ce qu'elle lui dirait.

— Le ligament n'est pas déchiré, mais il y a une sérieuse élongation, annonça Rachel, les lèvres crispées.

Assis sur le canapé, Matthieu la regardait, appuyée sur ses béquilles, se déplacer en sautillant dans le salon de son chalet.

— Je suis vraiment désolée, Matthieu. Je suis consciente que cela va vous poser un gros problème, à toi et à l'équipe.

— Nous allons trouver une solution. Mais viens t'asseoir, ajouta-t-il en la prenant par le bras.

L'attirant à lui, il l'installa sur ses genoux.

— Tu dois te reposer et surélever ta jambe, sinon, tu ne guériras jamais.

— Je sais. Ah, comme je voudrais être au centre médical avec Suzanne et Eric !

— Ils s'en sortiront très bien. Et tu peux faire des consultations à distance.

— Bien sûr, mais ce n'est pas la même chose que d'être auprès du patient, pas vrai ?

— Sans aucun doute. Que dirais-tu d'installer ton bureau chez moi ? C'est là que le wi-fi fonctionne le mieux, et tu aurais plus de place qu'ici pour ton équipement informatique.

— En fait… je préférerais travailler ici, dans mon chalet.

— Tu tiens à avoir ton espace à toi, c'est ça ?

— Est-ce si mal que cela ? dit-elle froidement.

Sans doute avait-elle raison de vouloir préserver son intimité, mais il aimait sentir sa présence. Avoir quelqu'un sur qui veiller, quelqu'un qui se soucie aussi de lui. C'était nouveau, et il le devait à Rachel.

Mais il savait qu'il valait mieux ne pas insister.

— Non, pas du tout, et je te comprends, bien sûr.

— Désolée, mais je suis fatiguée et j'avoue que j'ai mal, dit-elle en soupirant. Je me sens coupable aussi de ne pas pouvoir faire mon job, j'ai l'impression de te laisser tomber.

— Ce n'est pas ta faute, tu as eu un accident. Il faut te reposer, *chérie*. Et arrête de te mettre la pression.

— Je dois travailler.

— Tu dois te reposer, Rachel. Au moins une heure ou deux.

Il la fit glisser doucement de ses genoux pour l'aider à s'asseoir sur une chaise.

— Je vais te laisser, maintenant. Je te verrai plus tard.

Il s'avança vers la porte, mais Rachel l'arrêta.

— Non, attends.

— Qu'y a-t-il ?

— Écoute, la nuit dernière a été géniale. J'ai adoré. Mais je préfère que personne ne soit au courant. J'ai déjà eu assez d'ennuis dans mon poste précédent pour n'avoir pas su séparer ma vie privée de ma vie professionnelle.

— Bien sûr, je comprends.

— Et je ne suis pas à la recherche d'une relation sérieuse. Ce matin, je me suis sentie émue par ces préparatifs de Noël. Et j'ai pensé de nouveau à cette nuit fabuleuse avec toi…

Ses joues s'empourprèrent.

— C'est formidable de passer du temps ensemble. Mais tu sais aussi écouter. Et tu es génial avec les enfants. Je me sentais si bien près de ce sapin que je me suis dit que je ne devais pas m'y habituer. Ce que j'essaye de dire, c'est que…

Il se mit à rire.

— Tu veux que cela reste juste une affaire de sexe ?

— Oui, je ne cherche rien de plus.

— Excellent. Nous sommes faits pour nous entendre.

À vrai dire, il avait aussi envie de quelque chose de plus, et de plus profond. Ce qui était ridicule, car il se sentait déjà bien trop impliqué dans cette histoire.

— Je suis vraiment contente que tu comprennes, dit-elle en l'embrassant.

— Tu sais, c'est moi qui ai choisi les lits de ces chalets. Je sais qu'ils sont assez larges pour deux personnes.

— À quoi penses-tu ? dit-elle en riant.

— À cette offre que je t'ai faite de te dévêtir moi-même. J'aimerais t'aider à te détendre.

— Mais le travail…

— Il y a des priorités… Laisse-moi prendre soin de toi.

— Je ne sais même pas à quoi cela ressemble.

— Beaucoup à ce que nous avons vécu cette nuit. En plus torride encore. Laisse-moi te montrer…

— Oui, oui, je t'en prie !

11.

— Il a perdu le contrôle et percuté un arbre. Blessure à la tête. Vilaine coupure sur le front.

La voix de Matthieu grésillait et l'image n'était pas très nette, mais Rachel voyait sur l'écran un jeune homme couché sur le sol, immobile, les yeux clos, qui perdait son sang.

— Est-il conscient ? demanda-t-elle.

Elle aurait préféré être sur place au lieu de n'avoir à sa disposition qu'un écran et un téléphone portable. Mais c'était mieux que rien, et cet équipement s'était révélé efficace au cours des deux dernières semaines.

Matthieu tenait sa tablette de façon à ce qu'elle puisse voir le blessé.

— Quand nous sommes arrivés, il nous parlait, mais son état s'est rapidement détérioré.

— Quand tu lui parles, ouvre-t-il les yeux ?

— Justin ? Justin, vous m'entendez ?

Il donnait des petites tapes sur le visage du blessé.

— Il ne réagit pas, Rachel.

— Peux-tu lui presser le lit de l'ongle ? Sur n'importe lequel de ses doigts.

Il fit ce qu'elle demandait, puis secoua la tête.

— Rien. Mais il continue de respirer par ses propres moyens.

— D'accord. Il faut l'évacuer le plus vite possible.

— Nous allons lui poser une minerve et le tenir au chaud.

Aidé de Cody, il joignit le geste à la parole.

— Peux-tu aussi couvrir sa blessure, s'il te plaît ? Est-il avec des amis, de la famille… ?

— Là, il est seul, mais il est venu avec un groupe de vacanciers. Je ne sais pas où ils sont. C'est une chance qu'un membre du personnel l'ait trouvé.

— Je vais demander qu'on l'évacue en hélicoptère. Où êtes-vous ?

— Près de la Porte du Ciel, là où nous t'avions récupérée. Je vais envoyer les coordonnées du GPS.

— D'accord. Cela peut être dangereux, là-haut. Fais attention.

— Merci, Rachel.

Il lui sourit et, un instant, leurs regards se croisèrent. Cela suffit à la réconforter. Ils avaient instauré une routine : une nuit chez l'un, une nuit chez l'autre. C'était leur secret. Et ils partageaient des moments fabuleux, amusants, sexy, où chacun trouvait son compte.

— Je te tiens au courant dès que possible, dit-elle.

— Génial. On dirait que le ciel se bouche.

— Je vais leur demander de se dépêcher.

— Merci. Terminé.

Elle téléphona à la base des secours, puis rappela Matthieu.

— Ils ont dit qu'ils allaient essayer de vous rejoindre, mais il y a un gros risque de gel.

— Ils ne peuvent pas voler quand il neige trop, le froid bloque les pales de l'hélice. Mais nous avons besoin d'eux ici. Rapidement. Il y a des risques de gelures et d'hypothermie pour le blessé.

— Je vais le leur dire.

Cela avait été le début d'une longue attente. En raison des mauvaises conditions météorologiques, l'hélicoptère avait dû regagner sa base. Matthieu avait alors réclamé du renfort et d'autres couvertures, puis, avec l'aide de Cody, il avait installé le blessé sur la motoneige et, en roulant lentement, il l'avait amené au centre médical.

Ses demandes se faisaient de plus en plus pressantes.

— Nous devons l'évacuer, Rachel. Le temps presse, l'hélicoptère doit venir maintenant. Dis-leur de faire vite.

Elle entendit enfin le bruit des rotors et constata que le ciel s'était éclairci.

— Ils sont là, Matthieu. Comment va le patient ?

— Pas bien. On le tient au chaud et en vie, mais nous ne pouvons pas faire davantage.

Lorsque Matthieu et Cody regagnèrent l'hôtel, une heure plus tard, ils semblaient frigorifiés et à bout de forces. Rachel les emmena dans son chalet, où elle leur donna des boissons chaudes et les enveloppa dans d'épaisses couvertures de laine.

— Comment va-t-il ? demanda-t-elle.

— Il filait un mauvais coton, Rachel. Quand l'hélicoptère l'a emmené, il respirait encore, mais je ne sais pas s'il s'en sortira.

Il semblait si triste et si mal en point que le cœur de Rachel se serra.

— Et il faut que cela arrive la veille de Noël, ajouta-t-il. J'ai averti sa famille et fait en sorte qu'ils puissent venir ici le plus tôt possible. Nous avons réussi à retrouver ses amis quand nous redescendions de la montagne. Ils se sont rendus à l'hôpital.

— Est-ce quelqu'un d'ici ?

Matthieu esquissa un petit sourire.

— Justin est un auteur-compositeur-interprète américain très célèbre.

— Alors sa famille va devoir faire un long voyage avant de pouvoir le voir.

— En effet. Je tâcherai de les ramener ici le plus vite possible.

Cody se leva.

— Je vais aller me doucher et ensuite j'irai prendre un verre au bar. Cela vous dit, de me rejoindre pour boire une bière ?

— Avec plaisir, répondit Matthieu, mais, avant, j'ai tous ces coups de fil à passer.

— Vous venez aussi, doc ? C'est toujours mieux d'être ensemble, après ce genre d'interventions.

— Oui, merci, je viendrai, mais après avoir téléphoné à l'hôpital pour faire le point avec eux.

Elle voulait surtout rester un petit moment seule avec Matthieu. Elle le prit dans ses bras dès que Cody fut sorti.

— Est-ce que ça va ?

Encore frigorifié, il avait les traits marqués et semblait à bout de forces.

— Je déteste quand on ne peut rien faire pour les aider.

— Mais tu as aidé Justin ! Tu l'as gardé au chaud et maintenu en vie. Grâce à toi, il va peut-être s'en sortir.

— Ce fichu hélico est peut-être arrivé trop tard. J'aurais voulu pouvoir le piloter moi-même et procéder à l'évacuation.

— Tu as fait tout ton possible. Ce n'est pas ta faute si la météo n'était pas bonne. Personne ne peut rien te reprocher.

— Mais si j'en avais fait davantage ? Si je m'étais donné plus de mal ?

Elle savait que la vraie question qui le taraudait, c'était : En ai-je fait assez pour ma mère ? Aurais-je pu la sauver ?

Elle resserra son étreinte.

— Une chose que j'ai apprise aux urgences, c'est que parfois, malgré tous nos efforts, cela finit mal et l'on ne peut rien y faire. Il ne faut en aucun cas se sentir coupable, quoi qu'il arrive. Tu as fait tout ce qu'il fallait.

Il avait le nez enfoui dans son cou et il s'accrochait à elle comme à une bouée de sauvetage.

— Merci, Rachel. J'avais besoin de cela. Besoin de toi. J'espère que cela ne t'ennuie pas ?

— Mais non, bien sûr ! Je veux que tu te sentes libre de me parler de ce qui te tracasse. Mais, je t'en prie, dis-moi que tu ne te fais aucun reproche.

Il cligna des paupières et regarda au loin.

— Écoute-moi, Matthieu. Ce n'était pas ta faute. On a beau se battre comme un lion, on ne peut pas sauver tout le monde. C'est dur à entendre, mais il faut s'y résigner. Tu ne dois pas passer le reste de ta vie à te sentir coupable parce que tu n'as pas pu empêcher ce qui devait, de toute façon, arriver un jour. Je t'en prie, dis-le. Dis : Ce n'était pas ma faute.

Il hésita un moment, puis la regarda droit dans les yeux.

— Ce… Ce n'était pas ma faute.

— Oh ! Matthieu, comme je suis fière de toi !

Et elle l'étreignit de toutes ses forces. Lorsqu'il finit par s'écarter, il lui caressa la joue.

— C'est la veille de Noël, allons fêter cela au bar.

— Je serai là-bas dans une minute.

Elle avait besoin de se calmer. De se ressaisir. Parce qu'elle savait pourquoi elle était en proie à une telle tempête émotionnelle. C'était à la fois merveilleux et terrifiant.

Elle était tombée amoureuse de Matthieu. Et c'était une véritable catastrophe.

Le bar scintillait de tant de guirlandes lumineuses que Rachel regretta de ne pas avoir mis ses lunettes de soleil. Un grand feu de bois brûlait dans la cheminée, et des rires fusaient des petits groupes assis autour des tables. La diffusion de chants de Noël contribuait à créer une ambiance festive, faite d'excitation et d'une joyeuse impatience. Une vraie ambiance de veille de Noël.

Elle trouva Matthieu et les autres installés dans un coin de la salle autour d'une grande table, à l'écart des vacanciers.

— Doc ! s'écria Zoe. Venez vous asseoir, un verre de votre vin préféré vous attend.

Elle se décala afin que Rachel prenne place entre elle et Matthieu. Un verre de merlot était posé sur la table.

— Ah, bravo pour le service ! s'écria Rachel. Merci !

Outre Zoe et Matthieu, il y avait là Louis, Cody et deux autres employés de la station. Tous étaient lancés dans une partie de Jenga.

Maintenant que Rachel avait pris conscience de son amour pour Matthieu, elle regrettait de se retrouver assise si près de lui. Elle ne voulait pas l'aimer. Elle ne voulait aimer personne.

Elle était décidée à enfouir ses sentiments au plus profond d'elle-même et à les ignorer.

— Des nouvelles de Justin ? demanda-t-il du ton amical, mais pas trop intime, qu'il adoptait avec elle en public.

— Ils sont parvenus à le stabiliser et ils sont en train de lui faire des radios du crâne. Ils pourront nous en dire plus demain matin. Je les appellerai dans la matinée.

— Merci.

— Vous voulez qu'on fasse un débriefing général ?

— C'était ce que j'avais prévu, mais ce n'est pas le moment. Cody, qui était le plus perturbé, semble aller bien maintenant. S'il aborde le sujet, nous en discuterons, mais pour l'instant laissons-le se détendre.

— D'accord. Avec un peu de chance, nous aurons de bonnes nouvelles à lui donner demain.

— Nous allons fêter Noël, alors faisons bonne figure pour les clients et pour le personnel. Vous voulez jouer au Jenga avec nous ?

— Oui ! dit Louis en applaudissant bruyamment. Venez dans notre équipe, Rachel.

— Non ! s'écria Zoe en prenant la main de Rachel. Elle est assise à côté de moi, elle sera dans mon équipe.

— Eh, ne vous battez pas pour moi ! lança l'intéressée.

Comme c'était agréable, le sentiment de faire partie d'une équipe, d'avoir des amis.

— Finissez cette partie, je jouerai dans la prochaine.

Les parties se succédèrent, les tournées aussi. Le choc émotionnel provoqué par l'accident de Justin s'estompait peu à peu, grâce à l'esprit de camaraderie qui régnait dans le petit groupe.

— Bon, sommes-nous tous prêts pour demain ? demanda soudain Louis. Chacun a-t-il son costume ? Nos lutins et nos fées sont-ils au point ? Et le Père Noël ? Prêt à rester en forme toute la nuit ?

— Pour distribuer les cadeaux, tu veux dire ? demanda Matthieu.

Louis lui adressa un clin d'œil.

— Oui, si tu veux appeler cela comme ça.

Matthieu fit mine d'ignorer le sous-entendu.

— Tout est emballé et prêt à partir. Mais je vais avoir besoin de quelqu'un pour m'aider à les donner aux enfants.

Louis éclata de rire et regarda Rachel.

— Ah, mais c'est vous, l'assistante du Père Noël, pas vrai ?

Habituée à ses commentaires souvent déplacés, elle ignora celui-là, mais Zoe et Cody se mirent à rire, eux aussi.

— Je… euh… je…

Ne sachant que dire, elle se tourna vers Matthieu, mais il regardait ailleurs. Il lui fallait se débrouiller toute seule.

— Je suis toujours ravie quand je peux apporter mon aide à l'un d'entre vous.

— Mais surtout quand il s'agit de Matthieu, répliqua Louis en riant. Allez, vous pensez sérieusement que nous n'étions pas au courant ? C'est une excellente nouvelle. Il était temps que Matthieu trouve quelqu'un.

— C'est génial, dit Zoe. Matt mérite d'être heureux, après tout ce qu'il a traversé. Nous sommes ravis pour vous deux.

— À la santé des amoureux, lança Cody en levant son verre, le sourire aux lèvres.

Ainsi, tout le monde était au courant. Rachel avait l'impression d'être mise à nu, exposée à tous les regards.

Tous riaient, sauf Matthieu, qui restait silencieux. Il ne la regardait pas, pas plus qu'il ne contredisait Louis.

Elle s'était réjouie de faire partie d'une équipe et d'avoir des amis. Mais c'étaient les amis de Matthieu, pas les siens.

Les mains moites, le souffle court, elle se sentait oppressée entre ces murs, sous ces regards, comme le jour où elle avait dû, à l'église, redescendre l'allée centrale sans être au bras d'un mari.

— Bon, je suis morte de fatigue, dit-elle en se levant. Je vais me coucher de bonne heure.

— Mais vous n'avez même pas fini votre verre, protesta Zoe.

— Je n'en peux plus, vraiment. Merci.

Elle n'en pouvait plus, en effet. D'être la cible des commérages et des sous-entendus. De voir sa vie professionnelle se compliquer à nouveau. D'être amoureuse de Matthieu.

Elle aurait voulu ne jamais faire sa connaissance.

12.

Il la trouva dans la grange, assise sur le sol poussiéreux, serrant Odin contre elle.

— Coucou, Rachel.

— Matthieu.

En l'entendant parler d'une voix éteinte, il sentit l'anxiété monter en lui. Sacré Louis ! Il aurait mieux fait de se taire. Mais il ignorait le marché que son ami avait passé avec Rachel. Il ne savait pas que leur relation se limitait au sexe. Ni qu'en fait, pour lui, c'était beaucoup plus que cela.

Tout simplement, être avec elle était la meilleure chose qui lui soit arrivée dans la vie. Et cela lui faisait aussi très peur.

Il s'assit à côté d'elle, le cœur déchiré, essayant de deviner à l'expression de son visage ce qu'elle ressentait tout au fond d'elle-même alors qu'il aurait voulu la prendre dans ses bras et la serrer contre lui.

— Tu as quitté brusquement le bar, et après je t'ai cherchée. Puisque tu n'étais pas dans ton chalet, j'ai pensé te trouver ici, avec les chiens. Je veux juste m'assurer que tu vas bien.

Elle leva vers lui un visage baigné de larmes.

— Je ne vais pas bien du tout.

— Qu'y a-t-il, Rachel ?

— Tout le monde riait. Ils sont tous au courant, pour nous deux. Et tu n'as rien dit, tu n'as pas essayé de les faire taire.

— Que pouvais-je dire ? Tu m'avais demandé de garder le secret sur notre relation. Je ne pouvais ni nier ni reconnaître quoi que ce soit. Et puis ce n'est pas si grave que les gens sachent. Ils étaient heureux pour nous.

— J'ai déjà connu cela, tu te souviens ? Les commérages,

les sous-entendus. Et quand arrive la rupture chacun choisit son camp. Ici, tous sont tes amis. Et je me retrouverai toute seule, une fois de plus. J'aime bien ces gens, Matthieu. J'aime cette équipe. Je n'ai pas envie d'être marginalisée, ni de voir sur les réseaux sociaux combien tu t'amuses sans moi. Nous n'aurions jamais dû nous lancer dans cette histoire, conclut-elle en secouant la tête.

— Mais nous l'avons fait et nous pouvons continuer à nous amuser ensemble, sans nous soucier des autres.

— Le problème, c'est que… Oh ! Matthieu, j'ai fait quelque chose de vraiment stupide !

— J'en doute. De quoi s'agit-il ?

Elle respira un grand coup.

— En dépit de ce que nous avions décidé, j'ai envie, tout au fond de moi, que nous formions un vrai couple. Que cela dure entre nous. Mais ce n'est pas moi… Cela n'a aucun sens. Je suis tombée amoureuse de toi. Je ne voulais pas, mais c'est arrivé malgré moi.

— D'accord.

Il aurait pu dire beaucoup d'autres choses, mais il n'en avait pas la force. Elle se leva et s'appuya contre le mur.

— Je ne veux pas t'aimer. Je ne peux pas. C'est trop dur, trop rapide. Trop intense. Je t'aime trop.

Il regrettait de l'avoir poussée à s'ouvrir à lui. Il ne voulait pas être amoureux. De personne. Mais il avait le sentiment que c'était déjà trop tard. Et après ? Il allait souffrir. Rachel s'en irait et il aurait le cœur brisé. Tout le monde part, un jour ou l'autre.

Il se leva à son tour, essayant de se ressaisir.

— Nous étions d'accord pour ne pas prendre cette aventure au sérieux.

— Je sais, dit-elle avec un petit sourire triste. Je suis stupide. Mais je n'ai pas pu m'empêcher de t'aimer. Tu es si gentil, si attentionné. Et tu… tu embrasses si bien. Tu m'écoutes, aussi, et tu me vois. J'ai cru pouvoir étouffer mes sentiments, comme je l'ai toujours fait, mais c'est impossible. Et je les déteste. Je veux être la reine des Glaces. Intouchable. C'est comme cela que je veux vivre.

Elle croisa les bras sur sa poitrine.

— Nous devons tout arrêter, Matthieu, et simplement travailler ensemble, comme avant. Je suis désolée.

— Tu veux que j'oublie ce qu'on a vécu tous les deux ces dernières semaines ? Et tu veux que je sois d'accord ?

Il aurait dû se sentir soulagé, mais il avait l'impression d'être réduit en miettes, comme si quelque chose en lui avait implosé.

— Tu n'as pas le choix.

Elle avait raison.

Il avait l'impression d'avoir déjà vécu cela. Depuis des années, il évitait de nouer des liens trop étroits avec qui que ce soit. Pourquoi avait-il baissé sa garde avec Rachel ? Il n'aurait su le dire. Elle était si fermée, presque impénétrable. Pire encore, elle ne *voulait* pas l'aimer.

Peut-être avait-il pris cela comme un défi ? Peu importaient les raisons pour lesquelles il avait renoncé à toute prudence. Lorsque Rachel avait dit qu'elle était amoureuse de lui, il en avait été heureux, car il savait qu'il commençait, lui aussi, à développer des sentiments pour elle.

— Et si… Si nous essayions de trouver une solution ?

— Comment ? demanda-t-elle, le visage défait. Comment pourrions-nous y arriver sans nous rapprocher l'un de l'autre ?

— Je ne sais pas. Mais il ne faut pas que nous renoncions.

— Je viens de le faire, Matthieu. Je te l'ai dit, je ne peux pas vivre en couple.

— Pas avec David, c'est sûr, parce que ce n'était pas un homme pour toi.

— Je suis désolée, dit-elle en l'embrassant sur la joue.

Puis, prenant ses béquilles, elle se dirigea vers la porte.

— Mais Rachel… Rachel ! dit-il en la rejoignant.

Elle ouvrit la porte et sortit dans la nuit glaciale.

— Laisse-moi, Matthieu, je t'en prie. Je peux me débrouiller. Tout va bien.

En l'entendant prononcer ces mots, il comprit qu'il l'avait perdue.

Elle n'avait pas commis d'erreur. Rompre avec Matthieu était la bonne décision à prendre.

Elle n'avait jamais voulu connaître le grand amour, et maintenant… elle pensait l'avoir rencontré et c'était exactement comme elle l'avait imaginé. Cela faisait mal. Physiquement. Très mal.

Incapable d'arrêter ses larmes, elle regagna son chalet en souhaitant que Matthieu ne la suive pas… tout en espérant le contraire. Ce qu'elle ressentait n'avait aucun sens. Chaque pas qu'elle faisait pour s'éloigner de lui lui brisait le cœur.

Le plus insensé, c'était qu'il semblait éprouver la même chose qu'elle. La désirer autant qu'elle le désirait. « Si nous essayions de trouver une solution ? », avait-il dit. Elle avait été tentée d'accepter d'essayer.

Mais cela ne marcherait pas. Cela n'avait jamais marché, ni avec ses parents ni avec David, alors pourquoi en serait-il autrement avec Matthieu ? Elle sortirait de cette relation le cœur brisé. Comme chaque fois qu'elle avait essayé d'aimer quelqu'un.

Mais cette fois-ci elle ne savait pas si elle aurait la force de guérir.

Il semblait que ce Noël-ci allait être l'un des plus difficiles qu'il ait vécus. Après le décès de sa mère, il pensait en avoir fini avec ce genre de problèmes, mais non. Il était là, habillé en Père Noël, n'ayant pas le cœur à faire la fête. Il se sentait plus seul que jamais. L'année prochaine, il passerait Noël sur une plage, dans un endroit exotique, et il boirait beaucoup.

Bien sûr, le salon-bar de l'hôtel offrait un décor extraordinaire. Le milieu de table, un cygne sculpté dans la glace, était magnifique, et le sapin de Noël, magique. Le repas avait été un régal, et Matthieu était entouré d'amis. C'était le genre de Noël dont il avait toujours rêvé. Mais deux personnes lui manquaient cruellement.

L'une d'elles ne reviendrait jamais, il ne pourrait qu'en garder le souvenir, mais l'autre était simplement… absente. Où était-elle passée ? Il était assuré d'au moins une chose : avec sa blessure au genou, elle n'était pas partie skier toute seule. Toutes ces dernières heures, il n'avait cessé de réfléchir à ce que Rachel lui avait dit dans la grange. Elle avait eu le courage de lui confier ses sentiments pour lui et, par stupidité ou par peur, il avait été incapable d'accueillir cet aveu avec chaleur et tendresse. Il ne voulait pas aimer ni être aimé. Mais il la désirait.

— Père Noël ! hurlait la foule.

Accrochant à son épaule le gros sac qui contenait les cadeaux destinés aux plus jeunes, il se dirigea vers le groupe d'enfants assis près du sapin.

Tous l'acclamèrent et se pressèrent autour de lui en criant son nom. Il commença la distribution, s'efforçant de remplir au mieux son rôle de Père Noël, même s'il n'avait guère le cœur à cela. Bientôt, il ne lui resta plus qu'un seul paquet dans les mains. Il était pour Isla.

— Merci, Matthieu, murmura la petite fille en recevant son cadeau.

— Euh… J'aime mieux qu'on m'appelle Père Noël, dit-il en lui adressant un clin d'œil.

— Mais je sais que c'est toi, Matthieu !

Elle éclata de rire et retourna voir sa mère, qui l'accueillit dans ses bras.

Il regarda Michael et Bianca. Le trio semblait avoir retrouvé le bonheur, et c'était grâce à Rachel. Quel dommage qu'elle ne soit pas là pour voir cela et participer à la fête.

Elle lui manquait beaucoup plus qu'il ne l'aurait cru possible. Et il savait qu'il ne guérirait jamais de ce manque, car il avait imaginé un avenir avec elle, avec peut-être même des enfants. Jamais il n'avait songé auparavant à fonder une famille, et voilà qu'il souffrait déjà de sa perte avant même de l'avoir créée.

Rachel ferait à coup sûr une mère géniale, à la fois sévère et protectrice, et une épouse exigeante, de la meilleure des façons, les poussant tous à se dépasser. Et cela par amour.

L'amour.

Il s'en protégeait parce que cela avait été pour lui une cause de souffrance. Tout l'amour qu'il avait eu pour sa mère n'avait pas empêché celle-ci de se suicider, et il en éprouvait un sentiment de culpabilité qui ne le quitterait jamais.

Mais Rachel avait raison. Il avait sauvé sa mère à deux reprises, et passé sa vie à veiller sur elle. Il lui avait donné tout son amour et elle avait toujours su qu'il la chérissait, jusqu'au bout. Elle était si décidée à en finir que rien ni personne n'aurait pu l'empêcher de parvenir, un jour ou l'autre, à réussir son suicide.

Rachel lui avait aussi parlé de tout ce que Sainte-Colette lui avait apporté. L'amour qu'il avait reçu de cette petite communauté l'avait aidé à s'épanouir et nourri. Et il avait essayé de remercier les gens du village en créant cette station qui leur offrait des emplois et un avenir.

Il prenait brutalement conscience que l'amour avait eu des effets positifs sur sa vie. Il avait su en donner à la population de Sainte-Colette, mais il n'avait jamais pensé qu'il méritait d'en recevoir. Par peur de souffrir, il avait fui toute relation trop intime. Pourtant, il savait que ce qu'avait fait sa mère n'était pas sa faute à lui, mais dû au fait qu'elle était malade et qu'elle ne voyait pas comment s'en sortir.

Il avait reporté sur ce lieu et sur ses amis tout l'amour qu'il avait eu pour elle. Peut-être était-il temps maintenant qu'il pense à lui, afin de se forger un nouvel avenir.

Il existait une seule personne au monde avec qui il désirait le partager. Rachel. Il réalisait enfin ce qu'il avait refusé de reconnaître : il l'aimait.

Mais elle ne voulait pas de lui. Elle ne voulait pas l'aimer.

Cependant, s'ils parvenaient à se défaire de leurs peurs et

à se parler, s'il avouait à Rachel qu'il l'aimait au lieu de lui cacher ses sentiments, peut-être trouveraient-ils une solution.

Il enfila ses chaussures de ski, se jurant d'aller à sa recherche dès que le spectacle serait terminé.

Elle se sentait si triste qu'elle avait fui les festivités, mais elle avait envie d'assister au spectacle.

Aidée de Bianca et de Michael, elle avait pris le télésiège pour gagner le champ de ski et admirer avec eux et Isla les acrobaties auxquelles les lutins, les fées, les anges et les rennes se livraient sur les pistes tandis que les haut-parleurs diffusaient des chants de Noël.

En voyant autour d'elle les visages émerveillés des spectateurs, elle regrettait de ne pouvoir partager leur joie. Elle se sentait trop triste, trop seule.

Si elle avait choisi de rompre avec Matthieu, c'était parce qu'elle savait qu'inévitablement, un jour ou l'autre, cette histoire prendrait fin et qu'elle risquait cette fois de ne jamais s'en remettre.

Entendant des cloches sonner à toute volée, elle reporta son attention sur ce qui se passait sur les pistes, attendant l'arrivée de Matthieu.

Il apparut, reconnaissable à son costume rouge et à sa grande barbe blanche. Il descendit la pente sous les applaudissements de la foule, glissant si vite sur la neige qu'il donnait l'impression de voler.

Rachel retint son souffle lorsqu'elle le vit se diriger vers le tremplin et s'élancer dans les airs pour exécuter un saut périlleux des plus spectaculaires.

Mais l'atterrissage s'avéra délicat. Au moment de la réception, Matthieu chancela, puis se redressa. Mais *non*.

Il perdit de nouveau l'équilibre et, cette fois, se mit à rouler sur la neige, dévalant la piste dans une chute incontrôlable qui l'entraînait droit vers la barrière de sécurité.

Tout le monde s'était tu. Rachel n'entendait plus que la

musique diffusée en sourdine et le battement affolé de son cœur. Matthieu roulait, roulait, jusqu'au moment où il s'arrêta enfin.

Il ne bougeait plus. Il restait là, immobile, couché dans la neige.

Non. Elle ne pouvait pas le perdre. C'était impossible.

— Matthieu, non ! s'écria-t-elle en se frayant un chemin dans la foule. Laissez-moi passer !

Grimaçant de douleur, elle s'avança aussi vite que le lui permettait son genou blessé et, s'agenouillant près de Matthieu, elle pressa sa bouche contre la sienne. Elle sentit son souffle. Dieu soit loué, il respirait.

— Est-ce que ça va ? Je t'en prie, réponds-moi !

— Hé, oui, ça va.

Des yeux bleus la fixaient. Comme il levait la main pour lui toucher les lèvres, elle lui saisit les doigts.

Ils avaient aussi peur l'un que l'autre, elle le savait. Peur de souffrir, peur d'être rejetés, peur de laisser quelqu'un entrer dans leur intimité. Mais elle devait sauter le pas et prouver à Matthieu combien elle l'aimait, au risque de le voir refuser de nouveau cet amour. Et, si c'était le cas, elle en prendrait alors son parti.

Qu'importe qu'il y ait du public, il lui fallait avouer ses sentiments à Matthieu. Maintenant.

— Matthieu, écoute-moi. J'ai beaucoup souffert. Je ne voulais plus jamais ouvrir mon cœur à personne ni montrer ce que je ressentais, mais avec toi c'est impossible. Je t'aime trop. Je sais que tu hésites… mais ne pourrions-nous pas au moins nous donner une chance ?

Elle le vit alors secouer la tête. Il ne voulait pas d'elle.

Des yeux bleus. Matthieu avait les yeux marron.

— Hum…

Quelqu'un lui tapait sur l'épaule. Elle s'agaça.

— Je vous en prie, attendez. Ne voyez-vous pas que j'essaye de…

— D'embrasser mon employé ?

Cette voix… *Matthieu.* Elle regarda le Père Noël couché dans la neige. Il y aurait deux Matthieu ?

— Quoi ? Mais…

Vêtu non pas de la houppelande du Père Noël mais de la combinaison réglementaire du personnel de la station, Matthieu l'aida à se relever.

— J'avais des choses à faire, et puis j'ai reçu un appel téléphonique urgent venant de la mère de Justin, alors j'ai demandé à Louis de me remplacer.

— Oh !

Elle venait à l'instant de déclarer son amour au meilleur ami de Matthieu. Génial.

— Comment va Justin ? demanda-t-elle, le cœur battant.

— Il a ouvert les yeux et il peut bouger les bras et les jambes. Cela lui prendra du temps, mais il semble qu'il pourra se remettre de son accident.

— Oh ! merci, quelle bonne nouvelle ! Je suis tellement soulagée.

— Moi aussi.

Il se mit à rire, les yeux brillants.

— Maintenant, je voudrais savoir pourquoi tu as embrassé un membre de mon personnel devant tout le monde ?

— Je croyais que c'était toi. Je voulais que tu saches ce que je ressentais pour toi.

— Est-ce que je peux me relever, à présent ? grommela Louis. J'ai froid !

— Est-ce que ça va ? demanda Matthieu en l'aidant à se remettre debout.

— Très bien, après ce que je viens de voir ! Allez, mon pote, lance-toi ! ajouta-t-il en administrant à son ami une grande claque dans le dos. Ne la laisse pas s'échapper. Ne va pas tout gâcher !

— Je n'en ai pas l'intention.

Et, devant la petite foule qui s'était formée autour d'eux, il prit les mains de Rachel dans les siennes.

— Rachel, tu as dit que tu m'aimais.

— Oui, plus que tout au monde.

— Tu me l'avais déjà dit.

Elle sourit.

— C'est vrai, mais là c'est très sérieux. Je *t'aime*, Matthieu, je t'aime. Je ne voulais pas que cela arrive, mais je n'ai pas pu l'empêcher. Et maintenant je veux que tout le monde le sache. Je t'aime.

Il hocha la tête.

— Et moi je suis un imbécile, tout le monde est bien d'accord là-dessus, n'est-ce pas ?

Des huées et des moqueries s'élevèrent de la foule.

— Un imbécile qui avait peur, ajouta Matthieu. Je ne pensais rien de bon de l'amour. Il n'a pas sauvé ma mère et m'a broyé le cœur. Alors j'ai fait comme toi, Rachel, je me suis renfermé. Mais tu es arrivée, et tout a changé. Tu t'es souciée de moi, tu as eu mal pour moi et tu as commencé à recoller les morceaux de mon cœur brisé.

— Matthieu…, dit-elle d'une voix enrouée.

— Mais, quand j'ai compris tout ce que je ressentais pour toi, j'ai paniqué. Je croyais pouvoir de nouveau me renfermer, mais cela m'est impossible.

Rachel retint un sanglot.

— Nous avons tous deux été blessés par le passé, Matthieu. C'est difficile pour nous de baisser notre garde.

— Nous avons le choix, pourtant. Nous pouvons décider d'ouvrir notre cœur à quelqu'un. Et je te choisis, Rachel Tait.

Elle avait du mal à y croire. Jamais elle n'aurait imaginé entendre un jour quelqu'un lui dire cela. Elle lisait dans son regard tout l'amour et la confiance qu'elle lui inspirait.

— Je te choisis, moi aussi.

Il sortit de sa poche une petite boîte.

— J'ai un cadeau pour toi. Une preuve de l'amour que je te porte et que j'aurai toujours pour toi.

— Est-ce… ? Mais non…

Elle secoua la tête. Lui offrir une bague de fiançailles était franchement prématuré. Et, après ce qui s'était passé avec David, elle n'était même pas sûre de vouloir envisager un mariage.

— Qu'est-ce que… ?

— Ouvre cet écrin. Je crois que tu comprendras.

Le cœur battant, elle prit la boîte et l'ouvrit. Elle découvrit alors une paire de boucles d'oreilles associant l'argent et le cristal pour former deux minuscules chaussons de danse.

Le sens de ce cadeau était clair. Matthieu ne pouvait lui rendre le rêve perdu de son enfance, mais il avait l'intention de l'aider à réaliser tous ses rêves futurs.

— Oh ! Matthieu, elles sont magnifiques !

— Comme toi, dit-il en l'embrassant sur la joue. Et sache que je veux garder ton cœur et ta main avec moi toute ma vie durant. Jamais je ne te quitterai.

— Il est trop tôt pour parler d'avenir.

— Tu as mon amour pour toujours, Rachel. J'attendrai le temps qu'il faudra, jusqu'à ce que tu sois prête à m'épouser.

— Merci, merci, Matthieu. Et moi qui n'ai rien à t'offrir !

— J'ai bien quelques idées, rétorqua-t-il en riant.

Il l'attira tout contre lui.

— Si nous allions chez moi pour fêter Noël, juste nous deux ?

— Absolument !

Comme il se penchait vers elle pour l'embrasser, elle oublia les cris et les applaudissements qui fusaient tout autour d'eux pour ne songer qu'au bonheur qui les attendait.

Car ce Noël-ci n'était que le premier de tous les Noëls heureux qu'elle allait passer avec Matthieu.

Épilogue

Un an plus tard...

— Ce Noël a été le plus réussi de tous, déclara Matthieu en enlaçant sa femme avant de l'embrasser dans le cou.

Le spectacle s'était parfaitement déroulé. Cette fois, personne n'était tombé, et les clients étaient enchantés de ce qu'ils avaient vu. Le moment était enfin venu où ils allaient pouvoir profiter pleinement de leur soirée, rien que tous les deux, se dit Rachel en contemplant le paysage par la fenêtre du chalet. Jamais elle ne se lasserait de cette vue, pas plus qu'elle ne se lasserait de rester blottie comme maintenant dans les bras de son mari.

Finalement, elle n'avait pas voulu attendre. Leur mariage avait été célébré le mois dernier. Une cérémonie toute simple, sans cortège, sans parents, sans surprise.

— Cette année a été la plus belle de toutes, dit-elle.

Et il allait y en avoir de plus belles encore.

— C'est vrai, répondit Matthieu. Allez, assieds-toi, nous avons travaillé dur, le moment est venu de nous détendre.

Il s'écarta et elle l'entendit déboucher une bouteille de champagne.

Ah, trop tard.

— Euh... Pourrais-je plutôt avoir du chocolat chaud ?

— Pas de bulles ? demanda-t-il en fronçant les sourcils.

Il remplit une coupe, puis fit chauffer du lait en y ajoutant discrètement les ingrédients secrets qu'il refusait toujours de lui révéler.

— Pas aujourd'hui, merci.

Ni durant les neuf mois à venir…

— Tu te sens bien ? interrogea-t-il, l'air inquiet. Qu'y a-t-il, chérie ?

Elle se sentait bien. Très bien, même. Jamais elle ne s'était sentie aussi bien.

— J'ai un cadeau pour toi, dit-elle.

— Mais tu m'as déjà offert mes cadeaux ce matin.

— Il y en a encore un.

Elle se glissa derrière le sapin de Noël qui décorait leur salon et prit le paquet qu'elle avait caché là.

— Joyeux Noël, mon chéri, dit-elle en le lui tendant.

— Mais… ? Qu'est-ce que… ?

— Ouvre-le.

Il déchira le papier, ouvrit la boîte et découvrit alors une paire de toutes petites chaussures de ski.

— Qu'est-ce que c'est ? Elles sont faites pour un bébé, non ?

— Nous allons en avoir besoin.

— Quoi ? s'écria-t-il. Un bébé ? Je vais être papa, moi ?

— Oui, Matthieu. Et tu feras un papa formidable.

Il lui donna un long baiser passionné.

— Notre bébé va avoir les meilleurs parents du monde. Je t'aime, Rachel Tait.

Après avoir connu tous les deux une enfance malheureuse, ils méritaient d'avoir leur propre famille. Une famille pleine d'amour, et non de peur. Pleine de compréhension, et ignorant la surenchère. Une famille saine et heureuse.

Elle lui prit la main et la posa sur son ventre.

— Je t'aime, moi aussi. Ou devrais-je dire plutôt : je vous aime tous les deux ?

— C'est vraiment, vraiment, le plus beau des Noëls, murmura-t-il, le nez enfoui dans ses cheveux.

Et ce n'était que le commencement.

Juste eux trois et beaucoup d'amour.

MARION LENNOX

Un si doux remède

Traduction française de
MARIEKE MERAND-SURTEL

BLANCHE

HARLEQUIN

Titre original :
A FAMILY TO SAVE THE DOCTOR'S HEART

1.

— Maman fait toujours des bons plats quand on trouve du varech frais. Et on en a plein !

Jenny fixa le tas d'algues dégoulinantes que les enfants avaient remonté de Kelpcutter's Bay. Il répandait de l'eau de mer sur le sol de la cuisine, et commençait déjà à sentir mauvais. Ils pensaient qu'elle devait cuisiner ça ? Vraiment ?

— Et il y a d'autres tas en bas pour les séchoirs ! s'écria Ruby, tout excitée. Dès que la tempête s'arrêtera, on sortira le tracteur.

Et ils repartirent. Sam, Ruby et Tom étaient âgés respectivement de douze, huit et six ans. Nipper et Pepper, leurs chiens, les suivirent. Elle devait les arrêter. Depuis deux jours, la météo était déchaînée. Qui sait quelle sorte de débris avait été rejetée sur le rivage ? Un bon parent aurait gardé ses enfants à l'intérieur, leur aurait fait classe, en sécurité.

Mais la sécurité n'était pas au programme de ces enfants, et elle n'était pas leur parent. Pour eux, la sécurité, c'était l'ennui.

Quand elle les avait vus faire un feu de camp dans le jardin pour y cuire des pommes de terre sous la cendre, elle avait ravalé ses mises en garde, insistant pour qu'ils éloignent le feu de la maison. Mais quand Tom, six ans, avait planté une cuiller dans sa première pomme de terre, elle l'avait prévenu : « Fais attention, tu vas te brûler. »

Les enfants l'avaient ignorée. Tom s'était donc ébouillanté la langue. Il avait pleuré, mais l'avait rejetée quand elle avait tenté de le réconforter.

— Papa dit qu'on doit apprendre par nous-mêmes, avait dit brièvement Sam, son neveu.

À l'évocation de son frère adoré, Jenny sentit son chagrin se muer en colère.

Il ne faisait aucun doute que Chris et Harriet avaient aimé leurs enfants, mais la sécurité ne semblait pas faire partie de leur vocabulaire. L'autonomie semblait avoir été leur mantra, mais parfois elle se demandait si cela n'était pas plutôt de la négligence.

C'est ainsi qu'un jour la famille était partie en randonnée aux confins de l'île, lors d'une des dernières journées chaudes de l'automne, « parce que la cascade à la source de la rivière est l'endroit le plus frais lorsqu'il fait très chaud », lui avait dit Sam. Puis ils avaient planté leurs tentes sous l'un des vastes eucalyptus que les locaux surnommaient les « faiseurs de veuves ». Leurs branches massives tombaient sans prévenir…

Chris et Harriett étaient morts sur le coup, laissant trois enfants endeuillés. Sam souffrait encore des effets d'une grave infection : il avait parcouru cinq kilomètres pieds nus pour aller chercher de l'aide, car ses chaussures étaient dans la tente de ses parents. Sa voix n'était qu'un sanglot quand les sauveteurs l'avaient trouvé : « Je pouvais pas atteindre papa et maman pour les secourir » avait-il déclaré.

Et voilà pourquoi Jenny Martin, vingt-neuf ans, médecin urgentiste à Sydney Central, célibataire et citadine heureuse, fixait un tas de varech frais en songeant avec nostalgie aux menus épinglés sur son réfrigérateur à Sydney : un festin thaïlandais ou chinois à emporter ; même une pizza serait formidable. Elle soupira, puis ramassa le varech et le transporta dehors, à travers le jardin battu par les vents, pour le déposer sur l'une des longues claies des séchoirs.

Non, elle n'en mangerait pas, mais autant que ça leur rapporte de l'argent. Le varech avait de nombreux usages commerciaux – produits pharmaceutiques, dentifrice, shampooing… Il séchait au grand air et, tous les deux ou trois mois, un bateau arrivait pour emporter le produit fini.

Alors qu'elle reculait et considérait cet amas brunâtre avec dégoût, Jenny Martin, médecin hautement qualifié, charriait des algues pour joindre les deux bouts !

Elle ne pouvait pas continuer ainsi. Mais quel choix avait-elle ?

— *Jenny !*

Ce cri la tira de sa rêverie. Ruby l'appelait en courant sur le chemin de la plage, et elle paraissait terrifiée.

Ces enfants menaient plus ou moins leur propre vie. Jenny était venue juste après la mort de Chris et Harriet, s'attendant à devoir les rassurer, les soutenir. Elle avait trouvé des enfants profondément traumatisés, mais des enfants élevés pour être farouchement indépendants. Ils ne voulaient pas de réconfort, du moins pas de sa part. Sam avait dû passer deux semaines à l'hôpital sur l'île Gannet à cause de l'infection de son pied, mais, une fois qu'il était rentré chez lui, ils s'étaient rassemblés tous les trois en un groupe autonome.

Jenny était l'outsider. La pièce rapportée. Une tante qu'ils connaissaient à peine et dont le rôle, avaient-ils décidé unanimement, était d'être le garant de la continuité : grâce à elle, leur vie resterait ce qu'elle avait toujours été. C'était impossible. Elle le savait, et elle soupçonnait les enfants de le savoir aussi, mais des mois plus tard elle se demandait toujours si le fait de les déplacer à Sydney les briserait, et briserait leur avenir.

— *Jenny !*

Elle abandonna le varech et se mit à courir. Le cri de Ruby lui parvenait étouffé par le vent violent, mais elle y avait nettement perçu de la peur.

Jenny la rejoignit, lui saisit les épaules et s'accroupit.

— Qu'est-ce qui se passe ? Ruby, tout va bien, je suis là.

Durant un instant, Ruby ne put répondre, la fixant d'un regard affolé, et Jenny eut la vision d'une nouvelle horreur, d'un nouveau drame. Pourquoi n'avait-elle pas insisté pour aller avec eux ?

Mais ces enfants connaissaient Kelpcutter's Bay bien mieux qu'elle. C'était leur jardin, leur terrain de jeux. Ils nageaient tous comme des poissons. Chris leur avait inculqué très tôt les règles de prudence dans l'eau puis les avait laissés tranquilles, et ils considéraient les scrupules de leur tante avec une perplexité proche du mépris.

Marc, le médecin de Gannet qui s'était occupé de Sam, l'avait prise à part lors d'une visite à domicile après la sortie de l'hôpital. « Jenny, autant que possible, tu dois les laisser faire. Ces enfants ont été élevés comme des créatures sauvages. Tu vas devoir les apprivoiser, mais si tu vas trop vite tu causeras plus de problèmes. »

Plus facile à dire qu'à faire !

— Ruby, qu'est-ce qui s'est passé ?

— Jenny, il y a un bateau qui a heurté les rochers ! s'écria l'enfant, peinant à reprendre son souffle. On a trouvé aussi un homme !

2.

Silas Braden, pédiatre californien, avait fait une erreur, or Silas Braden n'était pas réputé pour ses erreurs. Il n'avait jamais été un homme à échouer par défaut d'anticipation.

Enfant unique de parents richissimes, Silas était en outre doté d'une beauté stupéfiante, d'un corps d'athlète et d'un esprit vif, ce qui signifiait que le monde lui appartenait depuis toujours. Il avait fréquenté les meilleures écoles, les meilleures universités, puis avait rapidement accédé à un prestigieux poste de pédiatre dans l'un des meilleurs hôpitaux de Los Angeles.

Il possédait de superbes voitures. Il était sorti avec de très jolies femmes et il avait fini par en épouser une. La parfaite Charlotte. Charlotte et lui avaient eu une petite fille parfaite. En apparence, ils formaient une famille parfaite.

Et puis un grain de sable s'était glissé dans l'engrenage, et tout avait déraillé…

Ces deux dernières années, il avait fait ce qu'on attendait de lui, planifiant son existence dans les moindres détails, déterminé à ne plus jamais s'exposer. Et puis cette opportunité s'était présentée et imposée assez rapidement…

Ses parents étaient tous deux médecins, ou l'avaient été. Quatre ans plus tôt, son père avait fait un AVC. Il s'en était bien remis, mais sa carrière en chirurgie orthopédique était terminée – ses mains avaient perdu l'habileté et la souplesse qu'exigeait un tel métier. Mais il avait toujours possédé des voiliers pour lesquels il dépensait des fortunes. Après l'AVC, ses parents avaient pris leur retraite et engagé les meilleurs skippers pour naviguer tranquillement autour du monde.

Puis, un jour, un drame s'était produit : leur belle-fille et leur petite-fille de sept ans étaient mortes dans un accident. Ils étaient à Sydney quand ils avaient appris la nouvelle, et avaient abandonné le bateau pour prendre le premier vol de retour disponible. La pandémie, avec ses innombrables conséquences, avait frappé peu après.

Deux ans plus tard, le *Sea Raven* était toujours coincé à Sydney, et la mort de Charlotte et Harper jetait toujours son ombre sur eux tous.

— Ton père est profondément déprimé, avait confié sa mère à Silas lors de sa dernière visite dans leur magnifique demeure en bord de mer. Tu sais qu'il est malheureux de… ce qui est arrivé. Je n'arrive pas à le distraire. S'il avait son voilier, il pourrait s'amuser, emmener nos amis, mais plus personne ne fait de transferts internationaux de bateaux.

— Alors achetons-lui-en un autre ! avait suggéré Silas, pensant qu'un nouveau beau yacht à voile ferait un excellent cadeau pour le soixante-dixième anniversaire de son père.

Contre toute attente, sa mère avait hésité.

— Silas, ton père… ce bateau… il l'aime vraiment, tu sais.

Vraiment ? Le *Sea Raven* était une beauté vintage, mais son père avait toujours eu des voiliers. L'idée qu'il ne puisse pas simplement en acheter un autre semblait étrange.

Pourtant, sa mère avait été ferme.

— Silas, il a rêvé de ce bateau pendant des années et maintenant il l'a perdu. Il est si morose depuis son AVC ! La mort de Harper n'a fait qu'empirer les choses, et pour une raison quelconque il n'arrête pas de penser au fait que son bateau est bloqué à Sydney. Mais, même si la pandémie régresse, on ne trouve toujours personne pour le ramener ici. La paperasse pour rassembler un équipage international est si fastidieuse que j'ai renoncé à m'en occuper.

Il le croyait. La pandémie avait laissé les voyages internationaux dans un flou total. Mais ensuite il avait réfléchi… Il connaissait la voile sur le bout des doigts – il avait passé une grande partie de son enfance sur les bateaux de son père. Il naviguait sur son propre bateau, maintenant, et se considérait comme un marin accompli.

Le *Sea Raven* était magnifiquement bien équipé, avec des outils d'assistance de pointe. Il serait assez facile de le gréer pour la navigation en solo avant de quitter Sydney. En naviguant seul, il pouvait voyager léger. Il n'aurait pas besoin de débarquer à différents endroits. Il avait assez d'argent pour organiser des escales dans les ports, et même pour faire larguer des vivres par avion si nécessaire.

De plus, il avait besoin d'un défi. Il avait travaillé plus dur qu'il ne l'aurait cru possible pendant la pandémie, mais, maintenant que la situation s'était détendue, il pouvait partir sans culpabilité. Son père était déprimé et son propre nuage gris ne se dissipait pas. Deux mois en mer…

Alors, en un instant, faisant fi de toute prudence, il avait promis à sa mère qu'il ramènerait le bateau.

Mais celle-ci, au lieu de se jeter contre sa poitrine en signe de gratitude, l'avait regardé comme s'il avait deux têtes.

— Chéri, tu ne peux pas faire ça ! Pas tout seul. Engage un skipper !

— Tu veux dire que je ne suis pas aussi bon qu'un skipper professionnel ?

— Si, mais c'est un gros bateau. Pense aux dangers.

— Il n'y aura pas de danger, avait-il assuré. C'est la mi-saison dans les deux hémisphères, le moment le plus sûr pour naviguer. Les prévisions météo sont excellentes de nos jours, et les moteurs du *Sea Raven* ont assez de puissance pour me tirer d'affaire si je dois échapper à une tempête. Tu me connais, maman, je ne prends pas de risques. Je vais tout planifier à la perfection. Le ramener à la maison pour l'anniversaire de papa sera un défi que je relèverai haut la main !

Ce qui semblait beaucoup moins probable maintenant, songea-t-il, alors que le *Sea Raven* glissait vers la petite crique marquée sur sa carte incroyablement détaillée. Il se dirigeait vers Kelpcutter's Bay, sur l'île Albatros, qui faisait partie des îles Birding.

Les îles Birding se trouvaient à trois jours de navigation à l'est de Sydney. Il n'avait pas prévu de s'en approcher, mais la météo avait dégénéré. Un cyclone s'était formé, bien plus tôt que prévu, au nord-est du Queensland, et, au lieu de rester en mer ou de s'enfoncer dans les terres vers le nord tropical comme d'autres cyclones tropicaux, il avait modifié sa trajectoire pour filer vers le sud.

Le *Sea Raven* aurait dû être capable de résister à une tempête en mer, mais, par excès de prudence, Silas avait décidé de se diriger vers le port le plus proche. L'île Albatros était la plus éloignée des îles Birding, et la plus petite. Son port principal se trouvait sur la côte est – un peu trop exposé, pensait-il, ne sachant pas si les installations seraient suffisantes pour protéger le précieux bébé de son père. Mais la carte montrait une anse à l'ouest – Kelpcutter's Cove. Celui qui avait dessiné la carte avait indiqué la profondeur et ajouté une note : « jetée adaptée à l'amarrage de nuit, mais pas d'installations ».

Il ne voulait pas d'installations. Il voulait seulement jeter l'ancre pour quelques nuits et repartir.

Soudain, la tempête éclata et, tandis qu'il approchait de l'île, la houle grossit. Prenant conscience qu'il était dangereux de rester ainsi exposé, il essaya de faire entrer le gracieux voilier dans un port étroit, où le mouillage sous le vent n'offrait qu'une protection minimale. Il réussit presque. Il manœuvra et vira de bord, encore et encore, essayant de trouver le moment idéal pour passer par le goulet du port – qui paraissait être une formation rocheuse naturelle plutôt qu'artificielle. Après une longue attente, il s'était engagé, se croyant sauvé, quand une vague s'était abattue sur son embarcation après avoir rebondi sur la paroi rocheuse, tandis qu'une autre le frappait par-derrière au même moment. Le *Sea Raven* s'inclina au sommet de la vague, fit une violente embardée et heurta des rochers.

Le choc fut immédiat, d'une brutalité inouïe, et Silas fut

projeté contre le bastingage des deux côtés du bateau, encore et encore.

Il ressentit une douleur fulgurante lorsque sa jambe se déroba sous lui. Le pilonnage des vagues était incessant, et il comprit que s'il restait à bord il pourrait être englouti. Il réussit tant bien que mal à détacher son harnais de sécurité et à se hisser jusqu'au bastingage, du côté qui dominait les vagues. Puis, comme un autre choc retentissait, terrible, il escalada le garde-corps et sauta dans le flot tumultueux des vagues.

Il y avait bien un homme, sur la plage. Et un bateau, échoué dans les eaux de Kelpcutter's Bay. Un voilier magnifique, tout en bois, comme on n'en construisait plus depuis longtemps. Il avait réussi à passer entre les étroites parois rocheuses qui protégeaient la minuscule jetée de Kelpcutter's Bay, mais ne l'avait pas fait sans dommage. Côté bâbord, en face de Jenny, la charpente était écrasée. Dans le port, il était protégé du pire, mais le temps était si violent que même ici les vagues déferlaient dans tous les sens, n'épargnant rien ni personne.

— Jenny !

C'était le hurlement de Sam. Jenny s'était arrêtée au bout du chemin pour voir ce qui se passait, mais elle accéléra en direction des enfants, qui se trouvaient tout au bout de la plage.

Sam et Tom étaient penchés au-dessus d'une silhouette recroquevillée sur le sable. Elle vit un gilet de sauvetage jaune sur une veste de quart écarlate. Un pantalon sombre. Des cheveux bruns. Le naufragé était-il vivant ?

Elle s'élança. Sa première pensée ne fut pas pour la personne en gilet de sauvetage mais pour les enfants. Surtout Sam. À douze ans, il avait affronté le drame de la mort de ses parents. Leur éducation semblait l'avoir préparé à assumer le rôle de protecteur de son frère et sa sœur avec une gravité qui n'était pas de son âge. Quand ses parents avaient été tués, la priorité du garçon avait été ses cadets. Lorsque les sauveteurs avaient finalement atteint Ruby et Tom, ils les avaient trouvés enfouis dans leurs duvets, bien loin de l'endroit où ils dormaient quand l'arbre s'était effondré. Sam avait réussi à tirer l'un des sacs à dos de sous la masse de branches tombées et leur avait laissé de la nourriture et de l'eau, puis leur avait ordonné d'attendre sans bouger jusqu'à son retour. Ensuite, il avait couru dans la nuit, sachant déjà qu'on ne pouvait plus rien pour leurs parents. Ces derniers manquaient terriblement à Ruby et Tom, bien sûr, mais c'était Sam qui se réveillait la nuit, en proie à d'affreux cauchemars…

— Il est toujours vivant ! s'écria Sam alors qu'elle s'approchait d'eux. Il respire, mais je ne sais pas quoi faire.

Horrifiée, Jenny comprit qu'il se sentait coupable. Comme si on attendait de lui qu'il assume la responsabilité de la survie de cet homme ? Ce n'était pas la première fois que Jenny maudissait le style d'éducation de son frère et de sa belle-sœur, leur volonté de déléguer la surveillance des plus jeunes à leur aîné, confiant à un gamin de douze ans une responsabilité bien trop lourde pour lui.

— C'est bon, Sam, je suis là, maintenant, assura Jenny.

Elle aurait aimé le serrer dans ses bras, mais il y avait ce type en gilet de sauvetage. Était-il vivant ? Elle s'agenouilla sur le sable mouillé pour vérifier : il respirait. Elle voyait sa poitrine se soulever avec effort. Il était couché sur le côté et, soudain, il se redressa et vomit. C'était bon signe. D'une part, il s'était retrouvé presque en position latérale de sécurité, et d'autre part son corps faisait son propre effort pour se débarrasser de l'eau de mer qu'il avait manifestement ingurgitée. Elle déplaça sa tête pour lui dégager la bouche, puis le tint de sorte qu'il ne puise pas ravaler ce qu'il crachait. Elle étudia les traces sur la plage. Il avait été assez conscient pour ramper hors de l'eau.

Soudain, les yeux de l'homme s'ouvrirent et il gémit.

— Vous êtes sain et sauf, lui dit-elle, prenant sa meilleure voix de médecin. Nous allons vous aider.

Elle tenait son visage dans ses mains et son regard accrocha le sien. De remarquables yeux bleus. Des cheveux noirs plaqués sur son crâne… Une entaille saignait encore sur son front, peu profonde. Il devait avoir dans les trente-cinq ans, et semblait de constitution robuste.

— Ne bougez pas, lui ordonna-t-elle, pensant à des lésions au cou, à la colonne vertébrale.

Puis elle se rappela ces marques de traînées sur la plage et sa peur s'apaisa quelque peu. Quelqu'un souffrant d'une grave blessure à la colonne vertébrale n'aurait jamais pu aller aussi loin. Mais il pourrait avoir une fracture ? Elle songea aux ambulanciers qui amenaient les patients au service d'urgence de Sydney Central. Toutes les lésions vertébrales possibles étaient stabilisées avec une coquille avant leur arrivée à l'hôpital.

— Il ne va pas mourir, hein ? demanda Sam d'une voix tremblante.

Étonnamment, ce fut l'homme lui-même qui répondit. Elle le vit prendre une grande inspiration, puis une autre, et tourner légèrement la tête pour regarder vers le haut.

— Je pense que ma jambe est cassée. Je ne mourrai pas, balbutia-t-il d'une voix faible.

— Bien sûr que non ! déclara Jenny.

Les yeux de l'homme se refermèrent. Elle se pencha autant que possible. Elle avait une question urgente.

— Il y avait quelqu'un d'autre sur le bateau ?

— Non.

— Pas d'équipage ? Pas de passagers ?

— Non.

Vingt-trois ans plus tôt, la mère de Jenny avait quitté l'île Albatros et emmené sa fille de six ans vers ce qu'elle appelait la civilisation. Elle avait également abandonné son mari, cultivateur de varech, et son fils de douze ans. Une décision que Jenny n'avait pas comprise. Que ses parents se séparent de leurs enfants, que sa mère s'éloigne de son fils, que son père dise au revoir à sa fille et n'essaie jamais de la revoir, tout cela l'avait brisée, et la douleur n'avait jamais disparu.

Elle avait repris contact dès qu'elle avait été assez grande, évidemment, et était revenue voir la maison de son enfance. Le frère et la sœur avaient repris le fil de leur histoire, mais les quelques visites de Jenny lui avaient permis de comprendre pourquoi sa mère était partie. Albatros était une île minuscule, la plus éloignée des îles Birding. Il y avait une petite communauté de l'autre côté de l'île, mais peu d'industrie. Elle était surtout habitée par des gens qui voulaient se retirer du monde. Des artistes, des écrivains, un couple d'anciens constructeurs de bateaux qui passaient leur vie à restaurer des bateaux dont personne ne voulait… Et puis il y avait des reclus qui voulaient simplement être seuls dans ce paysage somptueux. Il n'y avait pas de médecin sur l'île – sauf elle.

Un ferry quotidien les reliait à l'île Gannet, beaucoup plus grande, d'où une aide immédiate pouvait également arriver par hélicoptère. Gannet disposait d'un excellent centre médical, mais dans cette tempête le ferry ne fonctionnerait pas, et l'hélicoptère non plus.

Que faire ? Ses mains parcouraient le corps de l'homme tandis qu'elle réfléchissait aux options possibles. Il ne semblait pas y avoir d'hémorragie importante. La respiration semblait stable. Il s'était traîné jusqu'à la plage.

Sa jambe… Oui, ça posait un problème. Son pantalon était déchiré à mi-mollet, et elle voyait une énorme ecchymose lacérée, suintant du sang. Il avait dit que sa jambe était cassée, et, d'après son expérience, les patients le savaient souvent. Il avait dû la sentir se briser. La jambe ne semblait pas désaxée, Dieu merci – une fracture ouverte aurait été compliquée à gérer. Il y avait d'autres points d'inquiétude, cependant – combien de temps avait-il été inconscient ? Cette coupure sur sa tête, qu'est-ce qu'il l'avait provoquée ? Avait-il de l'eau dans les poumons ?

Chaque chose en son temps ! Elle devait le sortir de la plage. La marée était en train de monter. Dans une heure, le sable serait sous l'eau, et la pluie, qui s'était heureusement arrêtée pour l'instant, pouvait recommencer à tout moment.

Elle étudia le visage de l'homme. Il avait subtilement changé, et elle avait l'impression qu'il était en train de rassembler ses pensées. Toujours à genoux, elle rapprocha son visage du sien pour lui parler à nouveau.

— Je suis le Dr Jenny Martin. Les enfants qui vous ont trouvé sont Sam, Ruby et Tom. Vous avez été sacrément malmené, mais vous êtes désormais dans de bonnes mains.

Ses yeux se rouvrirent d'un coup. Il était blême, et une barbe de trois jours ombrait son menton. Quand il la regarda, elle pensa à… Paul Newman ? L'idole de son adolescence. Quelle drôle d'idée !

— Vous êtes médecin ? murmura l'homme, et, malgré sa voix rauque, il semblait incrédule.

Mais au moins cela la ramena sur terre. Elle comprenait qu'il n'y croie pas. Elle était accroupie sur une plage balayée par le vent au milieu de nulle part, vêtue du vieux ciré de son frère. Son équipe se composait de trois enfants effrayés et de deux chiens qui s'étaient rapprochés pour voir ce qui se passait sur leur plage d'ordinaire déserte. Mais c'était tout ce qu'elle avait, et elle devait en tirer le meilleur parti. Une des priorités enseignées lors de la formation médicale était de donner au patient la certitude qu'il était entre de bonnes mains. Elle s'y appliqua.

— Oui, je suis médecin, répondit-elle, beaucoup plus sûre d'elle qu'elle ne l'était en réalité.

Elle aurait eu grand besoin de la trousse de secours qu'elle avait à la maison. Mais un regard sur les nuages orageux qui balayaient le ciel dans leur direction lui indiqua qu'elle n'avait le temps de parer qu'au strict nécessaire.

— Quand vous respirez, ça fait mal ? demanda-t-elle.

Sous son gilet de sauvetage et sa veste de quart, il portait un polo de marque.

— Je vais m'en sortir, marmonna-t-il

— Oui, je le sais, répliqua-t-elle un peu sèchement. Dites-moi ce qui vous fait mal.

— Ma jambe.

— Elle a l'air cassée.

Autant dire les choses telles qu'elles étaient. Son patient devait avoir confiance en elle, et la franchise était la meilleure méthode pour y parvenir.

— Vous vous êtes cogné la tête, ajouta-t-elle. Avez-vous perdu connaissance dans l'eau ?

Elle le vit prendre le temps de réfléchir, de formuler une réponse, puis de trouver la force de parler.

— J'ai coupé ma ligne de vie quand le bateau s'est échoué. J'ai senti ma jambe partir. Les vagues m'ont poussé, et je ne me suis pas débattu. Je me suis cogné la tête sur un rocher, mais j'avais déjà pied... J'ai essayé de me mettre debout et j'ai senti que je...

Elle voulait quand même écouter ses poumons, et pour cela elle avait besoin de son stéthoscope. Mais comment transporter le blessé ? C'était un homme grand, costaud. Elle mesurait un mètre soixante. Les enfants étaient robustes mais trop jeunes. Quant à lui... s'il mettait du poids sur cette jambe, il s'évanouirait à nouveau.

— Vous avez une ambulance ici ? Un hôpital ?

— Non, répondit-elle simplement.

— Mais vous êtes médecin ?

Il bredouillait moins, sa voix se raffermissait, et il se rendait compte qu'il devait aller à l'hôpital.

Il la regarda fixement, tandis qu'elle s'asseyait sur ses talons. Un tapis pourrait-il lui être utile ? Elle en avait un dans son salon, mais il était trop lourd. Une porte ? Elle avait vu des photos de scènes de catastrophe où des portes servaient de civières d'urgence. Il n'y avait aucune chance qu'elle et trois enfants puissent soulever une porte avec un adulte dessus.

Soudain, elle vit des feuilles de palmier, arrachées par le vent, qui jonchaient plage. C'était ce que les enfants avaient utilisé pour construire leur cabane, derrière la maison. Elle avait admiré leur construction et écouté les explications de Sam : « Tu coupes et tu sèches des bandes d'algues, après, tu les tresses ensemble. Papa m'a montré. Ça fait une corde très solide. On s'en est servis pour attacher toutes les palmes ensemble comme si on faisait un radeau. »

Un radeau…

— Sam, on a besoin du toit de votre cabane pour en faire une civière, lui dit-elle.

Sam la regarda avec gravité – celle d'un adulte ? Elle détestait ce regard, mais elle n'avait pas le temps de s'y attarder.

— Comment vous appelez-vous ? demanda-t-elle à l'homme.

— Silas Braden, répondit-il.

Il était allongé, immobile, et la regardait. Ils la regardaient tous. Elle aurait donné n'importe quoi en ce moment pour être un enfant et ne pas avoir à résoudre ce problème. Elle inspira à fond. *Tu peux le faire*, se dit-elle, comme elle se l'était répété tant de fois depuis ce terrible appel lui annonçant la mort de son frère. Pourquoi n'y croyait-elle pas ? Il le fallait pourtant. Elle n'avait pas le choix.

— On doit découper le toit de votre cabane à la taille d'une civière, expliqua-t-elle aux enfants, faisant de son mieux pour paraître confiante.

Comment savoir si ça allait tenir ? Mais elle n'avait pas d'autre solution.

— C'est léger, poursuivit-elle, et tu m'as dit que les liens que tu as faits étaient solides. On pourrait mettre M. Braden dessus et le tirer jusqu'à la maison.

— Je pense que je peux marcher, protesta faiblement Silas. Si vous me trouvez un bâton…

Jamais il ne serait capable de se tenir debout, et encore moins de marcher.

— Si cette jambe est cassée, vous allez de nouveau vous évanouir. Désolée, mais vous devez nous laisser organiser les choses.

— Si vous trouviez quelqu'un d'autre pour aider…

— Il n'y a personne d'autre, rétorqua-t-elle brutalement.

Elle observa les vagues : le vent se levait à nouveau et, si une autre bourrasque frappait avant qu'ils n'aient éloigné le blessé de la plage, les choses se compliqueraient.

— Sam, peux-tu découper le toit de la cabane avec Ruby ? Utilisez le grand couteau de cuisine. Coupez-le en deux dans le sens de la longueur – il faut un long morceau étroit, de la taille d'une civière. Tu as compris ?

— Oui, dit Sam.

Il paraissait soulagé qu'on lui dise quoi faire, qu'on lui donne une consigne. Son expression avait subtilement changé. Il redevenait un enfant ?

— Apportez aussi la bâche en plastique qui est dans le cabanon. On la mettra en dessous, pour que ça glisse plus facilement et pour empêcher les palmes de se séparer. Et on aura besoin de cordes, aussi. Coupez celles des casiers à langoustes et rapportez tout sur la civière.

— Les cordes des casiers de papa ? demanda Sam, de nouveau indécis. Papa va…

— Ça ne… Ça ne dérangerait pas ton papa.

— Mais…

— J'en suis sûre, Sam, déclara-t-elle en le serrant dans ses bras. Tu assures comme un chef, mon grand ! On assure tous. Emmène les petits avec toi et faites vite !

Quelques secondes plus tard, les enfants avaient disparu. Comme Silas Braden tentait de se tourner pour regarder vers la mer, elle l'immobilisa en posant les mains sur ses épaules.

— S'il vous plaît… Je ne veux pas que vous bougiez. J'ignore l'étendue des dégâts et, jusqu'à ce que j'en sache plus, vous devez rester immobile.

— Mais il est déjà détruit. La coque avant…

— Je ne parle pas de votre bateau ! Je parle de vous.

— Si vous pouviez aller y attacher une corde…

Elle jeta un coup d'œil à la masse d'eau bouillonnante, au bateau qui sombrait vers les hauts-fonds. Que suggérait-il ? Qu'elle gagne le bateau à la nage en luttant contre les vagues pour le remorquer à l'aide d'une simple corde ?

— Vous savez, je suis seule ici avec trois enfants, et l'eau est très agitée. Vous voulez que j'aille tenter du sauvetage maritime toute seule ?

— Ce voilier vaut une fortune.

— Plus que moi ?

Il y eut un silence. Il referma les yeux et elle se demanda à quel point il souffrait. Beaucoup, probablement.

— Pardonnez-moi, murmura-t-il. Ça va briser le cœur de mon père. Quel idiot !

Sa voix était faible, hachée, et elle songea une fois de plus à de l'eau dans ses poumons. Elle aurait dû demander aux enfants d'apporter sa trousse médicale…

Elle vérifia de nouveau le bas de sa jambe, déchira son pantalon afin de voir l'étendue de sa blessure. La bonne nouvelle, c'était que son pied avait un bon pouls. La circulation n'était pas bloquée.

— Il faut que je trouve de quoi faire une attelle pour votre jambe, dit-elle. Les enfants sont partis chercher votre civière. Je vais chercher un morceau de bois flotté. Ne bougez pas !

— J'ai le choix ?

— Non, répondit-elle, s'efforçant de paraître enjouée. Restez allongé et admirez le paysage pendant que je regarde ce que je peux dénicher pour faciliter votre transfert.

3.

Silas suivit la jeune femme des yeux. Il était trempé jusqu'aux os – ou était-ce le choc qui le faisait frissonner de façon incontrôlable ? La douleur de sa jambe était atroce. Il avait mal à la tête.

Lors de sa formation médicale, un expert de la douleur avait donné une conférence, évoquant les voies neuronales. « Le cerveau ne peut se concentrer que sur une seule source de douleur intense à la fois. » Tu parles !

La douleur paraissait venir de partout. Il envoya un message d'invectives silencieux à l'ancien professeur, puis décida que ses voies neuronales avaient besoin de se distraire.

Regarder la femme parcourir la plage à la recherche de bois flotté était une piste aussi valable qu'une autre.

Elle valait le coup d'œil. Mince, elle portait des bottes en caoutchouc et un ciré ample. Elle n'était pas très sophistiquée, mais sa chaleur, son sourire l'avaient réconforté. Quand elle s'était penchée sur lui, ses yeux verts plissés d'inquiétude, ses boucles auburn humides sur son front, elle était si proche qu'il avait remarqué son nez retroussé, ses taches de rousseur, sa bouche pulpeuse…

Aussi fou que cela paraisse, il avait eu envie, à cet instant, de la serrer dans ses bras. Son ange gardien…

Il s'égarait, décida-t-il. Mai c'était par réaction aux événements des dernières heures. Dans l'eau, il avait cru mourir, et à présent ce n'était plus le cas. Ce petit bout de femme avait pris le contrôle, lui avait assuré qu'il était en sécurité et lui faisait fabriquer une civière !

N'importe qui aurait voulu l'embrasser.

— Je l'ai ! s'écria-t-elle en brandissant un épais bâton. Ce sera parfait.

Quel âge avait-elle ? Elle avait dit être médecin. Quel genre de médecin ? Oh ! et puis quelle importance ? Elle était tout ce qu'il avait.

Elle revint s'agenouiller auprès de lui et commença à enlever son manteau. Il tendit la main.

— Non ! Je n'ai pas besoin de votre manteau.

— Je ne vous offre pas mon manteau, répliqua-t-elle. Votre propre veste coupe le vent, et vous changer ici n'est pas possible.

Mais elle finit de retirer son manteau pour dévoiler un vieux coupe-vent, qu'elle ôta rapidement aussi. Il n'y avait qu'un soutien-gorge dessous, en dentelle moirée. Le contraste était si saisissant que son esprit engourdi avait du mal à l'assimiler.

— C'est bon, je ne fais pas un strip-tease !

Elle remit son son ciré et examina son coupe-vent,

— C'est celui de mon frère, dit-elle. Qui aurait cru que les vêtements de seconde main pouvaient être si utiles ?

Et, avant qu'il puisse comprendre ce qu'elle avait en tête, elle le déchira. Les manches furent un peu plus difficiles à détacher, mais elle avait de la force et fit craquer la couture aux épaules.

— Hourra !

Elle lui offrit un sourire bienveillant, un sourire de médecin.

— J'ai maintenant une attelle et des lanières, expliqua-t-elle. Je serai aussi délicate que possible, mais je dois immobiliser votre jambe pour qu'on puisse vous placer sur la civière sans vous faire plus de mal que nécessaire. Une fois à la maison, on vous mettra au chaud et au sec, mais j'ai bien peur que les prochaines minutes soient inconfortables.

— Vous êtes vraiment médecin ?

Est-ce qu'il l'avait déjà demandé ? Tout était si flou !

— Oui, vraiment. Ça va aller. Restez tranquille.

Elle arracha quelques branchettes sur le bâton, puis l'attacha avec le dos du coupe-vent. Il la sentit remettre soigneusement en place son pantalon déchiré afin de protéger le plus possible la blessure ouverte et l'attelle de fortune.

— En fait, je suis médecin urgentiste, précisa-t-elle, en bonne praticienne bavardant avec un patient nerveux. Ne bougez pas, je fais glisser les bandes sous votre jambe.

Il ne bougea pas. Elle était habile, songea-t-il. Elle creusa le sable sous sa jambe, mais juste un peu à la fois pour que le tissu puisse être disposé centimètre par centimètre.

Il retint sa respiration, mais sa douleur n'augmenta pas.

— C'est fait ! déclara-t-elle, satisfaite. Maintenant, au tour de mon bâton !

Là encore, elle creusa, cette fois en passant le bâton sous la jambe. Le devant du coupe-vent était sur son tibia, et elle utilisait la bordure et les manches pour le maintenir en place en les nouant tout du long. La longueur du bâton et la quantité d'attaches signifiaient que sa jambe était maintenue de la cuisse aux chevilles.

— Voilà !

— Merci.

— De rien. Tant qu'à être bloquée au milieu de nulle part, autant me rendre utile.

— Ce n'est pas plutôt moi qui suis coincé ?

— On est tous coincés, dit-elle d'un ton faussement sombre. Moi, trois enfants, deux chiens et une remise pleine de varech. Et maintenant un étranger échoué sur la plage !

— Cette île est sur la carte. Ça veut dire qu'elle est habitée, non ?

Il avait du mal à saisir ce qu'elle disait. Sa bouche était pâteuse et sèche. Parler faisait mal mais il essayait de comprendre.

— C'est le cas. Albatros est presque le cœur de la civilisation – si on peut appeler civilisation quatre cents résidents permanents, une supérette, un pub-café, une école, un petit chantier naval, plusieurs ateliers d'artistes et une boulangerie. Oh ! et une ferme de varech dont je m'occupe. Malheureusement, tout le monde sauf nous vit de l'autre côté de l'île, et nous sommes en pleine tempête. La voie terrestre sera impraticable à cause du vent de sable, et les communications semblent être coupées. Nous sommes censés avoir une connexion satellite, mais mon téléphone est mort depuis des heures.

Puis elle jeta un coup d'œil vers le voilier toujours ballotté par les vagues, et reprit, dubitative :

— Je ne pense pas que vous ayez déclenché une de ces balises de détresse qu'on trouve sur les bateaux. Est-ce que quelqu'un est sur le point de lancer une mission de sauvetage air-mer ?

Une balise de détresse… Ça devait être sa balise EPIRB, utilisée dans le monde entier pour alerter les services de secours et permettre la localisation radio du navire naufragé. Il ne l'avait pas activée. Il pensait qu'il rentrait dans le port, qu'il serait en sécurité. *Quel imbécile !*

— Non, avoua-t-il.

— C'est probablement aussi bien, puisque vous êtes sain et sauf. Nous allons faire de notre mieux jusqu'à ce que ça se calme. Tiens, voilà les enfants !

Jenny se leva pour les accueillir.

— Youpi, bien joué. Sam, c'est parfait !

Ils traînaient derrière eux ce qui ressemblait vaguement à une civière. Un radeau constitué de feuilles de palmier. Sur le dessus, il y avait une bâche de plastique pliée et un tas de cordes. Jenny serra l'aîné des garçons dans ses bras, mais il se déroba.

— On a mis un temps fou ! marmonna-t-il. Ça a commencé à se défaire, alors on a dû trouver de quoi le rattacher. On a utilisé toutes les cordes des casiers de papa. Papa va être…

Il s'arrêta, au bord des larmes.

— Ton père serait fier de toi, déclara Jenny avec force. Vous vous êtes très bien débrouillés, tous. Mais on a encore du travail. On doit amener M. Braden à la maison.

— Silas, dit-il faiblement afin de rectifier, essayant de ne pas penser à ce qui l'attendait.

L'attelle de Jenny maintenait sa jambe rigide. S'il s'était effectivement cassé la jambe – et il en avait bien l'impression –, le mouvement risquait de lui couper la circulation. Et la douleur…

Il ne s'était jamais senti aussi impuissant !

Soudain, un colley noir et blanc apparut, remuant la queue, et commença à lui lécher le menton.

— Nipper ! lança sèchement Jenny. Va-t'en !

Le chien lui jeta un regard de reproche, et elle eut l'audace de sourire.

— Désolée. Ce n'est pas exactement l'hygiène hospitalière que nous pratiquons ici, mais Nipper aime bien tout contrôler.

— Comme moi, murmura Silas.

— Vous avez besoin d'antalgiques. J'en ai à la maison, mais ils n'auront pas le temps d'agir car il faut vous déplacer vite. Le prochain front de tempête approche, alors nous allons vous mettre sur cette extraordinaire civière et vous ramener à la maison.

S'ensuivirent vingt minutes que Silas aurait préféré oublier mais qui resteraient probablement gravées en lui pour toujours.

Jenny était compétente, organisée, mais ce n'était pas une civière normale et elle n'avait pas d'adultes pour l'aider. Son dos semblait indemne, alors elle accepta à contrecœur qu'il se hisse seul pendant que les enfants et elle glissaient la civière sous lui.

— Mais, une fois allongé, vous ne bougez plus ! ordonna Jenny en fixant la bâche en plastique sous les palmes. Ça glissera mieux et les coins sont assez solides pour y accrocher des cordes.

— Attachez-moi aussi, dit-il.

— Pardon ?

— Si vous m'attachez, il n'y a aucun risque que je tombe. Vous pouvez m'oublier et simplement tirer.

— Ça ne vous ennuie pas d'être attaché ?

— Si, mais tant pis.

Il fut donc ligoté aux palmes, puis ils le hissèrent sur le sable. Jenny tenait une corde, Sam, Ruby et Tom avaient l'autre. Il n'était pas léger, et ils durent faire beaucoup d'efforts pour le tracter.

Tout à coup, Jenny décida de chanter.

— C'est comme quand les marins devaient hisser d'immenses voiles autrefois, dit-elle d'un ton joyeux. Chantons un chant de marin. Vous connaissez celui-là ?

Et elle se mit à chanter, assez fort pour que les chiens s'éloignent et la regardent avec étonnement. C'était un vieux classique. Même lui le connaissait. Sa voix était claire et couvrait le vent.

— *Hardi les gars, hale matelot, et ho hisse et ho…*

Les trois enfants écoutèrent en silence, puis Ruby gloussa et se joignit à elle. Ensuite, Sam et Tom s'y mirent aussi, tirant et chantant ensemble.

Stupidement, il avait envie de rire. Si sa gorge n'avait pas été si douloureuse, il aurait lui-même chanté. Enfin, ils franchirent les dunes et Jenny demanda une pause.

— Nous avons atteint le chemin, expliqua-t-elle. On pourrait sortir le tracteur, mais nous sommes presque arrivés à la maison.

— Tracteur…

L'idée d'un transport motorisé, quel qu'il soit, était infiniment attirante.

— Bertha… On l'utilise pour traîner le varech, mais on ne peut pas l'emmener sur les dunes quand la plage est trempée, expliqua-t-elle. Allez, les enfants, encore dix couplets et on est arrivés !

Résigné, il ferma les yeux.

4.

Quand Silas se réveilla, il avait chaud. Il était bien au sec dans un lit douillet, et la douleur de la nuit précédente s'était muée en un élancement sourd. La sensation était incroyable.

Il ouvrit un œil avec précaution, pensant que la douleur pourrait revenir à tout moment, mais il ne sentit que chaleur, douceur et sécurité.

Hier, il avait été presque certain qu'il allait mourir, et pareille expérience changeait la perspective d'un homme. Il avait pris conscience qu'il était au milieu de nulle part, qu'il avait détruit le voilier de son père, que sa jambe était presque certainement cassée – mais maintenant il ouvrait les deux yeux et ne ressentait que du soulagement.

Il était par terre, sur un matelas garni d'oreillers et recouvert d'une magnifique courtepointe en patchwork. Une sorte d'armature avait été fabriquée pour éviter tout poids sur sa jambe, mais le reste du couchage était moelleux.

Il y avait des bouillottes de chaque côté de lui. La chaleur était fantastique. Il resta sans bouger et laissa son esprit dériver sur les événements de la veille, essayant d'assembler les pièces du puzzle, hébété par la drogue. Hébété, oui, car dès qu'ils étaient arrivés à la maison Jenny lui avait administré une dose de morphine à assommer un cheval. Ce dont il lui était reconnaissant.

Puis, dès que la morphine avait fait effet, elle avait retiré la civière de sous son corps et l'avait allongé sur un tapis, devant le poêle à bois. Puis elle avait envoyé les enfants chercher des draps, de l'eau chaude et des serviettes, et vérifier si le téléphone satellite fonctionnait. N'importe quoi pour les éloigner pendant qu'elle procédait à un examen médical complet. Elle avait découpé ses vêtements trempés, lavé doucement le sel et le sable, nettoyé les écorchures et remis l'attelle en place. Ensuite, elle avait aidé les enfants à transporter un matelas dans la pièce. Enfin, Sam et elle lui avaient enfilé un pyjama d'homme dont ils avaient coupé une jambe.

— C'est à papa, avait indiqué Sam d'une voix brusque quand il avait protesté, mais ça le dérangerait pas. Papa dit qu'on doit aider les gens qui ont des ennuis…

Soudain, la porte s'ouvrit sur Jenny. Elle portait une grande robe de chambre en laine rose délavée et d'épaisses bottes d'intérieur en peau de mouton. La veille, elle avait les cheveux attachés, mais aujourd'hui ses boucles auburn tombaient sur ses épaules, emmêlées, comme si elle venait de se réveiller.

— Salut ! lança-t-elle en se penchant vers lui. Vous êtes réveillé !

— Et je n'ai pas mal. Grâce à vous !

Sa voix était rauque et il avait plus de difficultés qu'il le pensait à parler. Trop d'eau salée ? Trop de sable ? Peu importait que sa gorge fût râpeuse, il était vivant !

— À nous tous ! On forme une super équipe. Mon prochain projet est de dresser nos chiens, cela dit. Hier, on aurait eu bien besoin d'un attelage et d'un traîneau !

Quand elle lui sourit, il resta silencieux, s'accordant un moment pour apprécier la chaleur, le crépitement du feu dans l'âtre, la présence de cette femme agenouillée près de lui.

Son sourire !

— Mon ange de miséricorde, murmura-t-il.

— Ma foi, personne ne m'avait encore jamais appelée comme ça ! Vous voulez un peu d'eau ?

Il rouvrit les yeux et elle souriait toujours. De l'eau ? Oui, il en avait besoin. Il se souvenait vaguement d'elle l'aidant à boire, hier soir…

— Oui, je veux bien, s'empressa-t-il de répondre.

— Je m'en occupe tout de suite. Sur une échelle de un à dix, à combien estimez-vous l'intensité de la douleur ?

— Euh… Deux ?

C'était un mensonge. Ça tournait probablement plutôt autour de cinq, mais comparé à la veille c'était beaucoup mieux.

— Je vous ai redonné de la morphine à 4 heures, quand j'ai renouvelé vos bouillottes. Tenez bon jusqu'à ce qu'on vous serve un petit déjeuner. Encore une heure, d'accord ?

— Vous m'avez drogué à 4 heures du matin ?

— Observation toutes les deux heures, dit-elle en se redressant mais toujours souriante. Je sais que les meilleurs hôpitaux conseillent de le faire toutes les heures, d'autant plus que vous avez manifestement reçu un choc à la tête, mais il y a cinq personnes qui doivent survivre dans cette maison, dont moi. Comme je ne peux pas assurer sans dormir du tout, j'ai pris un risque professionnel. Et, comme vous semblez toujours en vie, c'est une victoire. Maintenant, occupons-nous de vous avant que les enfants n'arrivent ! Je suppose que vous préférez que vos ablutions se déroulent en privé ?

— En effet, répondit-il, désemparé.

Elle sourit de nouveau et partit chercher une bouteille.

Qu'est-ce qu'elle était censée faire de lui ?

Elle s'était habillée et était sortie voir les dégâts. Le toit – sa principale préoccupation – semblait intact. La maison était sauve. Elle avait ensuite voulu descendre jusqu'à la baie pour voir l'état du bateau, mais une brève excursion au-delà de l'abri relatif des dunes l'avait rapidement ramenée à la raison. À présent, elle remuait la pâte à crêpes tout en s'inquiétant de la météo. Sans son téléphone, elle n'avait aucune idée du temps qu'il lui faudrait pour obtenir de l'aide extérieure.

Mais son souci majeur était l'homme assoupi sur le matelas, dans la cuisine. Elle ne voyait pas de danger évident, mais il avait toujours cette contusion sur le front, et sa jambe avait besoin d'une radio. Elle avait posé une attelle aussi fermement que possible, mais, si les os bougeaient, les conséquences seraient sévères. En plus, il était possible qu'il ait de l'eau dans les poumons. Elle avait écouté sa poitrine, laquelle semblait dégagée, mais il toussait et sa voix était rauque. Elle l'avait mis sous antibiotiques, mais il avait besoin d'un scanner. Une pneumonie après une telle immersion était un risque réel.

Résultat ? Il fallait qu'elle le fasse partir d'ici. Sa vie était déjà assez compliquée comme ça !

Pourtant, alors qu'elle tentait d'éliminer les grumeaux de sa pâte – la cuisine n'avait jamais été son fort –, elle prit conscience d'une sensation qui n'avait rien à voir avec l'urgence d'évacuer cet homme. C'était un adulte, quelqu'un à qui parler. Pour elle, ces derniers mois avaient parfois ressemblé à un confinement, et ça la rendait folle.

L'arrivée de cet homme, aussi dramatique fût-elle, rompait sa solitude. Et puis Silas Braden était un homme, et un homme séduisant, qui plus est. Grand et bronzé, avec des cheveux noirs, un visage très structuré, presque sculpté, des yeux bleus étonnants et un sourire… Eh bien, elle n'en avait vu qu'une ébauche, mais cela avait suffi à lui couper le souffle.

Oh ! Comme sa vie d'avant lui manquait ! Ses amis, ses…

Non. Elle avait pris la décision de venir ici afin de donner aux enfants le temps nécessaire pour faire leur deuil, accepter la mort de leurs parents, et aussi pour laisser ses avocats comprendre les clauses de testaments qui semblaient tout simplement insensées.

— Vous battez ce truc parce qu'il le mérite ?

La voix derrière elle la fit sursauter. Elle fixa la jatte en porcelaine, qu'elle risquait de casser si elle continuait avec une telle brusquerie.

— Il y a des grumeaux, répondit-elle en mettant la jatte de côté. Le petit déjeuner sera prêt dans cinq minutes.

— Vous êtes sûre d'avoir assez pour me nourrir ?

— Nous avons beaucoup de provisions. Normalement, il faut une heure de voiture pour se rendre jusqu'à la supérette, mais la route est difficile. On savait que le mauvais temps allait arriver, alors j'ai fait une expédition spéciale. Tant que la tempête s'arrête dans les quinze jours, c'est bon.

— Quinze jours !

Elle graissa la poêle puis se concentra pour verser la pâte en cercles parfaits. Elle avait découvert que ça aidait, de se concentrer sur les petites choses.

— Ce ne sera pas si long. Je l'espère, du moins…

— Que disent les prévisions météo ?

— Aucune idée, dit-elle, essayant de garder un ton léger. La connexion satellite paraît coupée.

— Pas d'Internet ? demanda-t-il prudemment.

— Et pas de téléphone.

— Et dehors… ?

— Il pleut des cordes et il y a un vent de près de quatre-vingts kilomètres-heure. Ou plus, qui sait ? En fait, nous sommes coupés du monde, M. Braden. Votre jambe ne doit pas bouger jusqu'à ce qu'on vous sorte d'ici !

Il resta silencieux pendant qu'elle continuait à faire cuire les crêpes, qu'elle mettait dans le four pour les garder au chaud.

— Ce ne sera pas une quinzaine de jours, déclara-t-il ensuite, comme s'il voulait la rassurer. J'ai regardé la masse orageuse quand j'avais encore de la connexion sur le bateau. Elle est énorme, mais elle semblait se déplacer relativement vite.

— Super, répliqua-t-elle d'un ton faussement réjoui. Alors peut-être encore un jour de sale temps, puis un autre encore pour que les habitants de l'île récupèrent la connexion Internet.

— Vous n'avez pas de radio ?

— Rien d'aussi sophistiqué.

— Il y a en une sur le bateau.

Silas pensa au voilier tel qu'il l'avait vu pour la dernière fois, brisé et ballotté par les flots. Dieu seul savait ce qu'il en restait !

— Bien que je ne croie pas que ça puisse être utile, ajouta-t-il sombrement.

Elle se retourna pour lui faire face.

— Ça le pourrait, rétorqua-t-elle. Je suis sortie un moment quand vous vous êtes rendormi. J'ai essayé d'atteindre la baie pour jeter un coup d'œil. Il s'est échoué. Il a un gros trou sur le flanc, mais il est maintenant profondément ensablé sur le rivage. J'ai pris quelques bonnes cordes et je l'ai attaché à des palmiers. La prochaine marée haute pourrait le déplacer un peu, mais il ne devrait pas se détacher. Si votre radio fonctionne encore, elle pourrait être utile quand le vent tombera. Mais ça ne sert à rien d'appeler à l'aide maintenant, il n'y a aucune chance qu'un hélico ou un bateau puisse nous atteindre.

Enfin une bonne nouvelle !

— Mon bateau… est réparable ? demanda-t-il.

— Aucune idée. Je ne vous vois pas naviguer de sitôt, mais avec votre jambe vous ne le pourriez pas, de toute façon. Vous devez aller à l'hôpital le plus tôt possible.

Il n'aimait pas ça, mais elle avait raison. Il connaissait, comme il imaginait que cette femme les connaissait aussi, les conséquences d'une fracture de la jambe.

— J'ai l'impression que c'est une fracture stable, dit-il. Je l'ai palpée et il n'y a aucun signe qu'elle soit ouverte.

— Vous vous y connaissez en fractures ?

— Vous êtes médecin. Moi aussi. Coïncidence ?

— Vous plaisantez ? lâcha-t-elle, les yeux plissés.

— Je suis pédiatre, plus exactement.

— C'est une blague. Où vivez-vous ?

— En Californie.

— Alors pourquoi étiez-vous sur ce bateau ?

— C'est celui de mon père. Je le ramenais pour lui faire une surprise pour son anniversaire.

— Vraiment ? Cette histoire paraît tout droit sortie d'un roman du Club des cinq ! Je veux bien admettre que vous êtes médecin, mais alors vous devriez savoir que nous n'avons pas les moyens de déterminer si la fracture est stable. J'aimerais avoir un appareil à radiographie caché dans le cellier, mais hélas il n'y a que du varech, là-dedans !

En proie à une étrange confusion, il laissa échapper un soupir. Que fichait un médecin qualifié au milieu de nulle part, à cultiver des algues ?

Elle déposa la dernière crêpe sur une assiette et s'écria :

— Allez, c'est prêt. Petit déjeuner !

Il découvrit qu'il était affamé. Elle l'aida à se redresser et, pendant qu'il mangeait, elle s'assit avec les enfants. Ceux-ci engloutirent leur petit déjeuner comme s'ils n'avaient rien avalé depuis trois jours, mais étrangement ils gardèrent le silence. Jenny posa quelques questions et reçut des réponses laconiques. Ce n'était pas une famille heureuse, songea-t-il, conscient que les gamins l'observaient. Ils ne lui adressèrent pas la parole, et ignorèrent ses tentatives pour briser la glace. Il essaya de les remercier pour leurs efforts de la veille, mais ils attendirent poliment qu'il ait fini de parler. La dernière crêpe avalée, ils demandèrent :

— On peut sortir de table ?

— Bien sûr, répondit Jenny. Je monte vous aider à faire vos devoirs dans quelques minutes.

— On peut les faire tout seuls, rétorqua d'un ton sans appel le garçon le plus âgé, et Jenny acquiesça.

— Je sais. À tout de suite.

Et ils partirent. Jenny les regarda un moment, puis entreprit de débarrasser la table.

— Où sont leurs parents ?

Debout devant l'évier, elle lui tournait le dos, et il la vit se figer un instant. Puis elle se ressaisit et continua sa tâche. Ensuite, il l'écouta, bouleversé par le drame qu'elle lui racontait. Un drame qui l'avait arrachée à sa carrière et faite prisonnière sur cette île… pour toujours ?

— Vous ne pouvez pas les ramener à Sydney ?

— Je ne peux pas, dit-elle d'une voix morne. Chris et Harriet… n'ont sans doute jamais imaginé qu'ils mourraient, et leur testament est une horreur. Il a été rédigé par Harriet sur un formulaire acheté à la supérette. Ils possédaient presque tout ce côté de l'île, et il y a du nickel sous la terre. Les compagnies minières sont prêtes à payer une fortune pour récupérer cette mine. Ils l'ont léguée aux enfants à parts égales, mais à la condition qu'ils restent ici jusqu'à ce que le plus jeune ait vingt et un ans. Sinon, l'île reviendra à un groupe de recherche marine douteux que Harriet a trouvé sur Internet…

— C'est de la folie. Vous ne pouvez pas faire appel ?

— J'essaye. Mais ça semble inattaquable. Le groupe de recherche aimerait plus que tout nous voir partir – pour pouvoir vendre au plus vite. Il faut savoir que ces enfants ont été élevés à la sauvage. Les installer dans une maison de banlieue ou un appartement à Sydney pendant que je retourne travailler pour subvenir à nos besoins serait une bonne chose, mais… je n'ai même pas les moyens de nous installer de l'autre côté de l'île !

— Vous aimeriez changer ?

— En ville, il y aurait des gens, au moins ! dit-elle, et à Albatros il y a une école. Après le collège, il faut aller ailleurs, mais alors les enfants pourraient prendre le ferry pour Gannet, qui possède un internat. Si les enfants allaient à l'école, je pourrais ouvrir un petit cabinet médical. Avec seulement quatre cents personnes sur l'île, ce serait un maigre revenu, mais ça nous empêcherait de dépendre du curry de varech !

— Vous n'en êtes pas vraiment là, si ?

— Pas encore, mais le congélateur est plein à craquer d'algues sous toutes leurs formes. En y réfléchissant, lança-t-elle soudain avec cet air malicieux qu'il commençait à guetter avec impatience, c'est censé être sain et vous avez besoin de reprendre des forces.

— Euh… Non, merci !

— Courageux, mais pas téméraire ?

— Exactement. Jenny, je suis désolé de rajouter à vos problèmes. Je ne peux pas rester ici indéfiniment, sur le sol de votre cuisine.

— Vous n'avez pas le choix. Il y a une chambre d'amis, mais à l'étage. Quand le prochain front météo sera passé, je retournerai à votre bateau et je verrai si je peux faire fonctionner la radio. Le service médical de Gannet enverra un hélicoptère. Mais, vu la tempête, j'ai bien peur que ce ne soit pas avant demain, alors pour l'instant vous devez vous reposer, rester tranquille et ne pas bouger cette jambe. Pendant ce temps, je dois aller les aider à faire leurs devoirs. Ces enfants sauront lire et écrire, même si je dois y laisser ma peau !

5.

La situation dans laquelle il se trouvait commençait à l'inquiéter, mais les médicaments de Jenny chassaient la douleur et le rendaient vaseux. Alors il se rendormit, et se réveilla quelques heures plus tard, quand une violente bourrasque s'engouffra par la porte arrière.

Jenny venait de rentrer. La capuche de son ciré était déchirée, ses boucles étaient ébouriffées et son visage était… plein de sable ? Elle ôta son manteau et ses bottes et se dirigea vers l'évier pour s'asperger la figure d'eau. Un des chiens s'était glissé à côté d'elle. Une fois qu'elle se fut essuyée, elle s'accroupit et débarrassa l'animal du sable accumulé sur son museau. Il connaissait les deux chiens de la maisonnée, à présent. Pepper était le plus âgé, son pelage et son museau grisonnaient. Nipper, elle, était pleine de fougue et s'était précipitée dans la tempête. Après avoir essuyé ses deux compagnons, Jenny se redressa, regarda les animaux et sourit.

— Bonne promenade ? demanda-t-il.

— C'est vivifiant, répondit-elle en se forçant à sourire malgré son inquiétude. Je me sens pleine d'énergie ! Avec ce vent dans le dos, j'aurais presque pu voler jusqu'à Sydney. Mais bon, je suis rentrée car il faut que je prépare le déjeuner. Les enfants vont bientôt arriver.

— Ils sont dehors avec ce temps ?

— Bien sûr. On a eu presque deux heures sans pluie, alors on est allés chercher votre radio. Ils m'ont aidée à m'assurer que le bateau était bien fixé – il est envahi par le sable et ne bougera plus. Puis Sam a résolu le problème de la radio.

— Sam ? répéta-t-il, surpris.

— Sam est fou de bateaux, dit-elle avec une pointe de fierté. C'est à peu près la seule chose qui l'intéresse. Leur niveau scolaire est basique, c'est le moins qu'on puisse dire – mon frère et sa femme ne considéraient pas l'école comme très importante –, mais je lui ai acheté des livres sur tout ce qui concerne la navigation et il les a dévorés. Il m'a fait un cours sur les balises EPIRB et sur la raison pour laquelle vous auriez dû en porter une. Mais il a admis que vous n'aviez peut-être pas eu le temps de l'activer.

— C'est gentil de sa part, répliqua-t-il avec une grimace. J'en portais bien une, attachée à mon gilet de sauvetage.

— Oups ! J'ai dû l'arracher quand on vous a trouvé. Ce sera quelque chose à chercher pour les enfants plus tard. Bref, une fois le bateau sécurisé, Sam a vérifié votre radio principale, mais il dit qu'elle est trempée et inutilisable. Il a ajouté qu'à moins que vous ne soyez complètement idiot vous aviez sans doute aussi une radio portable, alors il est parti à sa recherche. Il l'a trouvée à moitié remplie de sable, mais elle fonctionne encore. Il n'a pas pu avoir de signal, cependant, raison pour laquelle nous nous sommes dirigés vers l'intérieur des terres. Une fois arrivé près de l'ancienne mine, il a essayé le canal 16, et, comme par magie, un homme sympathique a répondu et nous a reliés… à l'hôpital. Pour faire court, dès que le prochain front sera passé, ils enverront l'hélicoptère. Probablement pas avant demain, mais c'est mieux que je ne l'espérais. Donc voilà, docteur Braden, vous êtes sauvé grâce à Sam !

Il se rallongea, le souffle coupé. C'était impressionnant. Ces enfants avaient affronté les éléments pour lui porter secours.

— Je ne sais comment vous remercier…

— Inutile de nous remercier, voyons ! Tout va très bien. La mer a rejeté une montagne de varech et, dès que la tempête sera passée, j'aurai une semaine de travail devant moi, et assez d'algues pour nous nourrir pendant un mois. Hourra !

— Vous ne mangez pas vraiment du varech, n'est-ce pas ?

Elle le fascinait par sa capacité à rebondir, même quand elle devait se sentir désespérée.

— Non. Mais c'est une source de revenus. Nous le séchons pour le vendre. Les réserves de varech s'amenuisent et les dépôts comme celui-ci sont de moins en moins fréquents.

— Donc vous passerez la semaine à charrier du varech ?

— Et à le mettre sur des étendoirs pour qu'il sèche.

— Mais vous êtes médecin !

— Oui, mais mon père était cultivateur de varech. Je reviens juste à mes racines.

— Oh ! Jenny…

— Arrêtez ! dit-elle avec brusquerie. Parlez-moi plutôt de vous. Vos parents ne cultivaient pas de varech, n'est-ce pas ?

— Euh… non. Mon père est chirurgien orthopédique à la retraite. Maman, elle, était pédopsychiatre. Ils vivent en Californie, sur la côte près de Los Angeles. Le *Sea Raven* est d'habitude ancré près de chez eux, mais ils ont navigué jusqu'en Australie avant que la pandémie frappe. Depuis, ils essayent en vain de le ramener.

— Alors vous avez décidé de le ramener vous-même ?

— Oui.

— Vos parents le manœuvraient seuls ?

— Mmm… non, répondit-il. Ils engageaient un skipper. Et deux ou trois matelots.

— Sam dit que ça aurait été plus raisonnable, et que c'était un peu idiot d'avoir tenté de faire ce voyage en solitaire. Ce sont ses mots, pas les miens. Il parle comme son père.

— Il a raison.

— Ne vous inquiétez pas pour votre bateau. Les enfants seront là d'une minute à l'autre. Des saucisses, ça vous va ?

— Génial !

— Tant mieux, parce que c'est notre menu de base. Saucisses, pâtes, soupe. Plus des crêpes.

Tout ça ne coûtait pas cher. Il songea au sacrifice qui consistait à élever ces enfants endeuillés qui n'étaient pas les siens, dans un tel endroit.

— Jenny, comment pouvez-vous continuer à vivre ici ?

— Je n'ai pas le choix.

— Vous pouvez m'en dire plus sur l'histoire de ces enfants ?

Elle le fixa un instant, puis haussa les épaules et s'appuya au plan de travail.

— D'accord. C'est une longue histoire, je vous préviens… Je suis née ici. Mes parents se sont séparés quand j'avais six ans. Ma mère m'a ramenée à Sydney, mais mon frère de douze ans est resté ici avec mon père. Je suis devenu médecin, Chris est resté sur l'île. Quand papa est mort, il avait déjà rencontré Harriet. Ils ont eu leurs enfants et les ont élevés en considérant Albatros comme le centre de leur univers. Pendant ce temps, maman n'a pas gagné beaucoup d'argent, et j'ai accumulé une énorme dette pour payer mes études. Puis, une fois diplômée, j'ai eu besoin de… distraction. Pourquoi pas ? L'idée de devoir m'occuper de trois enfants ne m'a jamais effleuré l'esprit. Par conséquent, quand Chris et Harriet ont été tués, je n'avais pas les moyens de les emmener ailleurs. Et maintenant je suis coincée ici.

Elle lui offrit son beau sourire.

— Voilà. La prochaine étape, c'est de préparer le déjeuner !

Elle se détourna. Depuis son lit de fortune, il la regarda cuisiner et se dit qu'elle portait le poids du monde sur ses épaules. Il leur devait son salut, à elle et à ces enfants bénis ! S'ils ne l'avaient pas trouvé, il aurait très bien pu mourir. Il était blessé, choqué, trempé, et la marée montait. Il devait être proche de l'hypothermie, et, avec sa jambe cassée, il lui aurait été impossible de trouver un abri. Sans eux, il serait mort. Il leur devait une fière chandelle !

Les enfants déboulèrent dans la cuisine, s'assirent à table, mangèrent comme s'ils devaient déguerpir au plus vite, en les regardant comme des intrus, Jenny et lui.

Il chercha une entrée en matière. Que savait-il d'eux ?

« Sam est fou de bateaux »…

— Je dois te remercier, Sam, lança-t-il, regrettant de ne pouvoir s'asseoir à la table avec eux au lieu d'être allongé par terre. Jenny dit que tu connais les radios et qu'elle n'aurait pas pu contacter l'hôpital sans tes connaissances.

— J'ai appris ça dans un livre, répliqua Sam sans lever les yeux.

— Oui, Jenny dit qu'elle t'a acheté des livres sur les bateaux – cette femme avait besoin qu'on reconnaisse ses mérites, et, à en juger par l'expression fermée des enfants, ce n'était pas le cas. Tu sais ce qu'est mon bateau ?

Sam cessa un instant de manger et fixa son assiette.

Silas était pédiatre. Il avait eu affaire à beaucoup d'enfants traumatisés dans sa profession. Il savait qu'il ne servait à rien d'insister. Il laissa le silence planer, sans forcer Sam.

— C'est un voilier.

C'était Ruby qui avait répondu à sa place, mais Sam réagit. Posant sa fourchette, il soupira, comme s'il se trouvait contraint d'éclairer un auditoire complètement stupide.

— C'est une goélette. Une goélette classique en bois, à deux mâts. Vieille, je crois, mais j'imagine qu'elle a été restaurée. Elle est petite pour une goélette, qui peut faire jusqu'à trente mètres, et je pense que celle-ci n'en fait même pas vingt. Elle a plein de surface de voile, des ris automatiques et un bon équipement d'assistance. Elle peut être manœuvrée par une seule personne. Par beau temps.

Et le ton de sa voix trahissait exactement ce qu'il pensait de Silas, qui avait risqué d'abîmer une telle beauté en naviguant seul. Mais Silas n'était pas honteux. Il était abasourdi par les connaissances du garçon et, tant qu'il avait son attention, il ne le lâcherait pas.

— On va bientôt m'emmener à l'hôpital, dit-il en s'adressant directement à Sam. J'ai cru comprendre que Jenny et toi avez mis ma goélette à l'échouage en toute sécurité.

— Je ne dirais pas ça, grommela Sam. Le bateau est troué et, à marée haute, l'eau continue d'entrer dedans.

— Alors, des suggestions ?

Cela créa plus de silence. Sam mangea une autre saucisse, mais Silas pouvait presque voir ses neurones s'agiter. Il jeta un coup d'œil à Jenny. Elle avait arrêté de manger, et on aurait dit qu'elle retenait son souffle. Elle avait beaucoup de mérite d'avoir réussi à établir un lien avec ces enfants blessés.

Heureusement, le garçon finit par lâcher :

— M. Robbins et M. McArthur pourraient peut-être nous aider, dit-il avant de piquer une autre saucisse dans le plat. On ne pourra pas les contacter avant la fin de la tempête, du moins, je ne pense pas. Ils auront probablement une radio, mais je ne connais pas leur canal.

— M. Robbins et M. McArthur ? demanda Silas.

— Doug et Fred, expliqua Jenny. Ils ont un hangar à bateaux sur l'autre côte de l'île. Ils sont ici depuis toujours, ils réparent les vieux bateaux et en fabriquent de nouveaux. Uniquement sur commande. Ils doivent avoir dans les quatre-vingts ans, maintenant, mais ils sont très compétents dans leur domaine.

— Sam va tout le temps chez eux ! indiqua la petite Ruby. Chaque fois que maman va au magasin, il va les voir et maman doit aller le récupérer. Maman se fâche parce qu'elle déteste ce côté de l'île. Et elle dit que Sam est pénible.

— Ils m'aiment bien, murmura Sam, concentré sur le contenu de son assiette. Et ils me laissent bricoler.

— Tu crois qu'ils pourraient m'aider avec mon bateau ?

— Peut-être, répondit-il après avoir réfléchi. Mais il faudrait qu'ils le sortent de la plage et le transportent par la route. Ils auront besoin d'une remorque surbaissée – le gros camion de Craig Jennings. Vous devrez payer. Cher.

Silas jeta un coup d'œil à Jenny, qui évitait de le regarder. Elle ne regardait rien, d'ailleurs. Soudain, il comprit : il ne s'agissait pas simplement d'un bateau endommagé ; ce garçon avait besoin d'organiser les choses. La planification était son point fort, la seule balise à laquelle s'accrocher. Si ces deux hommes étaient vraiment des constructeurs de bateaux, il pourrait demander à Jenny de les contacter…

Il s'adressa à Sam, et rien qu'à lui.

— Sam, tu penses que tu pourrais contacter ces hommes dès que possible et leur expliquer ce qu'il s'est passé ? Tu pourrais leur dire que le bateau appartient à un Américain fou super riche et ravi de payer ce qu'il faut pour le faire réparer ? Ils pourront m'appeler à…

Il regarda Jenny, qui acheva sans lever les yeux :

— L'hôpital de l'île Gannet.

— L'hôpital de l'île Gannet. Je leur donnerai toutes les autorisations dont ils ont besoin. Mais Sam…

— Mmm ? dit le garçon, qui avait toujours l'air méfiant.

— Je ne les connais pas. Tu penses que tu pourrais enlever du bateau tout ce qui pourrait avoir de la valeur avant qu'ils l'emmènent ? Tu pourrais garder mes affaires ici ? Et s'ils le prennent pour le réparer… Je suppose que vous devez tous traverser l'île pour aller à la supérette de temps en temps ?

— Oui.

— Tu peux demander à Jenny si elle veut bien te déposer au chantier naval pour voir comment va mon bateau ? Jusqu'à ce que je puisse revenir. J'ai besoin que quelqu'un garde un œil là-dessus, pour me dire ce qui se passe. Tu crois que ça n'embêtera pas Jenny de t'emmener là-bas ?

Sam le fixa avec étonnement, puis se tourna vers Jenny.

— Je… Je peux ?

— Bien sûr, dit-elle vivement. Je ne connais rien aux bateaux et il faut bien que quelqu'un s'en charge. D'habitude, je ne vais là-bas qu'une fois par semaine, mais si le bateau est là nous irons plus souvent.

L'expression du visage du garçon faisait chaud au cœur.

Dans son travail de pédiatre, Silas voyait beaucoup d'enfants – des enfants malades, abîmés par la vie. C'était pour voir des visages comme celui que Sam arborait en cet instant qu'il était devenu pédiatre.

Soudain, l'image de Harper quand Charlotte l'avait poussée vers la voiture surgit dans son esprit. « Tu vas adorer le ski, Harper ! Viens avec moi ! Ton père se débrouillera très bien tout seul. »

Ça devait être l'effet des médicaments, songea-t-il, car pour une raison étrange il était au bord des larmes. Il chassa la vision et regarda Jenny, qui ne fixait plus son assiette mais ses yeux et…

C'était comme s'il venait de lui décrocher la lune. D'où venait pareille émotion ? Et pourquoi surgissait-elle en cet instant précis ?

— Ce serait génial, dit-il d'une voix mal assurée, car il avait soudain l'impression qu'il devait battre en retraite, s'il voulait garder son cœur intact.

Sam se leva de table et dit, très sûr de lui ;

— Il recommence à pleuvoir mais, dès que ça s'arrête, Ruby, Tom et moi, on retourne à la plage ! On surveillera le voilier pour vous, M. Braden.

— Silas. S'il te plaît, appelle-moi Silas.

— Silas, dit Sam, comme s'il prononçait ce nom pour voir l'effet ce que ça faisait. Silas, répéta-t-il en souriant, et il se dirigea vers l'escalier, aussitôt suivi du reste de la fratrie.

Silas se retrouva seul avec Jenny.

— Avez-vous la moindre idée de ce que vous venez d'accomplir ? Silas Braden, je pourrais vous embrasser.

— Avec grand plaisir !

Il y eut un silence gênant tandis que ces mots semblaient suspendus dans l'air. C'était une déclaration légère à laquelle il avait apporté une réponse qui l'était tout autant.

— Hum, ce n'est probablement pas raisonnable, répliqua-t-elle enfin, le souffle un peu court.

— Non, répondit-il.

Puis elle se ressaisit. Tout comme lui.

— Pas raisonnable du tout, ajouta Jenny d'un ton brusque, avant de débarrasser la table.

On vint le chercher le lendemain juste après l'aube – et à son sentiment de douleur et d'impuissance s'ajouta un étrange sentiment de perte.

Les médecins de Gannet, arrivés par hélicoptère, étaient compétents, sympathiques et efficaces. Marc, qui se présenta comme le chef du service médical de l'île, était presque jovial. Ils chargèrent Silas sur un brancard et le préparèrent pour le vol. Jenny lui avait administré des médicaments. Il se sentait brumeux, légèrement somnolent, mais quand il la regardait il éprouvait un étrange sentiment de regret. Et… de honte ? Cette femme avait tant à faire, mais elle l'avait pris en charge, avait pris soin de lui – que pouvait-il faire pour elle ? Pour l'instant, rien.

— Au moins, vous n'avez pas à vous inquiéter pour votre bateau, lui dit-elle. Sam l'a pris en mains.

Et il perçut une note de fierté, et autre chose. De l'espoir ? Il jeta un coup d'œil aux enfants, qui, un peu à l'écart, regardaient les médecins l'attacher sur le brancard.

— Vous m'avez tous sauvé la vie, déclara-t-il. Vous avez été géniaux. Tu parleras de mon bateau à tes amis, Sam ?

— Bien sûr ! répondit le garçon.

— Merci pour lui, murmura-t-elle. Il s'est réveillé ce matin en parlant du bateau. Nous vous avons sauvé la vie, Silas, mais vous avez sorti Sam d'une ornière où je ne pouvais pas l'atteindre. Merci…

Puis, alors qu'ils étaient sur le point de le hisser dans l'hélico, elle se baissa et l'embrassa. Le baiser promis la veille ?

Non. C'était un baiser très doux, un baiser d'adieu.

Il lui prit la main – et il eut l'envie presque irrésistible de l'attirer de nouveau à lui pour approfondir ce baiser.

Ce qui était stupide. C'étaient les médicaments, se dit-il une fois de plus. Cette situation était déjà assez compliquée, pourquoi en rajouter ?

— Soyez prudente, lança-t-il stupidement, et elle eut un petit rire.

— C'est l'hôpital qui se moque de la charité, c'est le cas de le dire ! C'est vous qui naviguez autour du monde dans une coquille de noix tandis que moi je reste ici à manger du varech !

6.

L'hôpital de l'île Gannet était étonnamment bien équipé. Il y avait un personnel infirmier compétent, d'excellents médecins, des équipements de pointe. Il était entre les meilleures mains, songea Silas, rassuré.

Sa jambe fut rapidement prise en charge. Les radios confirmèrent une fracture du tibia, mais pas de déplacement, ce qui signifiait qu'une fois l'enflure résorbée on pouvait poser une attelle, une orthèse et reprendre le cours de sa vie. Même si sa vie était maintenant beaucoup plus compliquée.

L'état de ses poumons s'avérait plus problématique.

— Ce n'est pas très beau, dit Marc sans ménagement une fois tous les examens effectués. Quelle quantité d'eau de mer avez-vous avalée ? Non, ne répondez pas ! Je suppose que vous n'avez pas mesuré, mais, Dieu merci, Jenny a eu le bon sens de vous mettre sous antibiotiques. Vous montrez des signes de pneumonie bactérienne. On va commencer la kinésithérapie tout de suite, mais, si vous pensez prendre l'avion pour Sydney avant que tout soit réglé, détrompez-vous. Les cabines d'avion sont des environnements hypoxiques à basse pression et, jusqu'à ce que vos poumons retrouvent un niveau de performance normal, voler est la dernière chose à faire. En attendant, à moins que vous n'alliez à l'encontre de nos conseils, vous ne bougez pas d'ici !

Alors il resta sur place. En vérité, il était même reconnaissant à son confrère de lui avoir dit toute la vérité. Il avait besoin de temps pour accepter ce qui s'était passé, et aussi pour essayer d'imaginer la suite. Sa jambe lui faisait plus mal qu'il ne voulait l'admettre, et sa poitrine aussi. Bon sang, avait-il vraiment frôlé la mort d'aussi près ? Sans Jenny et ses enfants ?

Mais ce n'étaient pas ses enfants à proprement parler, et au fil des jours il se surprit à penser de plus en plus à la situation de la jeune femme. Ce qui, en un sens, était un soulagement. Chaque jour, depuis la tragédie qui lui avait volé femme et enfant, il se réveillait en pensant à eux. Enfin, surtout à Harper. Son radieux visage de petit moineau. Sa confiance dans le monde.

« Pourquoi tu viens pas avec nous ? » avait-elle demandé ce matin fatal, mais Charlotte n'avait pas suggéré qu'il se joigne à elles. Charlotte et lui s'étaient mariés en pensant qu'ils étaient faits l'un pour l'autre, mais dès la naissance de Harper leur mariage avait commencé à battre de l'aile. Charlotte était médecin – un bon médecin –, mais avec l'arrivée du bébé son attitude envers la médecine avait changé. Apparemment, elle avait réalisé ses ambitions, et elle n'appréciait pas qu'il continue à se consacrer autant à sa carrière. Quant à elle, son travail passait au second plan. Ils allaient engager une nounou et s'amuser, avait-elle décrété, déçue de constater que pour lui la médecine restait une vocation et non un métier. Il aimait sa famille, mais son travail semblait tout aussi important. Ils pouvaient sûrement faire un compromis et profiter des deux ? Mais les compromis ne semblaient pas faire partie du vocabulaire de Charlotte, et avec le temps il se rendit compte qu'elle n'appréciait plus les choses qu'il faisait – ou peut-être qu'elle ne les avait jamais appréciées.

Peut-être ne l'avait-il jamais vraiment vue sous son vrai jour ? se demanda-t-il. D'une manière ou d'une autre, ils étaient restés ensemble, mais à mesure que le temps passait l'énergie de Charlotte s'était tournée presque exclusivement vers leur vie mondaine – ou plutôt *sa* vie mondaine. Lorsque ses amis lui avaient suggéré de prendre un congé prolongé et de se rendre sur les pistes de ski, elle avait accepté sans même en parler à Silas.

Mais elle avait décidé d'emmener Harper. Elle aimait sa

fille – qui était probablement la seule raison pour laquelle ils étaient toujours mariés. Il y aurait une école de ski et elle emmènerait aussi la nounou de Harper, avait-elle dit à Silas. Et puis la fillette pourrait apprendre à skier et s'amuserait beaucoup…

Pour l'heure, Silas avait un défi à relever : faire réparer le précieux voilier de son père et le ramener aux États-Unis. Cela n'avait pas dissipé les zones d'ombre, cependant. Ce qu'il avait fait, c'était penser à tout ce qu'affrontait Jenny. Il voulait l'aider. Non, il *devait* l'aider ; c'était aussi simple que ça.

De l'argent ? Eh bien, ça, ce serait simple. Grâce à un arrière-grand-père et un grand-père qui avaient fait fortune dans l'immobilier, c'était une chose dont la famille de Silas n'avait jamais manqué. Il pouvait lui remettre un chèque qui résoudrait à coup sûr tous ses problèmes.

Sauf que ce ne serait pas le cas. Trente-six heures dans cette triste maisonnette lui avaient fait voir exactement ce à quoi elle était confrontée. Il était pédiatre, et savait reconnaître les enfants abîmés. Lorsqu'il avait vu le visage de Jenny s'illuminer quand il avait demandé à Sam de l'aider, il avait compris qu'elle aimait profondément ces enfants. Elle ne les arracherait jamais à l'île. L'argent ne pouvait pas tout résoudre.

Mais il pouvait résoudre certaines choses. Allongé dans sa petite chambre d'hôpital, devant la vue magnifique sur l'océan et la nature sauvage de l'île – celui qui avait conçu cet hôpital méritait une médaille –, il avait le temps de réfléchir, et le troisième jour, lorsque la porte de sa chambre s'ouvrit et que Jenny passa la tête, il avait élaboré un plan.

Elle avait téléphoné tous les jours depuis son admission, pour suivre ses progrès de loin. Ils étaient même passés au tutoiement, mais en voyant son sourire il était conscient d'éprouver un élan de désir. Et autre chose… de plus ?

Bien sûr ! Ce n'était pas un visiteur normal. C'était la femme qui lui avait sauvé la vie.

Il se surprit à lui adresser un sourire radieux. Les gens

pouvaient développer un attachement exceptionnel à leurs médecins, pensa-t-il, luttant pour éclaircir ses sentiments. Il y avait des raisons pour lesquelles les médecins n'avaient pas le droit de sortir avec leurs patients.

Cela expliquait-il ce qu'il ressentait pour Jenny ? Sûrement pas.

D'habitude, elle était superbe, avec son jean délavé, son vieux coupe-vent et sa chevelure ébouriffée. Aujourd'hui, elle portait un élégant pantalon blanc, un chemisier bleu pâle et une jolie veste en jean. Ses boucles brillantes étaient rassemblées en un chignon dont s'échappaient quelques mèches folles.

— Je peux entrer ?

Elle s'était arrêtée sur le seuil, attendant sa permission, et il se rendit compte qu'il l'avait regardée trop longtemps.

— Pardon. Bien sûr. Tu es la bienvenue.

Il se redressa contre ses oreillers, songeant qu'il aurait nettement préféré ne pas être au lit dans cet étrange pyjama prêté par l'hôpital – à motifs de flamants roses flottant sur des bouées en buvant des martinis.

— Je l'espérais bien, dit-elle avec un sourire. J'ai dû amener Sam pour le check-up régulier de son pied. Je dois te dire, Silas, que tu as fait des miracles avec ton bateau. Nous allons tous les jours en ville pour qu'il puisse donner un coup de main à Doug et Fred, et il adore ça. Alors, comme j'ai quelques heures de libres, je me suis dit que j'allais passer te voir.

— Mais… tu n'as rien d'autre à faire pendant tes heures de liberté ?

Il pensa fugacement à la vie qu'elle avait dû mener à Sydney et à celle qu'elle menait maintenant.

— Je peux faire la plupart des choses avec les enfants. Elsa est médecin aussi, elle a elle-même deux garçons et elle m'aide quand j'en ai besoin, mais Sam a le sens des responsabilités. On peut compter sur lui.

— Je vois ça. Et j'ai rencontré Elsa. Elle est passée hier, pour voir comment ça allait, je crois. Mais aussi pour me rendre service. Elle m'a apporté ceci, précisa-t-il, indiquant son pyjama. Gracieusement offert par la mercerie de Gannet, je crois. Je suppose que c'était les flamants roses ou rien.

— Et ils sont très jolis, répliqua-t-elle en souriant.

Il se sentit faiblir. Ce n'était pas le moment ! Il avait une proposition à faire et besoin de garder les idées claires pour la formuler.

— Pour être honnête, Jenny, nous avons parlé de toi…

— Je ne suis pas ici pour parler de moi, rétorqua-t-elle, son sourire s'effaçant un peu. Je suis venue ici en tant que visiteuse. Même si, à la réflexion, c'est moi qui ai appelé Marc, donc je suis ton médecin référent. Marc m'a dit que tes poumons avaient besoin de temps pour se dégager. Il ne te laisse pas sortir ?

— Si, demain. Mais je ne peux pas rentrer chez moi, ni même retourner à Sydney. Et puis il y a le problème du bateau…

— Il est entre de bonnes mains. J'espère que Sam t'a tout expliqué quand je te l'ai passé au téléphone hier. Je l'ai laissé faire, il aime tellement ça !

— Je m'en doutais… Jenny, déclara-t-il après un instant d'hésitation, c'est ce dont je voulais te parler. Sam m'a dit que le bateau avait été transporté de l'autre côté de l'île, au chantier naval d'Albatros.

— Où on s'occupe de lui avec amour. Doug et Fred ont pratiquement tout mis de côté pour travailler dessus. Je suppose qu'ils t'ont déjà contacté, ils m'ont dit qu'ils le feraient. Ils semblent penser que l'argent n'est pas un souci.

— En effet, répliqua-t-il brièvement. Jenny, j'ai une idée qui pourrait nous aider tous les deux.

— Je ne veux pas d'aide.

— Je suis sûr que si, et je ne parle pas seulement d'argent.

Il avait eu une longue discussion avec Elsa, qui lui avait expliqué la situation de Jenny, et plus il y pensait, plus il espérait pouvoir faire quelque chose. Elsa avait été très serviable. La jeune maman médecin était née ici et paraissait tout connaître des habitants de l'île.

— Jenny, j'ai un plan pour nous aider tous les deux.

— Je n'ai pas besoin…

— Si, tu en as besoin.

Mais comment le dire ? C'était plus difficile qu'il ne le pensait. Être assis sur un lit d'hôpital avec un pyjama à flamants roses n'arrangeait rien. La mort de Charlotte et Harper avait brisé l'illusion que la vie pouvait être maîtrisée. Il aurait dû être habitué, depuis le temps, mais il se sentait bouleversé. Comme si beaucoup de choses dépendaient de la façon dont Jenny réagirait à sa proposition.

— Jenny, que dirais-tu de partager une maison avec moi pendant quelques semaines ? Peut-être jusqu'à ce que le bateau soit réparé et que je puisse enlever mon plâtre ?

Elle fronça les sourcils, et il eut l'impression de voir son cerveau s'activer tandis qu'elle réfléchissait.

— Tu veux loger chez nous ? dit-elle, dubitative. Nous avons une chambre d'amis. Mais à l'étage, et comment ferais-tu avec ta jambe ? De plus, nous sommes de l'autre côté de l'île et tu serais un peu isolé. J'imagine que tu voudras passer du temps au hangar à bateaux. Tu pourrais emprunter ma voiture, mais je n'aime pas être coincée avec les enfants sans véhicule…

— Sans échappatoire. Je comprends. Mais ma jambe ne me permettra pas de conduire pendant un moment, alors j'ai un meilleur plan. Elsa m'a parlé d'une maison située à deux pas du hangar à bateaux et à peine plus des magasins. Elle donne sur la baie et paraît parfaite. Elle appartient à une certaine Joan Heffernan. Tu la connais ?

— Non, je…

— D'après Elsa, c'est une maison de famille, quatre chambres, toutes de plain-pied, donc je pourrais m'en sortir avec ma jambe – et des béquilles. Joan est veuve et sa famille vit à Sydney. Quand la pandémie a frappé, ils ont paniqué et insisté pour qu'elle les rejoigne. Elsa dit qu'elle aime Sydney, qu'elle y restera probablement, mais qu'elle est encore partagée à l'idée de la vendre.

Il pouvait le comprendre. Vendre une maison de famille, pleine de souvenirs… Il pensa bêtement à la superbe maison qu'il avait achetée à côté de celle de ses parents, au bord de la mer. Les propriétés, dans ce quartier chic, étaient aussi rares qu'un mouton à cinq pattes, et il avait sauté sur l'occasion dès que ses parents avaient appris qu'elle était à vendre. Cela avait été une erreur. Elle avait déplu à Charlotte dès le début, et ils l'avaient rarement utilisée. Mais pour une raison stupide, il avait refusé de la vendre. Pour garder le rêve intact ? Quelle blague ! Le rêve était bel et bien mort, maintenant.

Mais ce n'était pas le moment de penser à ça. Le froncement de sourcils de Jenny s'était creusé, et elle le regardait avec inquiétude.

— Silas, qu'est-ce qui ne va pas ?

— Rien, répondit-il un peu trop brusquement, honteux que cette femme subtile ait remarqué son changement d'expression. Juste ma jambe. Ça fait encore un peu mal.

— C'est pour ça que tu es à l'hôpital. Tu veux que j'appelle quelqu'un ?

— Non, ça va aller, merci. Mais, pour en revenir à cette maison, Elsa a passé un coup de fil à Joan en mon nom, et Joan trouve super de la louer. Sa maison est meublée, donc tout ce que j'ai à faire c'est d'emménager. Mais il y a un bail d'un an.

— Un an ? Tu ne veux pas rester ici pendant un an !

— Non. Mais Joan ne veut pas s'embêter à louer juste pour quelques semaines. Elle devra demander à des amis d'enlever ses affaires personnelles, et cela ne vaut pas le coup pour six semaines de loyer. Mais Elsa dit que la maison est charmante. Ça paraît idéal pour que je clopine jusqu'au hangar à bateaux – ou que je m'asseye sur la véranda et regarde la mer, comme l'invalide que je suis forcé d'être. Jenny, c'est le seul endroit disponible.

Ce n'était pas vrai, mais ça correspondait au discours qu'il avait besoin de lui tenir.

— Et l'argent n'est pas un souci, conclut-il.

— Non ? demanda-t-elle, l'air perplexe.

— Ma famille est aisée.

— Tes parents paieraient ?

Il sourit à l'idée d'aller réclamer un an de loyer à son père.

— Euh… non. Je veux dire… nous sommes *vraiment* riches. Mon grand-père et mon arrière-grand-père ont spéculé sur des terrains bien avant ma naissance et amassé la fortune familiale. Papa était fils unique et moi aussi. Je bénéficie d'un fonds fiduciaire depuis mes vingt et un ans et, crois-moi, un an de location ne l'entamera pas.

— Vraiment ?

— Vraiment. Alors voilà le plan : j'emménage dans cette maison, et toi et les enfants aussi.

— Moi, répéta-t-elle lentement. Et les enfants.

— Jenny, je te dois une fière chandelle, dit-il, à présent calme et sérieux. Vous m'avez sauvé la vie, toi et tes enfants bénis. Qui plus est, vous avez réussi à attacher le voilier de mon père pour qu'il ne soit pas complètement détruit, et tu n'as pas idée à quel point c'est important pour lui. Et pour moi. Donc ce pourrait être une petite façon de vous remercier. J'aimerais louer la maison de Joan. J'aimerais y vivre moi-même six semaines, mais que tu en aies l'usage pendant un an. Alors… si tu penses que ça peut marcher, je suggère que toi et les enfants déménagiez.

Il y eut un long moment de silence. Elle le dévisagea, fouillant son regard comme si elle essayait de lire en lui.

— Mais… pourquoi ? demanda-t-elle enfin.

— Parce que ça me coûtera peu. Parce que ça me simplifiera la vie pendant que je me remets et que le bateau est réparé. Mais aussi parce que je crois – et Elsa le croit également – que cela rendra les choses beaucoup plus faciles pour toi.

— Les enfants ne quitteront pas leur maison.

— Ah ? Pas même si Sam est incité à devenir superviseur en chef de réparation de bateaux ? J'ai parlé à Doug et Fred. Ils apprécient Sam, et disent qu'il serait le bienvenu pour passer son temps libre au chantier. Ils aimeraient même le former. Mais on en a discuté, et ils sont d'accord pour qu'il aille aussi à l'école. Ils disent qu'il ne sert à rien d'apprendre des compétences navales à un enfant s'il ne suit pas une scolarité en parallèle afin d'effectuer un apprentissage ensuite, et c'est ce qu'ils lui expliqueront.

Il sourit, très satisfait du résultat de la conspiration entre les deux vieux constructeurs de bateaux et lui. Et Elsa.

Jenny le fixait, bouche bée.

— Tu plaisantes ?

— Elsa pense qu'un tel encouragement pourrait le persuader de sortir de son isolement, affirma-t-il doucement. Là où Sam va, Ruby et Tom iront, et Elsa pense qu'ils vont adorer se faire de nouveaux amis. Ils ont été trop longtemps isolés. Et puis…

Il hésita, se demandant s'il n'était pas allé trop loin, mais autant avancer jusqu'au bout. Il s'efforça de prendre un ton désinvolte.

— Elsa dit que, si vous êtes du côté ville de l'île et que les enfants vont à l'école, tu pourrais avoir le temps de monter un petit cabinet médical. Un an… ce sera peut-être suffisant pour rapporter un revenu. Assez pour t'installer dans ta propre maison ? Je sais que c'est loin d'être aussi amusant que de charrier du varech pour vivre, et que ça te manquera probablement, mais…

— Oh ! Silas…

— Réfléchis-y.

Et il se rallongea sur les oreillers, tout essoufflé. Sa poitrine lui faisait mal, mais ce n'était pas ça qui lui coupait le souffle. C'était l'expression sur le visage de Jenny.

Comme si on lui avait décroché la lune ?

Ces deux dernières années, il avait évolué dans une sorte de brume. Il avait travaillé, fréquenté ses parents et ses amis, il avait fait ce qu'on attendait de lui. De l'extérieur, il pouvait même paraître normal, mais en lui il n'y avait pas de couleur, pas de saveur, pas d'ardeur.

Et maintenant, alors qu'il s'y attendait le moins, allongé sur un lit d'hôpital au milieu de nulle part, vêtu d'un pyjama ridicule, c'était comme si la brume s'était dissipée. Juste un peu, juste assez pour laisser passer un rayon de lumière. Pour voir l'espoir sur le visage d'une femme…

Il retint sa respiration et le monde parut soudain s'arrêter.

Elle n'aurait plus à transporter de varech.

Les enfants pourraient aller à l'école.

Sam pourrait aimer sa nouvelle vie.

Qu'est-ce qui était le plus important ?

Sam, se dit-elle, essayant désespérément de mettre ses idées en ordre face à cette offre extraordinaire. *Pense à Sam.*

« Vous devez lui laisser du temps, avait dit la psychologue de l'île. C'est un gosse qui a fait face à la chose la plus traumatisante à laquelle un enfant puisse être confronté. La seule sécurité qu'il a, c'est sa maison, son endroit. Désolée, ce n'est pas ce que vous voulez entendre, mais, si vous lui enlevez ça maintenant, c'est à vos risques et périls. »

Elle ne pouvait pas faire ça. L'idée de vivre dans la maison délabrée de son frère, de dépendre du ramassage de varech pour gagner sa vie, la démoralisait, et pourtant, dès qu'elle les avait rencontrés, elle avait aimé ces enfants. Peut-être que cela avait quelque chose à voir avec le souvenir confus d'un grand frère qu'elle avait adoré, peut-être que c'étaient les enfants eux-mêmes, mais, quelle que soit la raison, elle ne pouvait pas affronter l'idée de les arracher à la seule vie qu'ils connaissaient.

Mais les emmener dans un endroit où ils pourraient être heureux… Ça pourrait marcher, songea-t-elle, un fol espoir envahissant ses pensées. Elle avait observé Sam sur la plage avec les hommes qui avaient récupéré le bateau. Elle l'avait entendu poser question après question. Elle avait regardé Fred et Doug superviser toute l'opération, traitant Sam avec respect. C'était la première lueur d'intérêt qu'il avait montrée, le premier signe qu'il y avait une vie après l'horreur. Et si l'idée plaisait à Sam…

— Ils pourraient être d'accord, chuchota-t-elle presque

pour elle-même. Je pense qu'ils aimeraient l'école. Ruby aime la gymnastique, et je sais qu'il y a des cours. Et Tom… il dit qu'il veut être footballeur quand il sera grand, et ils ont une petite équipe. Les enseignants sont adorables, si enthousiastes. Et si je n'ai pas de loyer je pourrai me permettre d'ouvrir un petit cabinet médical, qui suffirait pour nous nourrir.

— Avec autre chose que du varech, souligna Silas.

Elle le fixa, désemparée.

— Oh ! Silas… Je ne devrais pas accepter.

— Pourquoi ? J'aurais un endroit pour récupérer, et je pourrais partir la conscience tranquille, ma dette envers toi remboursée.

— Il n'y a pas de dette.

— Si. Jenny, laisse-moi faire ça pour toi. Sil te plaît.

Il prit ses mains et les serra fort entre les siennes. Elles étaient chaudes, fortes, sûres, et la sensation qu'elles procuraient était… merveilleuse. Pour la première fois depuis qu'elle avait appris la mort de son frère, elle avait l'impression de ne plus être seule.

Cet homme… Non. Ça n'avait rien à voir avec Silas, ni avec l'offre qu'il avait faite. Si ce geste ne signifiait pas grand-chose pour lui en termes de coût, la différence que ça ferait dans sa vie était énorme.

— Euh… Il faut que je parle aux enfants.

— Bien sûr, répliqua-t-il, ses mains tenant toujours les siennes. Je comprends qu'ils aient besoin de se sentir en sécurité, mais Marc a l'air de penser que cette installation serait un énorme coup de pouce pour eux.

— Tu en as aussi parlé à Marc ?

— J'ai parlé à tous ceux auxquels je pouvais m'adresser pour savoir comment aider au mieux, répondit-il. Marc a aussi parlé à la psychologue – Donna, c'est ça ? Puisque Marc est le médecin traitant de Sam, Donna a jugé qu'elle pouvait lui dire ce qu'elle pensait, et elle semble croire que ça marcherait aussi.

— Tu as monté une équipe ! parvint-elle à dire, sans pouvoir empêcher sa voix de trembler.

— Il faut tout un village pour élever un enfant, répliqua-t-il avec douceur. Tout le monde sait que tu fais ça seule depuis trop longtemps, mais il n'y avait aucun moyen pour eux de t'aider. Tandis que maintenant… si les enfants sont d'accord, tout ce que tu as à faire est d'accepter. À cheval donné on ne regarde pas les dents, pas vrai ?

— C'est toi. C'est toi le cheval donné.

— Alors regarde-moi autant que tu veux. Mais dis juste oui.

À cet instant, on frappa à la porte, et Marc apparut.

— Je peux vous déranger un instant ?

— Bien sûr.

Silas retira ses mains et Jenny se concentra sur sa respiration. D'une manière ou d'une autre, elle avait besoin de s'ancrer, de trouver une explication rationnelle aux sensations étranges qu'elle commençait à éprouver. Ce n'était pas son offre qui l'avait déstabilisée. C'était la façon dont il l'avait tenue. La façon dont sa poigne s'était resserrée – comme s'il avait besoin d'elle ?

Il y avait une explication rationnelle, se dit-elle. Silas avait frôlé la mort. Qu'il l'admette ou non, il avait dû être terrifié. Le contact humain – le contact d'une main – serait infiniment plus important pour lui, maintenant qu'il essayait de reprendre pied. C'était sûrement la raison de son geste. Et elle ? Il venait de lui décrocher la lune, ou du moins un moyen de se sortir d'une situation impossible. Évidemment, qu'elle avait eu besoin de laisser ses mains dans les siennes ! Et peu importait qu'elle se sente…

Arrête ! Elle prit une profonde inspiration et se tourna vers Marc.

— Tu veux examiner ton patient ? Je vous laisse, alors.

— Non, je viens parler affaires, dit Marc en leur souriant.

Il avait vu leurs mains jointes. Elle rougit.

— Tu as parlé de la maison à Jenny ? reprit Marc. C'est une idée d'Elsa, Jen. Elle s'est arrangée pour que tu puisses voir la maison sur le chemin du retour ce soir. Si ça t'intéresse.

— Si les enfants…

— Les enfants vont sauter sur l'occasion, répliqua Marc, souriant de plus belle. Mais, Silas, c'est de vous que je voulais parler. Vous êtes pédiatre, non ? Un bon pédiatre. Je me suis renseigné…

Bien sûr, songea Jenny. Marc était chargé de constituer une équipe médicale compétente sur ce groupe d'îles reculées, et il ne laisserait jamais passer une opportunité d'embaucher un autre médecin si le cas se présentait.

— Je ne suis pas intéressé par un travail, dit Silas d'un air inquiet, devinant avant que Marc ne poursuive.

— Non, je sais que vous n'êtes là que pour six semaines. Et que vous voulez être sur Albatros avec votre bateau. Mais, d'après Elsa, la maison de Joan ne sera pas prête avant quelques jours. Jenny sera occupée à faire ses bagages et ne voudra pas d'un hôte dans ses pattes. Alors j'ai pensé… Écoutez, nous avons un enfant atteint de mucoviscidose. Matthew a neuf ans et il va tous les trois mois à Sydney pour un check-up, mais sa mère est enceinte et ne peut pas l'emmener. Matt paraît aller bien, mais… peut-être qu'un examen complet par un pédiatre apaiserait les craintes de sa mère. J'ai aussi quelques autres gamins que j'aimerais faire examiner – retards de développement, parents inquiets. J'ai pensé… Vous pourriez rester avec nous jusqu'à samedi ? Ça donnerait à Jenny le temps de s'organiser pour les enfants, aux amis de Joan, celui de vider ses affaires personnelles, et…

— Et toi tu récupères un pédiatre ! acheva Jenny en souriant. Fais attention, Silas.

— Ce serait super, dit Marc. Et peut-être qu'au cours des prochaines semaines on pourrait faire un peu appel à vous, non ? En attendant, Jen, si tu veux monter un cabinet sur Albatros, tu auras besoin de matériel. Je peux te le procurer en un claquement de doigts. Tu n'as qu'un mot à dire et une équipe viendra te l'installer.

— Marc, je…

Silas sourit, puis reprit soudain sa main.

— Personne ne te forcera à faire ce que tu ne veux pas. Le choix t'appartient. Mais si c'est ça ou le varech…

Elle songea au congélateur, rempli à ras bord de toutes ces préparations à base de varech. Elle songea aux jours qu'elle avait passés à hisser du varech sur les étendoirs. Elle songea à la solitude ininterrompue, sans fin.

— Oui, lâcha-t-elle, et si vivement que cela ressemblait à un sanglot.

Et, tandis que les mains de Silas agrippaient les siennes plus fort, les larmes se mirent à couler sans qu'elle puisse les en empêcher.

7.

Les enfants n'hésitèrent pas un seul instant. Elle leur parla du projet pendant le retour en ferry, mais apparemment Elsa avait préparé le terrain, soulignant les avantages qu'il y avait à déménager de l'autre côté de l'île. Ruby et Tom affichaient un enthousiasme prudent, quant à Sam, la perspective de passer une partie de ses journées à travailler avec Doug et Fred le faisait presque bégayer.

Et c'est ainsi que l'affaire fut réglée.

Jusqu'à présent, Jenny n'avait pas su à quel point les habitants de l'île s'étaient inquiétés pour elle et sa petite famille, mais maintenant si. Les offres d'aide arrivèrent de partout, et les choses avancèrent rapidement. Quatre jours plus tard, un convoi de petits camions traversa l'île en cahotant, et elle suivit en voiture. En direction de leur nouvelle maison.

Elle s'arrêta devant, les enfants et les chiens sortirent de la voiture et Silas les attendait sur la véranda, souriant.

Oh ! ce sourire…

Reprends-toi. Il n'est là que pour six semaines. Ensuite, il partira, et nous aurons cette fabuleuse maison pour nous.

Car elle était fabuleuse. La nièce de Joan lui avait fait visiter le soir où ils étaient rentrés de Gannet, et Jenny en était restée bouche bée. La maison était vaste, pleine de coins et de recoins, et avait visiblement toujours été aimée et entretenue. Elle était orientée face à l'océan et au soleil. Les pièces étaient meublées de tapis fanés, de grands canapés et fauteuils moelleux, d'une énorme table en bois brossé. Une cuisine chaleureuse, une superbe cheminée dans le salon, le chauffage central… Le jardin ondoyait jusqu'à la plage, qui paraissait en être l'extension.

— C'est génial, non ?

Silas, appuyé sur ses béquilles, souriait tandis qu'elle montait les marches pour le saluer.

— J'ai pris la chambre principale à l'extrémité est, annonça-t-il. Un peu gonflé de ma part, mais les autres chambres sont proches les unes des autres et…

— Et j'aimerais être avec les enfants.

Sauf que… une part d'elle ne le voulait pas. Elle se tenait sur la véranda avec un homme magnifique – oui, il était très sexy –, et il disait gaiement qu'il occuperait la chambre principale à un bout de la maison et qu'elle et ses enfants – *ses enfants* – auraient l'autre aile. Et, elle ne savait pour quelle raison, cela lui fit l'effet d'une gifle.

Mais elle regarda les enfants, qui, les chiens sur leurs talons, se dirigeaient vers les saules indigènes, cherchant comment y grimper, et se ressaisit : ils semblaient déjà heureux.

C'était son objectif, alors pourquoi ce vide en elle ? Quand elle écoutait Silas expliquer pourquoi il dormirait à un bout de la maison, et elle et ses enfants, à l'autre. Quand elle pensait à la vie qu'elle avait laissée derrière elle.

— Qu'est-ce qui ne va pas ?

La voix de Silas était devenue douce. Il étudiait attentivement son visage, et elle s'efforça de sourire.

— Je… rien. C'est tellement incroyable. Je… Nous te sommes si reconnaissants !

— Ce sera une meilleure vie pour toi.

— Oui.

— Mais pas meilleure que celle que tu avais avant la mort de ton frère, ajouta-t-il.

Aussitôt, ses larmes revinrent. Ce qui était ridicule. Cet endroit était un tel cadeau !

Cet homme aussi.

Non. C'était un médecin, pas beaucoup plus âgé qu'elle, mais elle ne pouvait même pas penser à lui *comme ça*. Parce que pour le moment elle était Jenny avec trois enfants et deux chiens et… Elle ferma les yeux un instant. *Reprends-toi, Jennifer Martin. Ce type te décroche la lune et tu te plains !*

— Je vais bien. Tout va très bien, répondit-elle avec un sourire radieux. Je… Je dois déballer nos affaires.

— Tu as apporté beaucoup de choses, on dirait.

Il y avait maintenant quatre véhicules garés sous la véranda, tous chargés. La maison de Joan était meublée. Elle se serait contentée de prendre les vêtements et les jouets préférés des enfants, mais devant leur angoisse elle avait dit qu'ils pouvaient emporter tout ce qu'ils voulaient. Il y avait deux niches pour chiens, la coiffeuse – rose – de Ruby, que son père lui avait fabriquée juste avant de mourir. Le kart de Tom. Et plus encore.

— Tu as apporté le congélateur ? demanda Silas.

Deux hommes descendaient l'énorme appareil de l'arrière du premier camion.

— Des mois de récolte de varech. On a dû couper le courant en partant, et les enfants semblaient consternés qu'on abandonne tout ça. Alors, conclut-elle en tentant de sourire, on pourrait peut-être partager notre dîner ce soir ?

— Hum… Non, sans façon.

— Quoi, tu vas cuisiner pour toi tout seul ?

— Si vous mangez du curry d'algues, oui, répondit-il sans détour, et elle ne put retenir un grand sourire.

— C'est très sain. Parfait en cas de jambe cassée. Tu devrais au moins goûter.

Il réfléchit un instant, puis, à sa grande surprise, hocha la tête. *Il est vraiment merveilleux*, songea-t-elle. Il avait beau se tenir en équilibre sur des béquilles, tout le reste évoquait un homme maître de son monde. Il était grand, longiligne, et ses yeux plissaient aux coins, comme s'il avait passé trop de temps au soleil. Les enfants et elle avaient réussi à récupérer la plupart de ses affaires sur le bateau, et Jenny avait lavé ses vêtements avant de les lui apporter à l'hôpital. Ils paraissaient décontractés mais valaient une fortune. Ils n'avaient rien d'ostentatoire, cependant ; ils étaient juste parfaits.

— D'accord, je goûterai, déclara-t-il. Ces enfants ont besoin de se sentir chez eux, et pendant les six prochaines semaines nous serons colocataires. Et donc solidaires, pas vrai ?

Émue aux larmes, elle se hâta de redescendre pour aider au déchargement. Elle devait s'éloigner de lui, et vite. Il faisait naître en elle des émotions… interdites. Il n'y avait pas de place dans sa vie pour cela

Pourtant, elle était une femme de vingt-neuf ans et…

Non ! s'adjura-t-elle, avant de soulever un carton trop lourd pour elle.

« Algues bolognaise », indiquait l'étiquette. « Pâtes aux algues ». Le congélateur était rempli de ces préparations vertes et noires…

Elle préférerait de loin les œufs sur des toasts.

— Les noires sont à l'algue brune, expliqua Ruby. Les vertes, à la laitue de mer.

Mais la petite fille semblait dubitative.

— Tu aimes ça, non ? dit-elle à Silas.

— Évidemment ! répondit Sam.

— Essayons la laitue de mer ! proposa Silas. Je tremble un peu sur mes jambes, mais si vous m'aidez… Dites-moi ce que je dois faire.

— C'est Jenny qui fait la cuisine, déclara Sam.

Le regard qu'il lui lança était presque méprisant, comme si elle n'était bonne qu'à ça.

— Eh bien, si elle le veut, je suis d'accord, répliqua posément Silas. Mais il y a cinq personnes dans cette maison, donc cinq personnes pour préparer les repas à tour de rôle. Peut-être quatre, parce que Tom pourrait avoir besoin d'un coup de main.

— Mais c'est les femmes qui font les tâches ménagères ! décréta Sam.

Jenny grimaça. Ces enfants avaient été élevés avec des

valeurs qu'elle n'avait pas été capable de changer. Par où commencer ?

— Tout le monde devrait apprendre à cuisiner s'il veut manger, rétorqua Silas. Sam, ce côté de l'île est civilisé, et ici les femmes ont des droits. Ruby, tu trouves juste que Jenny et toi fassiez toutes les corvées ?

— Non ! répliqua Ruby, sidérée.

— Alors on vote ! décréta Silas. Droits égaux pour tous. Qui vote avec moi ?

Ruby leva la main. Jenny croisa le regard de Silas et lui sourit. Elle leva la main à son tour et sentit… une digue céder en elle. Silas leva aussi la main, puis Tom, qui essayait de comprendre, l'imita également.

— Bon, déclara Silas avec fermeté. C'est la règle de la maison. Tout le monde aide. Alors, Sam, tu as observé ta maman. Montre-moi comment rendre ces spaghettis aux algues mangeables.

Les spaghettis aux algues étaient… à peu près comme la première fois que Jenny en avait mangé. Elle avala quelques bouchées, mais elle avait du mal. Ruby l'imita puis posa sa fourchette.

— J'ai pas faim.

Tom prit une bouchée et lâcha :

— Beurk !

Silas, lui, mangea comme s'il aimait ça. Il termina son assiette, puis regarda Sam se débattre avec la sienne.

— Je sens que ça nous fait du bien, leur dit-il. On pourrait en manger tous les soirs.

— Oh non ! s'exclama Ruby, horrifiée.

— J'aime pas ça, renchérit Tom, catégorique.

— Mais c'est maman qui l'a fait ! plaida Sam en engloutissant sa bouchée sans mâcher.

Il posa sa fourchette et fixa son assiette. Puis, soudain, une larme coula sur sa joue. Puis une autre, sur les spaghettis.

C'était la première fois que Jenny le voyait pleurer. Elle

fut tentée de faire le tour de la table et de le prendre dans ses bras, mais Silas lui fit signe de ne pas bouger.

— C'est très dur, Sam, dit-il. Ton papa et ta maman doivent te manquer énormément. Tu sais, Sam, j'ai perdu ma petite fille il y a deux ans, et je pense à elle tous les jours. C'est comme s'il y avait un trou en moi là où Harper devrait être. Un grand trou.

Sam leva les yeux, assez choqué pour arrêter de pleurer.

— Tu l'as perdue… Ça veut dire qu'elle est morte ?

— Comme ton père et ta mère. Un accident. Pendant un moment, j'ai gardé tout ce qu'elle possédait. Harper collectionnait les peluches, surtout les chats, mais elles ont commencé à prendre la poussière et à vieillir, alors je me suis senti plus mal encore. Je les regardais tous les jours.

Sidérée, Jenny avait les yeux fixés sur son assiette.

— Je ne savais pas quoi faire, reprit Silas. Comme elles avaient l'air un peu usées, aucun autre enfant n'en aurait voulu, mais je ne pouvais pas supporter de les jeter. Alors j'ai eu une idée.

— Ah ouais ? lança Sam prudemment.

— Je me suis souvenu que Harper aimait les oiseaux, poursuivit Silas dans un silence tendu. S'il n'y avait eu qu'un ou deux chats en peluche, je les aurais peut-être gardés, continuait Silas, mais Harper en avait tellement qu'on voyait à peine son lit. Alors j'ai apporté les chats en peluche à un chenil qui se trouvait près de chez moi. Les chiots ont adoré jouer avec. Mais j'ai gardé tous les jouets en laine et je les ai découpés.

— Tu les as découpés ? répéta Ruby, consternée.

— Oui, répondit Silas, imperturbable. À cause des oiseaux. C'était le printemps, et dans mon jardin il y a beaucoup, beaucoup d'oiseaux. Harper les adorait. Alors j'ai mis la laine dans un panier que j'ai accroché à un grand arbre. Et ensuite les oiseaux sont venus chercher des petits bouts de laine pour faire leur nid. Cette année-là, on a dû avoir les oiseaux les plus heureux d'Amérique, avec les nids les plus douillets. Je pense que Harper serait très heureuse aussi. Vous ne croyez pas ?

— Oh oui ! dit Ruby, fascinée. Les oiseaux ont dû être contents !

— Ma maman aussi aimait les oiseaux, murmura Sam. Et les poissons. Elle aimait toutes les choses sur la plage. Mais… Les oiseaux ne peuvent pas faire leur nid avec du varech.

Il a compris ! songea Jenny. Il avait transposé presque instantanément le raisonnement de Silas.

— Mais je parie qu'ils en mangeraient, dit Silas en souriant. Tu sais, ces spaghettis sont faits avec de la farine et des algues, mais d'après Jenny ta mère utilisait peu de farine, et les ingrédients sont principalement des petites plantes et des herbes qu'elle trouvait dans les dunes de sable. À mon avis, les oiseaux et les poissons penseraient que c'est un festin de Noël. Si on en met sur la plage, ils pourront manger ce qu'ils veulent, et le reste pourra retourner à la mer. Les poissons se régaleront !

— Sûrement, chuchota Sam. Et maman… Maman dirait qu'on ne gaspille pas.

— On aura des ennuis si on gaspille de la nourriture, expliqua Ruby.

— Je pense que ça lui ferait plaisir, affirma Silas. Qu'est-ce que tu en penses, Jenny ?

— Je pense que c'est une idée merveilleuse. Mais c'est à Sam de décider, parce que c'est lui l'aîné.

Elle était au bord des larmes, mais elle ne pleurerait pas !

Dans les yeux de Sam, le chagrin avait disparu.

— On pourrait peut-être faire un feu de joie sur la plage, comme une cérémonie ? On pourrait poser les pâtes de varech sur des gros cailloux et, quand la marée montera, tout ce que les oiseaux n'auront pas mangé sera emporté par la mer.

— Un feu de joie ! s'écria Ruby. Youpi !

— Maman aime… aimait bien les feux de joie, ajouta Sam.

— Très bien, déclara Silas. Mais c'est à vous de décider, les enfants. On pourrait faire une cérémonie du varech pour votre papa et votre maman, si vous êtes tous d'accord.

Sam baissa les yeux sur son repas à moitié mangé. Lorsqu'il sourit, Jenny sentit une boule se former dans sa gorge.

— Ça plairait à maman, affirma Sam, et brusquement il avait de nouveau l'air d'un enfant – un gamin de douze ans qui avait hâte de faire un feu de joie sur la plage. Jenny dit qu'on peut lui parler dans notre lit la nuit et qu'elle nous écoute. Donc, demain soir, on pourra lui dire qu'on a nourri tous les poissons autour de l'île Albatros. Cool !

— Si on sortait quelques barquettes du congélateur ce soir ? suggéra Silas. On ne peut pas vraiment nourrir les oiseaux avec des trucs congelés. Qu'est-ce que vous en pensez ?

— Oui ! s'écria Ruby.

Tom, lui, semblait confus mais heureux. Mais c'était à Sam de décider, ils le savaient tous.

Celui-ci prit une grande inspiration, regarda son assiette, puis Silas, et déclara :

— On décongèle tout !

8.

Jenny passa la majeure partie du lendemain à ranger, à mettre de l'ordre dans la maison, à essayer de se faire à l'idée qu'elle allait y vivre pendant un an. Ce n'était pas Sydney, ce n'était pas chez elle, mais c'était tellement mieux que la perspective qu'elle avait quelques jours à peine auparavant !

Silas avait suggéré que Sam et lui se rendent au chantier naval, et Ruby et Tom avaient demandé à y aller aussi. Ce n'était qu'à dix minutes à pied, mais, comme Silas ne pouvait pas marcher, Jenny les avait tous emmenés en voiture.

Fred et Doug travaillaient déjà sur le *Sea Raven*. Ils avaient accueilli Silas et les enfants avec plaisir, et Sam et Silas se lancèrent bientôt dans une discussion sur le bateau.

Elle avait eu l'intention de ramener les deux cadets avec elle, mais la femme de Fred se trouvait là aussi. « Laisse-les », avait-elle proposé. « Il y a plein de choses pour s'amuser, ici. Et si je trouvais des bouts de bois pour fabriquer des petits bateaux qu'on mettrait à l'eau ? J'ai apporté plein de sandwichs pour le déjeuner. Il y a un fauteuil confortable dans la salle à manger, et des coussins sur lesquels Silas peut poser sa jambe, mais, s'il a besoin de se reposer, moi ou un des garçons pouvons le ramener. Toi, rentre et prends du temps pour toi. »

Du temps pour soi… Le concept était grisant.

Toute l'île avait eu envie de l'aider depuis la mort de Harriet et Chris – elle le savait, maintenant – mais, isolés comme ils l'étaient, les gens n'avaient pas pu faire grand-chose. Désormais, elle se sentait presque dépassée.

« Le Dr Marc nous a parlé. On est en train de t'aménager un espace à l'arrière du magasin », lui avait dit Thomas Craig, un vieux pêcheur de l'île Gannet qui avait pris sa retraite ici parce qu'il aimait la paix et le calme.

Lui et sa femme étaient passés avec des gâteaux, tout excités à l'idée d'avoir un médecin de ce côté de l'île. « Ça sera super, d'avoir un docteur ici, comme ça, on n'aura pas à aller jusqu'à Gannet. »

Elle avait souri à la pensée de cette île minuscule considérée comme une grande métropole, et ce sourire l'accompagna toute la journée. Bientôt, elle pourrait à nouveau travailler !

Grâce à Silas. Son bienfaiteur.

Au souvenir de la perte qu'il avait subie, elle sentit un frison glacé traverser tout son corps. Elle ne lui avait pas parlé le soir précédent – il s'était couché tôt et les enfants étaient restés jusqu'à son départ. Ce matin, elle l'avait à peine croisé…

Elle l'avait pris pour quelqu'un ayant plus de moyens que de bon sens, sillonnant le globe à la voile au mépris de la prudence la plus élémentaire. À présent, son jugement était plus nuancé. Et elle avait hâte d'en découvrir plus sur lui lors de la fête qui aurait lieu le soir même, sur la plage.

Pourquoi, à l'idée d'un simple feu de joie, se sentait-elle comme une adolescente à son premier rendez-vous ?

Le feu de joie était magnifique. Les récentes tempêtes avaient rejeté beaucoup de bois flotté, et en milieu d'après-midi les enfants, rentrés du chantier naval, étaient en pleine construction. C'était bien, songea Jenny en les regardant depuis la véranda. Ils semblaient… légers. Libres ? C'était la première fois qu'elle les entendait crier de joie. Sam donnait des ordres, et Ruby et Tom étaient ses fidèles esclaves, transportant des brassées de bois trop lourdes pour eux, fouillant la plage pour en trouver d'autres. Ils étaient redevenus des enfants.

— Comment ça va ?

Jenny sursauta en entendant la voix de Silas, derrière elle. De retour du chantier naval, il s'était assoupi sur l'une des immenses chaises longues de Joan, tandis qu'elle observait les enfants, appuyée à la balustrade de la véranda.

Elle lui sourit.

— Très bien. Je ne sais pas comment te remercier.

— Et moi non plus ! Donc on est quittes, répliqua-t-il en souriant à son tour.

Il referma les yeux. Il ne s'était guère écoulé plus d'une semaine depuis le naufrage, et le traumatisme avait laissé des séquelles. Il devait se reposer.

— À quelle heure faut-il allumer le feu ? demanda-t-il, un peu somnolent.

— Euh… Bientôt, je pense. J'ai emballé des pommes de terre dans du papier d'aluminium pour les enfouir sous la cendre. J'ai fait un saut à la supérette en rentrant du chantier naval pour acheter de la crème, du bacon et de la salade. Le dîner est prêt !

Savait-il quel plaisir le simple fait d'être en mesure de faire des courses lui avait procuré ?

— Et, pendant qu'on mangera, les poissons et les oiseaux se régaleront de varech. Génial ! dit-il d'un air profondément satisfait.

Jenny le regarda un long moment, refoulant sa nervosité, puis détourna les yeux. La vue de cet homme la bouleversait au-delà de toute expression. Il était américain. Il était ici pour six semaines, se rappela-t-elle. Les sentiments qu'elle sentait grandir en elle n'avaient pas lieu d'être. Elle avait assez de se réjouir sans en plus penser à…

Stop ! Va allumer un feu de joie, s'ordonna-t-elle, furieuse contre elle-même. *Les enfants t'attendent* !

Trois enfants, deux chiens et une femme inquiète étaient prêts à l'aider à descendre sur la plage.

— Tu pourrais rester sur la véranda, avait suggéré Jenny. On t'apportera ton dîner quand il sera cuit.

Mais il n'était pas question qu'il rate la fête. Il avait des béquilles. Il avait Sam d'un côté, Jenny de l'autre au cas où il tomberait dans le sable. Il se sentait impuissant, mais pas autant qu'une semaine plus tôt, quand on l'avait traîné sur la plage, allongé sur des feuilles de palmier.

Les enfants avaient proposé de lui descendre une chaise, mais il avait rejeté l'offre. Jenny avait étalé une couverture de pique-nique et l'avait garnie des coussins, et quand il fut installé avec cérémonie près du feu il eut l'impression de vivre une expérience extracorporelle.

— Je me sens comme un de ces empereurs romains des livres d'histoire, dit-il à Jenny. Mes esclaves semblent anticiper tous mes besoins.

— Si tu me demandes d'éplucher tes pommes de terre, tu risques d'être déçu ! riposta-t-elle, scandalisée.

Quel sourire ! Il adorait la minuscule fossette qui creusait sa joue. Il connaissait son âge, maintenant, mais ce soir elle semblait beaucoup plus jeune encore.

— Nos patates vont mettre une heure à cuire. On pourrait commencer à nourrir les poissons et les oiseaux ?

— Bien sûr !

— Parfait. Alors allons-y !

Ils commencèrent un convoi, en utilisant une brouette qu'ils avaient trouvée sous la maison. Jenny avait éteint le congélateur la veille. Il y avait maintenant des cartons et des cartons de… bouillie décongelée.

Leur première tentative fut un désastre. La plage sous la maison de Joan était longue et large, un véritable paradis pour les oiseaux. Mouettes, bécasseaux, pluviers, huîtriers… tous les échassiers imaginables semblaient se nourrir des minuscules coquillages et des algues rejetées par la mer. Mais de varech ? Pas vraiment. Les enfants en étalèrent un peu sur le rivage. Les mouettes trouvèrent les spaghettis aux algues délicieux, mais le reste de la faune ailée les dédaigna.

— Je les comprends, chuchota Jenny, assise à côté de Silas.

Mais les enfants, eux, semblaient décontenancés.

— Maman n'aimerait pas ça, dit Sam d'un air sombre, et

le sourire de Silas s'évanouit – avait-il persuadé ce garçon de jeter la nourriture de sa mère pour rien ?

— Bon, prochaine étape, la mer ! lança Jenny en se levant d'un bond pour attraper une barquette dans la brouette et l'apporter au bord de l'eau.

Elle portait un short délavé et un T-shirt étriqué. Ses cheveux étaient relâchés. Debout dans l'eau peu profonde, elle souriait aux enfants, qui la regardaient tristement.

Elle versa le contenu de la barquette dans l'eau. Cette baie était magnifique, immaculée, avec du sable doré et des eaux turquoise. De douces vagues léchaient les genoux de Jenny, ondulant jusqu'au rivage de la crique abritée. Déverser de la nourriture dans un tel endroit paraissait incongru. Devait-il ajouter la pollution à sa liste d'erreurs ? songea Silas, morose.

Puis, soudain... on perçut un mouvement. Une traînée d'argent jaillit des eaux plus profondes. Un banc de petits poissons apparut comme un éclair, juste sous la surface. Qu'est-ce qui les avait amenés ? L'odeur ? Quoi qu'il en soit, ils déferlèrent en rangs serrés telle une énorme masse mouvante, et soudain ce fut le chaos. C'était comme si l'eau autour des jambes de Jenny était vivante, vibrante, véritable tapis d'argent brisant la surface, tandis que les poissons plongeaient pour attraper autant de nourriture qu'ils le pouvaient.

Ensuite vinrent les plus gros poissons. Les enfants criaient, maintenant, les yeux écarquillés. Ils voulurent rejoindre Jenny dans l'eau, mais Silas les rappela.

— Sam ! Ruby ! Aidez-moi à me relever !

Sam et Ruby prirent chacun un bras, l'aidèrent à se hisser sur ses pieds, s'assurant qu'il avait ses béquilles. Puis ils filèrent en direction de l'eau, saisissant d'autres barquettes au passage.

Il ne pouvait pas les rejoindre – son plâtre n'était guère adapté pour patauger, et la dernière chose dont il avait besoin était de le remplir d'eau salée et de sable – mais ce n'était pas grave. Il lui suffisait de se tenir en équilibre sur ses béquilles pour observer la scène.

Il avait passé du temps en mer et connaissait les poissons,

alors, même d'ici, il devinait que les plus petits étaient des anchois. Les plus gros arrivaient maintenant, carangues, mulets, maquereaux à queue jaune, daurades… Il s'approcha pour mieux les distinguer.

Les enfants étaient dans l'eau, à présent, et laissaient éclater leur joie. Près de Jenny, Sam et Ruby versaient la nourriture dans l'eau, et on aurait dit que les poissons venaient leur manger dans la main.

Tom, un peu plus nerveux, restait près du rivage. Les petits poissons avaient reculé, menacés par les plus gros. Assis dans l'eau peu profonde, Tom tendit les mains, ravi de voir les fléchettes d'argent effleurer ses doigts.

De temps à autre, il jetait un coup d'œil à Silas comme pour quêter son approbation, et celui-ci, avec sa longue expérience de pédiatre et sa connaissance de sa propre fille, comprit tout à coup que Tom le considérait comme son repère, son ancrage.

Cela n'aurait pas dû avoir d'importance. Il était de passage dans la vie de cet enfant, dans leur vie à tous. Mais cela lui faisait beaucoup de bien, lui donnant l'impression d'avoir de nouveau… une famille ?

Et, à cette pensée, la nostalgie monta en lui telle une lame de fond, si vive qu'il faillit perdre l'équilibre. Cette même nostalgie qui l'avait poussé à embarquer seul sur le bateau de son père pour aller au bout du monde, dans l'espoir de chasser ses démons.

Et soudain il se rendit compte que Jenny le regardait depuis le rivage, quittait les enfants, pataugeant hors de l'eau pour le rejoindre.

— Silas ? Qu'est-ce qui ne va pas ? Tu as mal ? Je peux faire quelque chose ?

Cette femme qui avait relevé tous les défis, qui avait mis sa vie entre parenthèses, lui offrait son aide. Sa douleur était-elle visible à ce point ? Il devait se ressaisir à tout prix.

— Hé, dit-elle doucement. Tu en fais trop, tu dois être épuisé. Laisse-nous te ramener à la maison.

— Tu priverais les enfants de ce spectacle ? Pour m'aider ?

— Et ils accepteraient volontiers, dit-elle en souriant aux enfants, qui criaient toujours de joie. Ce sont de bons gamins. Et cette soirée… Silas, c'est génial !

Et, comme à propos, Sam sortit de l'eau pour récupérer une nouvelle barquette d'algues et il s'arrêta devant eux, les yeux brillants.

— Maman aurait adoré ça, dit-il d'un ton bourru, et Jenny se pencha – pas beaucoup, car Sam, à douze ans, était déjà presque aussi grand qu'elle, mais suffisamment pour le serrer dans ses bras.

— Oui, elle aurait adoré. Et ton papa aussi. On peut décider que cette soirée est pour eux, d'accord ?

Sam se raidit. Il ne rendit pas l'étreinte, mais ne recula pas, alors Jenny ajouta, sans le lâcher :

— Nous avons eu un enterrement pour ta mère et ton père. Mais ça, c'est mieux. C'est un véritable adieu, et, si tes parents nous regardent, je pense qu'ils doivent beaucoup s'amuser. Utiliser les choses que ton papa a ramassées et que ta maman a cuisinées pour nourrir les oiseaux et les poissons qu'ils aimaient est une très belle idée. Quand la marée montera, elle emportera tous les restes pour nourrir d'autres poissons. Les petits morceaux laissés sur la plage vont nourrir les vers marins, les crabes, tout ce qui vit dans le sable. À mon avis, ta maman et ton papa doivent être fiers de vous ! Et surtout de toi, Sam, car tu t'es occupé des petits et tu as pris de bonnes décisions.

Il y eut un moment de silence, puis, incapable de résister, le garçon enroula ses bras maigres autour de la taille de sa tante.

Ils restèrent ainsi un long moment, pendant lequel Silas garda le silence. Finalement, Sam recula et Jenny le laissa aussitôt partir.

— Faut que j'aille nourrir d'autres poissons, marmonna l'adolescent d'une voix enrouée.

— Bien sûr, répondit Jenny, et il déguerpit.

Le silence se fit de nouveau, puis Silas fouilla dans sa poche, sortit son mouchoir et le tendit à Jenny.

Elle s'essuya les yeux, puis le rangea soigneusement dans la poche de son short et recommença à surveiller les enfants.

— Ils ont été aimés, tu sais, raconta-t-elle. Chris et Harriet étaient des parents bizarres, mais il n'y a jamais eu aucun doute sur le fait qu'ils aimaient leurs enfants. C'est peut-être pour ça que cette soirée paraît si importante. Comme Sam était malade, il a été décidé de ne pas leur imposer les funérailles – sans Sam, les petits auraient été perdus –, donc ils n'ont pas eu de réelle occasion de dire au revoir. Alors ils se rattrapent avec cette fête…

Jenny avait raison, quelque chose semblait avoir été retiré des épaules de ces enfants. Ils étaient moins sur la défensive. Tom devenait chaque jour plus courageux, se risquant à rejoindre son frère et sa sœur. Ils jouaient maintenant avec les poissons, essayant de toucher les flancs lisses et écailleux des plus gros tandis que les plus petits leur filaient entre les doigts. Les chiens jappaient et sautaient dans l'eau, ravis, eux aussi.

Harper aurait adoré ça.

— Silas, qu'est-ce qui est arrivé à ta fille ? demanda doucement Jenny.

— Elle… Elle a été tuée. Dans un accident de voiture.

— Mon Dieu ! Il y a combien de temps ?

— Deux ans.

Pourtant, il avait l'impression que ça ne faisait que quelques semaines.

— Elle… Elle avait quel âge ?

— Sept ans.

— Et ta femme ? Ou ta compagne ?

Elle avançait avec prudence, prête à faire machine arrière.

— Charlotte était ma femme, répondit-il. Elle est morte dans l'accident, elle aussi. Ainsi qu'un type avec qui elle couchait depuis presque un mois.

— Oh ! Non…

C'était le moment pour lui de se taire, comme il le faisait habituellement quand on parlait d'eux. Cela remontait à deux longues années, et la douleur aurait dû s'atténuer. Mais elle était brusquement là, au premier plan, et en parler semblait être la seule option possible.

— J'ai été idiot de la laisser partir, reprit-il. Je savais que ça n'allait pas bien entre nous, mais je ne pensais pas que ça allait si mal. Mais Charlotte voulait absolument partir pour des vacances prolongées à la montagne, et il y avait une école de ski pour les enfants dans la station. Je ne pouvais pas prendre beaucoup de congés, alors elles y sont allées sans moi. « On va s'éclater ! avait dit Charlotte. Tu pourras venir le week-end, mais ce sera une semaine entre mère et fille. Harper et toi passez votre temps ensemble, c'est mon tour, maintenant ! » Et c'était vrai. Depuis qu'elle était toute petite, Harper avait tendance à s'accrocher à moi. J'étais absorbé par mon travail, mais je m'occupais beaucoup d'elle. On jouait ensemble, on faisait voler des cerfs-volants, on faisait du vélo. Charlotte ne s'intéressait pas à… la plupart de ces choses.

Il ferma les yeux un moment avant de poursuivre.

— Je suppose, avec le recul, que j'étais égoïste. Je n'ai pas inclus Charlotte autant que j'aurais dû – après notre mariage, nos intérêts ont semblé diverger – mais j'aimais être avec Harper.

— Tu es pédiatre. Tu aimes forcément les enfants.

— Je ne peux pas te dire à quel point j'ai aimé Harper. Je voulais une famille. J'étais fils unique, mais mes parents m'ont toujours donné l'impression qu'on formait un trio. Une famille. Je n'ai pas réussi à offrir cela à ma fille. Je n'ai pas essayé de rejoindre Charlotte au ski. Je n'ai même pas été surpris quand j'ai appris qu'elle sortait avec un autre, ajouta-t-il en secouant la tête.

— Je suis désolée, Silas…

Et elle avait l'air… un peu désemparée. Il n'avait pas eu l'intention de l'accabler avec son histoire, mais c'était fait, maintenant.

— C'est pour ça que tu as décidé de faire le tour du globe sur un voilier ? demanda-t-elle.

— Peut-être.

Sûrement, même. Après leur mort, son monde lui avait semblé perpétuellement gris. L'idée de partir tout de suite…

— Donc si tu t'étais noyé dans ma crique, tu t'en serais moqué ?

Son malaise avait brusquement laissé place à l'empathie, et il se souvint que cette femme était médecin. Elle posait les questions difficiles. C'était un principe de base enseigné dans les écoles de médecine du monde entier. Le suicide était-il une option ?

— Je n'ai jamais eu l'intention de me tuer, si c'est ce que tu veux savoir.

— Non, dit-elle doucement. Mais est-ce que tu essayais activement de ne pas le faire ? Naviguer en solitaire…

— Je ne pouvais pas faire autant de mal à mes parents.

— Mais… et toi ? Pour quoi vis-tu, Silas Braden ?

S'ensuivit un long silence pendant qu'il essayait de trouver quoi dire. Comment répondre. Sa question – ou peut-être simplement sa présence – avait en quelque sorte brisé les fragiles défenses qu'il avait érigées au cours des deux dernières années, dévoilant… rien. Un vide douloureux.

Il regarda le rivage, où les enfants s'amusaient avec les chiens. Ils semblaient paisibles. En bonne santé. Heureux. Voilà à quoi il s'était accroché ces deux dernières années : à son travail de pédiatre. C'était sa raison de se lever le matin. Peut-être sa seule raison de vivre.

— Mon travail, répondit-il. Dieu merci, je suis médecin !

— Et pourtant tu voulais quand même partir.

— Ce n'est pas suffisant.

Il fallait qu'il se taise au plus vite ! D'ici peu, elle allait lui suggérer des antidépresseurs, et c'était la dernière chose qu'il voulait. Combien de ses collègues avaient évoqué ce type de soins, comme si la pharmacopée pouvait guérir les tragédies ?

— Et toi, alors ? demanda-t-il. Tu n'es pas très famille ?

— Tu trouves ? riposta-t-elle en désignant les enfants.

— Avant la mort de ton frère, tu n'avais pas de compagnon ?

— Non, répondit-elle, et un sourire se dessina soudain

sur ses lèvres. Enfin, si, il y avait Hugh. On sortait ensemble depuis six semaines quand Chris et Harriet ont été tués. Hugh est radiologue à Sydney Central, le rêve de toute femme. Il dit toujours ce qu'il faut, un de ces types qui ont réponse à tout. Mais quand je lui ai dit que j'élevais trois orphelins, il est resté bouche bée. Sa fierté et son orgueil lui dictaient qu'il devait proposer son aide, mais son moi profond ne pouvait fuir assez vite. L'argent a été sa réponse. Il a proposé de payer le loyer de mon appartement, puis il est parti pour une conférence en Suède. Une conférence à laquelle je jure qu'il n'avait pas songé à assister avant la mort de Chris et Harriet.

— Quel idiot !

Elle haussa les épaules.

— Non. C'était une offre très généreuse, et comment lui reprocher de ne pas vouloir s'impliquer ? J'ai ressenti un peu la même chose autrefois. Quand mon père et ma mère se sont séparés, mon frère et moi nous sommes séparés en même temps qu'eux. Je suis allée avec maman sur le continent, et Chris est resté ici avec papa et son varech. Maman a beaucoup souffert d'avoir abandonné Chris, et je lui rappelais en permanence qu'elle avait deux enfants. Elle était… distante. Je pense que, même à l'époque, je lui en voulais de m'avoir éloignée de papa et de Chris. Je crois que c'est l'une des choses qui me poussent maintenant. J'ai besoin que ces enfants restent une fratrie et sachent que je serai toujours là pour eux.

— Du fait que tes parents n'étaient pas là pour toi ?

— Sans doute, répondit-elle.

Et, d'un coup, le chagrin resurgit, et il revit Charlotte partant en voiture avec Harper, qui lui faisait coucou par la vitre arrière. Les regrets, les récriminations affluèrent, comme toujours… Pourquoi ne les avait-il pas accompagnées ?

— Silas ? Qu'est-ce qu'il y a ?

— Rien, répondit-il. On parlait de toi. Et de ta famille qui te manquait.

Elle lui jeta un regard étrange et continua.

— Je suppose que ce n'était plus le cas, après un certain

temps. Perdre Chris a été dur, mais je n'avais que six ans. Je me suis fait de bons amis à l'école. J'étais intelligente, j'aimais la médecine et… eh bien, je crois que je suis devenue une fêtarde. Je m'amusais bien. Mon appartement était super. Pendant mes études, j'avais une jolie petite voiture de sport, rouge vif. Elle est toujours au garage à Sydney. Peut-être que c'est comme le varech et les animaux en peluche, ajouta-t-elle : je ne supporte pas encore l'idée de la lâcher…

Elle s'interrompit quand le plus jeune des chiens, Nipper, sortit de l'eau et s'approcha. Il sauta sur Jenny, qui le repoussa, et il s'ébroua, projetant partout du sable et de l'eau, avant de repartir d'où il était venu.

— Tu n'aurais pas envie… de t'engager dans une relation, maintenant ? lança-t-il sans réfléchir.

Il vit son visage se fermer.

— Non.

— Désolé, Jenny, c'était stupide. Oublie. Quand on me dit que je devrais trouver quelqu'un, j'ai envie de tuer !

Elle parvint à sourire.

— Oui, c'est une question stupide, en effet. Mais qui sait ? Peut-être qu'il y a quelque part un beau gosse qui pense qu'une femme coincée pour toujours sur cette île avec trois enfants et deux chiens, mais sans argent, est ce qu'il y a de plus sexy au monde ! Peut-être qu'il y en a des milliers sur les applications de rencontres, tous prêts à prendre le prochain avion. En attendant, ces patates doivent être à peu près cuites, docteur Braden ! Assez d'introspection. Mangeons !

9.

Les pommes de terre sous la cendre étaient toujours un succès. À part la fois où Tom s'était brûlé. Habituellement, elle les servait avec du coleslaw et du yaourt. Ce soir, elle avait fait une folie et avait acheté du fromage, de la crème aigre et du bacon. Elle sortit les pommes de terre emballées d'aluminium, mit du beurre dans une poêle et fit frire le bacon. L'odeur fit accourir les enfants, qui se jetèrent sur la nourriture comme s'ils n'avaient pas mangé depuis une semaine. Et ils parlèrent. Le repas, qui se déroulait d'ordinaire dans un silence tendu, fut très animé. Ils dévoraient leurs patates, réclamaient toujours plus de bacon et parlaient si vite qu'elle avait du mal à suivre.

— J'ai nourri le plus gros, indiquait Ruby. Papa aurait pu l'attraper pour le dîner s'il avait été là, mais maman l'aurait grondé et obligé à le remettre à l'eau…

— Les miens étaient tout glissants, expliqua Tom. Mais j'en ai attrapé trois et les ai relâchés. Ils deviendront aussi gros que celui de Ruby.

— Tu viendras au chantier naval avec moi demain ? demanda Sam. Après… Après l'école, je veux dire.

Il y eut un moment de silence, tant la crainte d'affronter l'école était grande. Mais, si ça marchait, cela pourrait sortir ces enfants du cauchemar de chagrin dans lequel ils s'enfermaient.

— Bon, après le repas, à la douche et au lit ! lança-t-elle en se levant et en frottant ses vêtements pour en ôter le sable. Maintenant !

— On n'est pas obligés d'aller au lit avant d'être fatigués ! protesta Ruby.

— J'ai une surprise, annonça Silas. Pour demain, parce que

c'est un grand jour – Jenny va devenir le médecin de l'île et vous allez rencontrer vos nouveaux camarades de classe –, j'ai rempli le frigo. J'ai prévu un petit déjeuner buffet à volonté : œufs, saucisses, salade de fruits, toasts, confitures, tout ce que vous voulez ! Il sera sur la véranda pour tous ceux qui se lèvent assez tôt pour en profiter. Et le meilleur, c'est que… j'ai trouvé des fraises.

— Des fraises ? répéta Tom, incrédule.

— Des fraises ? dit Jenny sur le même ton.

Où les avait-il trouvées ? Certainement pas à la supérette d'Albatros, et elles auraient été bien trop chères pour être achetées sur Gannet. Ces enfants en avaient-ils déjà mangé ?

— L'année dernière, Elsa nous a acheté une glace avec des fraises congelées quand maman a dû nous emmener à Gannet chez le dentiste, dit Ruby. Elles sont comme ça ?

— Elles sont en confiture ? demanda Sam, méfiant.

— J'ai une grande barquette de fraises fraîches, répondit Silas en souriant. Et il y aura aussi de la glace. Mais vous devez aller vous coucher maintenant, pour vous réveiller à temps.

— Allez, cria Tom. On y va !

— La douche avant le lit, rappela Jenny.

Et les enfants acquiescèrent en se dirigeant vers la maison. Magique… Elle se retourna vers Silas, qui la regardait, l'air content de lui.

— Comment as-tu fait pour trouver des fraises ?

— Il se trouve que la femme de Fred, Wilma, a une serre, expliqua-t-il, très fier de lui. Il semble aussi que la petite-fille de Wilma, âgée de trois ans, ait une petite tumeur sur le front qui, selon les médecins, est inoffensive, mais qui inquiète Wilma. Ainsi, ayant entendu dire que je suis pédiatre, elle m'a demandé de regarder. Donc, pour le coût de la confirmation du diagnostic d'un hémangiome, et pour l'avoir rassurée en lui disant qu'il disparaîtrait avant qu'Angelica ait quatre ou cinq ans, j'ai reçu une grande barquette des meilleures fraises du monde.

— Bravo, tu as de l'autorité sur ces enfants !

— Tu n'es pas censée parler de mon autorité, riposta-t-il, vexé, mais me remercier. Ils vont penser à ces fraises toute la nuit au lieu de s'inquiéter pour l'école… tout ça grâce à mon génie !

— Je te remercie, dit-elle prudemment, essayant de ne pas se fixer sur son sourire. Mais je pense aussi que je suis plutôt bonne pour diagnostiquer les hémangiomes.

Les hémangiomes apparaissaient dans les premières semaines après la naissance et terrifiaient les parents, mais ils disparaissaient généralement avant que l'enfant n'atteigne l'âge scolaire. Les parents d'Angelica avaient été rassurés par leur médecin traitant, mais ils n'avaient manifestement pas été capables de réconforter Wilma.

— Je vais m'assurer qu'ils sont lavés et au lit, dit-elle précipitamment. Tu veux un coup de main pour remonter à la maison ?

— Non. Je préfère rester ici un moment et profiter du coucher de soleil. Il y a une bouteille de vin dans le frigo. Si tu couchais les enfants et qu'ensuite tu la ramenais pour boire un verre avec moi ?

Il ne fallait pas. Non, il ne fallait surtout pas.

— Quelle bonne idée ! s'entendit-elle répondre, avant de s'enfuir.

Elle retourna lentement à la maison, puis s'assit un moment dans la véranda, laissant aux enfants le temps de se débrouiller. Ils détestaient qu'elle soit sur leur dos, et défendaient farouchement leur indépendance.

Elle ferait bien de les imiter, se dit-elle, persuadée que revenir à la plage était une mauvaise idée. Silas était un naufragé de la vie. Il resterait ici six semaines et repartirait pour reprendre le fil d'une vie qu'elle désirait de toute son âme. Une vie dont il n'avait pas envie, hélas !, rongé qu'il était par la tristesse et les regrets.

Il s'en remettra, songea-t-elle. Mais elle, comment pourrait-elle recommencer ?

Pour chasser ces idées noires, elle décida d'aller voir les enfants.

La maison était grande. Ils avaient proposé à Sam une chambre pour lui tout seul, mais les enfants avaient décidé de dormir tous ensemble. Ils avaient traîné un matelas de la chambre simple dans la chambre à deux lits, plus grande, et maintenant, dans l'embrasure de la porte, elle voyait trois enfants endormis. Ils s'étaient couchés heureux.

Grâce à Silas, un homme merveilleux qui l'attendait sur la plage…

Stop ! C'était juste un ami, qui avait su l'aider au bon moment. Elle borda chacun des enfants, leur donna un baiser. D'habitude, elle était émue en les embrassant – jamais ils n'auraient permis qu'elle les embrasse s'ils étaient éveillés –, mais ce soir elle était trop distraite pour penser à la difficulté de créer des liens avec eux.

Sans plus réfléchir, elle alla chercher une bouteille de vin et deux verres et regagna la plage.

Si elle ne revenait pas, il serait dans la mouise ! Il n'était pas encore très à l'aise avec ses béquilles, surtout dans le sable. Elle allait sûrement se souvenir qu'il avait besoin d'aide, car elle n'était pas du genre à fuir ses responsabilités, loin de là. Oui, elle reviendrait, mais est-ce qu'elle apporterait le vin ? Elle viendrait juste pour l'aider à rentrer, ou pour passer un moment avec lui ?

Enfin, il la vit sortir de la maison avec une bouteille de vin et des verres. Elle s'était changée et avait mis une jupe courte, rouge à pois blancs, fluide et évasée, sur une chemise blanche over-size nouée à la taille. Elle avait discipliné ses boucles. Comme elle se rapprochait, il vit qu'elle portait des tongs, mais pas n'importe lesquelles. Des tongs de marque ? Une de ses collègues en arborait une paire à une fête que Charlotte avait organisée sur la plage, et Charlotte lui avait dit le prix. Elles le valaient peut-être, songea-t-il en regardant les pieds de Jenny. Une profusion de couleurs éclatantes, une œuvre d'art à elles seules. Fabuleuses…

Jenny aussi était fabuleuse. Sexy, et infiniment désirable ! Qu'elle ait décidé de se faire belle en son honneur lui coupa le souffle. Il se sentait soudain comme un adolescent à son premier rendez-vous.

Ce qui était idiot, car cette relation resterait éphémère. Il était ici pour six semaines, et la dernière chose dont Jenny avait besoin était de s'engager dans une relation sentimentale…

Pourtant, alors qu'il la regardait venir dans sa joyeuse débauche de couleurs, sa peau brunie par le soleil, il pensa…

— Hé ! Tu croyais que je t'avais abandonné ?

Il lui fallut une minute pour retrouver sa voix.

— J'envisageais d'attraper Pepper et Nipper par le collier pour leur demander de me tirer jusqu'à la maison. Comme des chiens de traîneau.

— Eh bien, bonne chance ! dit-elle en s'asseyant à côté de lui. Je n'ai jamais rencontré deux chiens aussi inutiles de toute ma vie. Mais on les aime pour ce qu'ils sont.

Les chiens, épuisés par leur soirée passée à chasser le poisson et à mendier du bacon, ressemblaient à deux carpettes en fourrure noire et blanche étalées sur le sable.

— Alors… merci d'être venue ! Jolies tongs, bafouilla-t-il lamentablement.

— Elles sont géniales, non ? s'exclama-t-elle en remuant les orteils avec satisfaction. Une extravagance totale. Achetées quand je n'avais pas le moindre souci d'argent. Je les ai mises en vente sur Internet, mais personne ne les a achetées. Au fait, ici, on appelle ça des strings !

Il fixa les tongs et fut assailli par l'image soudaine… de Jenny en vrai string.

Arrête ! Pense à autre chose !

Il se concentra pour verser le vin, et elle en but une gorgée. Le soleil se couchait, baignant la mer d'orange et d'or. La marée montait, doux chuchotis dans le silence du soir.

Derrière eux, une magnifique maison, des enfants endormis. Une nouvelle vie ?

— J'aimerais pouvoir faire plus pour toi, lâcha-t-il soudain.

— Eh bien, on est deux. J'aimerais pouvoir faire plus pour toi, moi aussi. Comment va ta jambe ? Tu as mal ?

Il mentit.

— Non.

— Tu veux que je te ramène pour te mettre au lit ?

— C'est une invitation à laquelle il est impossible de résister, répliqua-t-il malgré lui, un sourire coquin aux lèvres.

À son grand soulagement, elle rit.

— Dans tes rêves !

— Invitation refusée, alors, si je comprends bien ?

— Je suis partante si tu l'es, dit-elle.

Il cligna des yeux.

— Peut-être pas, alors…

— Voilà un homme sage ! Ce vin est délicieux.

— Supérette d'Albatros. J'ai demandé un vin blanc, et elle m'a proposé celui-ci. Je suppose qu'Albatros n'est pas très riche en sommeliers avertis.

— C'est plutôt bière ou whisky, ici, déclara-t-elle. De plus, Gloria, sur Wharf Road, fait une liqueur de fruits très populaire ici. Une rumeur circule aussi selon laquelle des provisions destinées à l'une des îles éloignées ont été rejetées par-dessus bord au début de la tempête dont tu as été victime. J'ai entendu dire que quelqu'un avait trouvé une caisse de champagne, mais bonne chance pour mettre la main dessus ! Donc c'est bière, la liqueur de Gloria quand j'ai envie de vivre dangereusement, et du whisky pour les urgences.

— Jenny…

— Pas de problème. Tu as résolu mon plus grand cauchemar : ramasser du varech pour le restant de mes jours. Les enfants seront à l'école demain – pourvu qu'ils s'y plaisent ! – et je vais jeter un œil à mon nouveau cabinet. Tu veux venir ? Je n'ai jamais installé de cabinet médical.

— Moi non plus. Seulement dans le cadre d'un hôpital.

— J'avoue que l'idée de pratiquer la médecine ici sans renfort m'effraie. Pour ma part, j'aime bien les hôpitaux remplis de spécialistes.

Elle but une autre gorgée de vin et étira ses jambes, remuant une fois de plus ses orteils dans le sable chauffé par le soleil.

— Alors, reprit-elle, tu vas rester ici et superviser le *Sea Raven* jusqu'à ce que tu sois prêt à reprendre la mer ?

— Peut-être pas. Je crois avoir perdu mon appétit pour la navigation en solitaire. Mais je resterai jusqu'à ce qu'il soit réparé, puis je rentrerai aux États-Unis. Doug et Fred ont dit qu'ils garderaient mon bateau. Ça peut prendre du temps, mais on finira par trouver un équipage pour le ramener.

— Je soupçonne que le meilleur cadeau d'anniversaire de ton père sera de te savoir sain et sauf. Non ?

Il soupira. Certes, son père aurait préféré savoir son cher voilier intact, mais elle avait raison. Il avait appelé ses parents depuis l'hôpital. Il avait tout avoué, mais au lieu de cris de détresse il n'avait entendu que du soulagement.

« Tu es sain et sauf ? C'est tout ce qui compte ! avait dit son père, des sanglots dans la voix. Le *Sea Raven* peut aller par le fond, je m'en fiche tant que tu vas bien. »

— Si, répondit-il à Jenny. Quand j'ai commencé à m'excuser, maman a pris le combiné et m'a grondé comme un enfant. « On pleure sur les gens, Silas, pas sur les choses. Le *Sea Raven* est magnifique, mais au final il n'est que bois et voile. Un vulgaire objet. Toi mieux que quiconque devrais savoir ça. »

— Tes parents ont l'air adorables.

— Ils le sont. J'ai eu de la chance. C'est ce que je voulais donner à Harper, ajouta-t-il en fermant les yeux : une famille.

— Je parie qu'elle se savait aimée.

— Mais je n'ai pas su la protéger. Toi, tu as tout abandonné, quitté la vie que tu aimais, pour protéger ces enfants.

— Ne nous faisons pas d'illusions. Si j'ai des problèmes un jour, ils m'aideront à leur tour. Ils sont farouchement indépendants. Ils ne veulent pas…

— Ils veulent être aimés, Jen. Ce ne sont que des enfants.

— J'y arriverai, déclara-t-elle, presque férocement. C'est tout ce que je peux faire : les aimer. C'est tout ce que je peux leur donner.

— J'ai vu le câlin que t'a fait Sam ce soir. Vous formez une famille, tous les quatre.

— Drôle de famille !

La détresse perçait sous l'ironie.

— C'est juste que… La séparation de nos parents, Chris et moi éloignés, maman qui cesse d'être affectueuse… Ces enfants seront aimés même si je dois y laisser ma peau. Je mangerai même du curry de varech s'il le faut !

Puis elle s'arrêta et réussit à sourire de nouveau.

— Mais tu m'as épargné ça. J'ai une superbe maison, la possibilité de pratiquer de nouveau mon métier… Si je n'étais pas si raisonnable, je t'embrasserais, Silas Braden.

— Tu es obligée d'être raisonnable ?

Embrasser cet homme… Pourquoi en aurait-elle envie ?

— J'ai vraiment, vraiment envie que tu m'embrasses, tu sais, dit-il.

Son sourire était une caresse à lui tout seul. Alors, sans réfléchir, elle prit son visage entre ses mains et l'embrassa.

Il s'était attendu à quoi ? Un baiser léger, entre deux adultes consentants. Entre deux adultes qui n'avaient pas approché l'autre sexe depuis… combien de temps ?

Pour lui, depuis la mort de Charlotte, ou, s'il était honnête, depuis bien avant ça. Charlotte et lui s'étaient lancés dans le mariage avec de fausses idées. Ils avaient déchanté presque dès le début, mais malgré leur mésentente il n'avait pas batifolé. Entre Jenny et lui, c'est ce que cela devait être, pensa-t-il lorsque ses lèvres touchèrent les siennes : du batifolage. Il partirait dans six semaines.

Mais, quand sa bouche rencontra la sienne, quand ses

lèvres s'ouvrirent, quand elle l'embrassa comme si sa vie en dépendait… il oublia ce mot un peu désuet.

Ce n'était pas un jeu. Jenny savait ce qu'elle voulait – et elle le voulait, lui. Il avait oublié, ou peut-être jamais su, qu'une femme pouvait donner cette sensation. Elle se fondait en lui, le goûtait, le dévorait. C'était ce qu'il ressentait – à la faveur d'un simple baiser.

Il posa les mains sur sa taille, sur sa peau chaude, lisse, nue, l'attirant contre lui, pris d'un désir urgent. Un désir brûlant qui menaçait de les consumer. C'était fou. Il était assis sur la plage, sa jambe plâtrée posée sur le sable. Jenny s'était penchée pour l'embrasser, et maintenant… il la tenait contre sa poitrine, sentait son cœur battre. Ou était-ce sien, qui menaçait de sortir de sa poitrine ?

C'était insensé, irrationnel. Soudain, il n'y avait plus que ce moment, cette sensation, cet homme qui la serrait dans ses bras. Elle l'avait embrassé… presque par bravade ? Certes, cela avait commencé de façon légère, mais il n'y avait rien de léger dans ce qu'elle ressentait maintenant. Sa bouche se fondait dans la sienne, et un désir torride les enflammait tous deux. Ses bras s'enroulaient autour de lui, et elle était plaquée contre son torse. Quand il posa ses belles mains sur la peau nue de sa taille, elle se sentit… Il n'y avait pas de mot. Il la tenait comme il aurait tenu un objet infiniment précieux, mais sans aucune pression. Elle savait que si elle reculait il la libérerait aussitôt. Mais elle se rapprocha encore et, quand il resserra les bras autour d'elle, elle eut le sentiment…

D'avoir trouvé sa place. D'être enfin chez elle.

Quelle pensée stupide ! Pour Jenny, qui avait été arrachée de l'île à l'âge de six ans et avait passé son enfance avec une mère nomade, cela ne voulait rien dire. Durant ces derniers mois, elle avait essayé d'offrir un foyer à trois enfants, mais ce n'était pas l'endroit où elle voulait être. En ce moment même, il n'y avait qu'un seul endroit où elle voulait être : dans les bras de cet homme, le lieu le plus sûr du monde.

Elle voulait sa force, sa chaleur. Elle le voulait, *lui,* et, si les circonstances avaient été différentes, elle l'aurait sans doute même supplié de l'emmener dans son lit. Mais il n'y avait aucune chance pour qu'ils puissent prolonger ce moment. Pourtant, quand le baiser se termina, elle eut du mal à détacher ses yeux des siens.

— C'était… incroyable, lâcha-t-il d'une voix rauque.

— Je ne sais pas du tout ce qui vient de se passer. Mais… ça me fait peur.

— À moi aussi, avoua Silas avec ce sourire qui la faisait fondre. Tu veux essayer d'avoir encore plus peur ?

Mais quelqu'un devait se montrer raisonnable. Elle avait trois enfants à la maison, des enfants qu'elle aimait et qui devaient être sa priorité.

— Silas, il faut rentrer, maintenant. Je vais rapporter les affaires à la maison et je reviendrai te chercher.

— Tu pourrais apporter des oreillers et on pourrait s'installer pour la nuit ?

Oh ! ce sourire… Mais elle s'était ressaisie enfin… à peu près. Elle secoua la tête.

— Pas possible. La marée va monter. Tu auras du sable dans ton plâtre. Les enfants se réveilleront et me réclameront.

— Jenny…

— Non, Silas. C'était merveilleux, mais la vie… est simplement ce qu'elle est. On doit se contenter de ce qu'elle nous donne.

— On peut essayer de la rendre plus belle.

— Tu as déjà beaucoup embelli ma vie. Ce soir, c'était formidable… mais nous en resterons là. Pour ce soir en tout cas. Et peut-être pour toujours…

10.

Quand Jenny se réveilla, la première chose qui lui vint à l'esprit fut le souvenir du baiser. Peut-être qu'il avait été avec elle toute la nuit, dans ses rêves. Dans une autre vie…

Mais il n'y avait pas d'autre vie. Il n'y avait que celle-ci, et, si la pensée du baiser persistait, elle devait trouver un moyen de le chasser de son esprit. Elle pouvait l'autoriser à resurgir dans ses rêves, mais il n'avait aucune place dans la vie réelle.

Elle réveilla les enfants et suivit le couloir – et s'arrêta, stupéfaite. Silas avait fait ce qu'il avait promis. Plus, même.

Dans la véranda, un festin s'offrait au regard. Il avait réuni deux tables d'extérieur et les avait recouvertes de… draps ? Non, ça ressemblait plutôt à des nappes d'un hôtel de luxe. Il avait mis des bouquets de giroflées écarlates dans les pots à confiture de Joan. Quant à la nourriture…

On aurait dit un buffet d'hôtel, pensa-t-elle, abasourdie. Les enfants émergeaient derrière elle, incrédules, eux aussi.

— Sympa, hein ? dit Silas, debout près du grill, fier comme un paon. Je suis prêt pour les commandes d'œufs : baveux, coulants ou bien cuits. La seule chose que je n'ai pas pu trouver, c'est une tenue de chef. J'aurais l'air bien plus professionnel avec une toque.

Il y avait du pain. Du beurre. De la confiture. Non, des confitures. Des bols. Des assiettes. Des couverts. Des serviettes, même ! Des pichets de jus de fruits. Du café.

Et des fraises. Un grand saladier de baies vermeilles.

Les enfants en étaient bouche bée. Jenny aussi.

— Où as-tu… ?

— Un coup de fil à Dianne et Ron, de la supérette, dit-il, tentant sans succès la fausse modestie. Qui savait que la livraison à domicile existait sur Albatros ? Et apparemment Ron se lève à 5 heures pour aller surfer, de toute façon. Aujourd'hui est un jour de fête – premier jour d'école pour vous, premier jour en tant que médecin de l'île pour Jenny, alors j'ai pensé que ça devait être le premier jour de quelque chose pour moi aussi. Donc premier jour d'expert en petit déjeuner !

Il portait un T-shirt délavé, un short et une botte sur son pied non plâtré, et une chaussette sur l'autre. Il était un peu rouge – à cause du gril ? – et ses cheveux étaient hirsutes. Il n'avait manifestement pas eu le temps de se raser.

Mais il avait l'air encore plus attirant que la veille, songea Jenny, qui s'efforça – en vain – de repousser ces pensées inopportunes.

Au moins, elle n'eut pas besoin de dire quoi que ce soit. Les enfants parlaient pour elle. Ils n'avaient jamais vu un tel festin, et ils criaient, mangeaient et parlaient comme… comme des enfants. Silas se joignit à eux, riant, plaisantant, et elle pensa : *Cet homme est pédiatre. Il les soigne.* Mais ce qu'il faisait pour ces enfants n'avait rien à voir avec la médecine, et elle le savait.

Il l'avait dit : il voulait une famille, et soudain elle fut frappée par ce qui ressemblait fort à une vague de panique.

— Jenny ? Qu'est-ce qui ne va pas ?

Il avait dû voir le changement sur son visage. Il avait compris.

— Euh, rien. C'est… merveilleux. Merci beaucoup.

— Tout le plaisir est pour moi, dit-il, mais son froncement de sourcils indiquait qu'il n'était pas dupe.

Elle ne devait pas s'inquiéter. D'une certaine façon, il lui montrait ce que la vie *pouvait* être. Former une famille. Vivre ici. Aimer ces enfants. Abandonner son rêve de retourner à Sydney. Elle avait beau être reconnaissante, elle ne pouvait s'empêcher d'éprouver un affreux sentiment de perte à l'idée de son départ prochain.

— On doit y aller, décréta tout à coup Sam, la sortant enfin de son brouillard mental. Fred dit qu'on doit être à l'école à 8 h 30 et qu'il faut quinze minutes à pied !

Puis sa voix faiblit, et Jenny pensa qu'il appréhendait un peu cette journée.

— On prend la voiture, déclara Silas. Si Jenny est d'accord, pour votre premier jour d'école, je pense que vous avez besoin d'une escorte. Mais, avant de partir, je veux que vous vous emportiez votre déjeuner. Les sacs en papier sont au bout de la table. Il y a du pain, du fromage, du jambon, des fruits, des gobelets dans lesquels vous pouvez mettre le reste de fraises, tout ce qui peut rentrer dans vos sacs !

Et, une fois de plus, ce fut l'excitation. Silas avait senti l'anxiété monter et avait trouvé un moyen de la neutraliser.

Pourquoi ne pouvait-il pas neutraliser la sienne ?

Les locaux, avec le soutien de l'équipe médicale de Gannet, avaient dû agir vite. Très vite. Comme si, informés qu'ils pourraient avoir un médecin à leur disposition, ils tentaient de la retenir avant qu'elle change d'avis. Ils n'avaient été prévenus que cinq jours plus tôt qu'elle s'installait en ville, mais ces cinq jours avaient été mis à profit. Ayant eu Marc plusieurs fois au téléphone, Jenny savait à quoi s'attendre, mais le résultat la stupéfia.

La supérette avait été bâtie à l'origine avec un logement attenant, mais Dianne et Ron, qui la géraient, avaient depuis longtemps décidé qu'ils n'aimaient pas être réveillés à minuit parce que quelqu'un n'avait plus de lait. Ils s'étaient donc construit une maison à l'autre bout de la petite ville, et le logement n'était plus utilisé. Jusqu'à maintenant.

Une fois les enfants à l'école, Silas et elle le visitèrent. Et c'était parfait.

Ce qui avait été le salon était maintenant aménagé en salle d'attente avec six fauteuils, un revêtement de sol neuf, une télévision. Des deux chambres, la plus grande était agencée en salle de consultation, la plus petite, en réserve, avec une table d'examen supplémentaire, pour un patient qui aurait besoin de s'allonger pendant que Jenny en examinait un autre. Il y avait une salle de bains fonctionnelle. Une buanderie. Un coffre de jouets dans la salle d'attente, et un distributeur de lingettes avec un panneau : « Veuillez essuyer les jouets après usage ». Il y avait aussi une énorme boîte de mouchoirs en papier sur le bureau de Jenny, ainsi que tout le matériel dont elle était susceptible d'avoir besoin.

— C'est super, s'exclama Silas. Non ?

Jenny regarda les mouchoirs avec appréhension.

— Il y a généralement des infirmières là où je travaille, dit-elle d'une voix faible. Elles distribuent des mouchoirs.

— Oui ; je le fais souvent, moi. Un gosse arrive avec le nez qui coule et j'en donne un à sa mère ou à son père.

Elle sourit mais son sentiment de panique ne diminua pas.

— Et si c'est le parent qui a besoin de mouchoirs ?

— Oui. Je suppose qu'un médecin urgentiste n'a pas à s'occuper de l'aspect émotionnel de la consultation médicale. Mais tu y arriveras, Jen. Tu es une femme forte !

Et soudain son bras fut autour d'elle et la serra, ce qui l'effraya encore plus.

Quatre mois plus tôt, elle était célibataire et menait une vie insouciante. Elle travaillait dur, mais elle s'amusait aussi beaucoup. Les problèmes, c'était pour les autres, pas pour elle. Maintenant, elle avait trois enfants totalement dépendants d'elle et une communauté qui comptait sur elle en tant que médecin, pour soigner, écouter, consoler et guérir…

Et il y avait cet homme, près d'elle, qui la tenait dans ses bras. Il embrassa ses cheveux, à peine un effleurement pour la rassurer mais qui produisit l'effet contraire.

— Je serai là pendant les prochaines semaines, murmura-t-il. Tu vas y arriver, Jen. Tu seras géniale.

— Je ne pense pas vouloir être géniale. Je veux…

Mais peu importe ce qu'elle voulait. Sa vie était écrite : elle ne pouvait pas quitter cette île, ni s'éloigner des enfants.

Si elle voulait se tourner vers cet homme à côté d'elle et s'abandonner à son étreinte, à sa force… elle ne le pouvait pas. Ou plutôt elle ne le devait pas. Il était là pour quelques semaines encore, et ensuite il partirait.

Elle s'écarta si brusquement qu'il tituba. Il s'était appuyé sur une seule béquille pendant qu'il l'enlaçait, et elle le rattrapa de justesse.

— Silas, c'est génial. Tu arriveras à rentrer à la maison ? Je peux te conduire si tu veux, mais j'ai besoin de temps pour réaliser. Il faut que j'appelle Marc, que je sache comment organiser les ordonnances, à quels spécialistes adresser les patients, ce genre de choses…

— Je peux t'aider.

— Tu m'as déjà beaucoup aidée. Tu dois être épuisé et je n'ai pas besoin de toi ici. Rentre à la maison, dit-elle gentiment mais fermement. Ton aide a été précieuse, mais je pense que tu devrais faire une sieste.

La maison de Joan n'était qu'à trois pâtés de maisons, un trajet à peu près gérable malgré son plâtre. Il n'était pas habitué à conduire du côté droit, mais ce n'était pas non plus une grande autoroute. Il croisa un homme sur un tracteur, qui le salua comme un vieil ami. Mais, lorsqu'il arriva et se laissa tomber dans un fauteuil sur la véranda, il avait l'impression d'avoir couru un marathon. Il ne s'était jamais senti aussi faible de toute sa vie et, il devait l'admettre, le petit déjeuner lui avait demandé un gros effort. Jenny avait raison. Il avait besoin de repos.

Mais il se sentait bien. Il avait assuré. Il l'avait aidée. Dans cette maison, de ce côté de l'île, avec les enfants à l'école, avec son cabinet, elle serait sûrement heureuse.

Pour l'instant, elle ne l'était pas. Il avait vu son regard de panique quand elle avait découvert son nouveau cabinet. Encore une étape qui marquait la fin de son ancienne vie.

Il se remémora la sensation qu'il avait eue ce matin, en

la tenant dans ses bras. Il s'était senti soutenu autant qu'il la soutenait. Étrangement, c'était le sentiment que cette expérience lui donnait. La mort de Charlotte et Harper avait bouleversé son monde, mais ici, avec cette femme, ses fondations semblaient se consolider.

Parce qu'on avait besoin de lui ? Mais il n'était plus utile, désormais. Il avait fait ce qu'il pouvait. Il pouvait partir.

Mais pas en bateau. Continuer la navigation en solo était hors de question. Le *Sea Raven* était entre de bonnes mains. Doug et Fred en prendraient soin même une fois réparé, s'il devait rester au port quelques mois jusqu'à ce qu'un équipage le ramène. Il y avait deux vols Gannet-Sydney par semaine. De là, il rentrerait chez lui. Un vol international serait pénible avec un plâtre, mais il avait les moyens de réserver deux sièges. Il pourrait faire le point avec Marc et rentrer… peut-être même demain. Mais il n'en avait pas envie. Pourquoi ?

Parce qu'il pouvait aider Jenny.

Comment ? Elle devait apprendre à gérer le cabinet seule. Les enfants étaient déjà indépendants, et elle s'en occupait depuis la mort de leurs parents. S'il restait, ils risquaient de dépendre de lui, et c'était idiot. À moins que…

Il pensa soudain à sa maison, en Californie. Celle de ses parents était magnifique, située sur un superbe jardin de cinq hectares en bord de mer. La sienne était voisine et tout aussi belle.

Au début, Charlotte avait caché son aversion, admettant que cela pouvait être un endroit formidable pour des fêtes le week-end. Elle avait même pris plaisir à embaucher les meilleurs décorateurs, les meilleurs jardiniers paysagistes. Le résultat final était fantastique. Lors de ces premières années, ils avaient parlé d'avoir plusieurs enfants. Ils emploieraient une nounou, car Charlotte et lui étaient tous deux très engagés dans leur carrière, mais ils resteraient des parents impliqués. Ses propres parents adoreraient que leurs petits-enfants vivent près d'eux. Charlotte et lui pourraient faire la navette. Ce serait une maison familiale.

Ensuite, Harper était née et le rêve s'était évanoui. Charlotte et lui n'étaient plus sur la même longueur d'onde. « Cet endroit est bien pour les week-ends, avait-elle dit. Mais rester enterrés ici pendant la semaine, ou même l'hiver… Pas question. Et puis je ne crois pas que j'aurai d'autres enfants… Un seul me suffit. »

Ils avaient donc déménagé dans un appartement luxueux près de l'hôpital où ils travaillaient, mais aussi près de la grande vie que Charlotte avait l'intention de mener, et qui n'incluait pas une famille.

Une famille.

Soudain, l'idée lui vint. Il pouvait donner une famille à Jenny et à ses enfants. Il pouvait leur offrir son rêve.

Il était allongé au soleil, à moitié endormi mais assez conscient pour laisser le rêve grandir. Sa carrière avait décollé. Il était – avait été – chef du service pédiatrie dans l'un des hôpitaux les plus prestigieux de Californie, mais il avait démissionné pour ramener le *Sea Raven*. Il y avait d'autres postes, cependant. Il y avait un grand hôpital à seulement dix minutes de chez lui, ou plutôt de sa maison de week-end…

Mais si ce n'était pas une maison de week-end…

Jenny pourrait travailler là-bas aussi. L'accréditation médicale serait facile, les diplômes australiens étaient reconnus dans le monde entier. Ils trouveraient une bonne école pour les enfants. Il y aurait le jardin, la plage, une vie fantastique pour eux. Et pour ses parents. Harper leur manquait aussi fort qu'à lui, mais il savait que Sam, Tom et Ruby soulageraient sûrement leur douleur.

Tout le monde y gagnerait, conclut-il, tandis que ses pensées revenaient à Jenny.

Et là était le cœur de tout son plan. Jenny, dont les mains l'avaient soutenu. Jenny, dont le baiser la veille avait chassé le brouillard, avait anesthésié sa douleur. L'avait libéré ?

Il la désirait. C'était trop tôt. Trop rapide. Il le voyait bien. Il la connaissait depuis à peine plus d'une semaine, dont la moitié passée à l'hôpital, sur une autre île.

Et pourtant une part de lui *savait*. Dans ses bras, la veille, il s'était senti enfin chez lui. Et il lui avait semblé qu'elle aussi avait trouvé sa place.

11.

Pour Jenny, les semaines qui suivirent furent intenses, et elle eut l'impression de sortir peu à peu d'un long cauchemar.

Son monde n'était pas parfait. Si elle avait eu le choix, elle ne se serait pas occupée seule de trois orphelins sur une île isolée, loin de la vie qu'elle avait connue et aimée. Elle ne se serait pas non plus installée comme médecin dans un tel endroit.

Heureusement, pour l'instant, elle avait Silas.

À sa grande joie, les enfants s'étaient adaptés à l'école et s'y sentaient désormais comme des poissons dans l'eau. Les craintes et les préjugés inculqués par leurs parents semblaient s'être dissipés dès le premier jour. La petite école avait deux enseignants. Mme Graham était une artiste, qui peignait des impressions abstraites – et souvent singulières – de tout ce qui l'entourait. Elle était un peu folle, un peu extravagante, et adorait les enfants. M. Sanderson était un ancien scientifique de la marine qui avait décidé qu'Albatros était son idée du paradis. Ensemble, ils créaient un environnement formidable pour les désormais dix-sept enfants dont ils avaient la charge, et les petits rentrèrent le premier jour en parlant déjà de leurs amis.

— Lou a quatre kayaks sous sa maison et il dit que son père nous emmènera en faire ce week-end. Je peux y aller, Jenny, s'il te plaît ? demanda Sam le premier soir.

Le changement opéré en lui était extraordinaire, et Ruby et Tom faisaient preuve de la même excitation. Le cabinet de Jenny connaissait le même succès ; c'était presque trop. Dès le jour de l'ouverture, la salle d'attente était pleine.

— C'est beaucoup de rattrapage, dit-elle à Silas alors qu'ils prenaient un verre dans la véranda, après le dîner.

Les gens ont ignoré ce qu'ils pensaient être des petits bobos insignifiants qui ne valent selon eux pas la peine de prendre le ferry jusqu'à Gannet. Mais certains de ces maux ne sont pas insignifiants. Un pêcheur est venu aujourd'hui pour me montrer une petite rougeur sous ses lunettes. Cette lésion ressemble à un carcinome. S'il l'avait laissée plus longtemps, elle aurait pu atteindre les paupières… Il va à Gannet demain pour voir si le chirurgien peut l'enlever.

— Donc tu t'en sors bien ?

— Il y a un besoin certain.

— Ça te plaît ?

— Je crois.

Les enfants étaient allés se coucher et Silas avait apporté une bouteille de vin dans la véranda. Le soleil couchant projetait sa lueur mandarine sur l'océan, un spectacle auquel elle s'habituait.

Elle devrait déménager, cependant, car Joan voudrait peut-être récupérer sa maison. Même si ce n'était pas le cas, elle n'aurait sans doute pas les moyens de la racheter. Où iraient-ils lorsque ce bail de douze mois prendrait fin ?

— Et, à long terme, comment vois-tu les choses ? demanda Silas, comme en écho à ses pensées.

— Un jour après l'autre, répondit-elle. Qui sait, un autre miracle pourrait s'échouer sur la plage.

— Je ne suis pas un miracle.

— Tu l'as été pour moi.

— Eh bien, le sentiment est réciproque. Jenny…

Quand il posa son verre et se tourna vers elle, elle se leva, un peu trop vite.

— Je… Je dois aller me coucher.

— Pourquoi ?

— Parce que je suis fatiguée.

— Parce que tu ne veux plus rester ici avec moi ?

— Non. Silas, je ne peux pas me permettre de m'habituer à ça. Tu sais, tu pourrais rentrer chez toi, maintenant. Tes poumons vont beaucoup mieux.

— Je partirai quand on m'enlèvera le plâtre, mais je suppose que ça dépend si je peux rester jusque-là.

— Tu payes le loyer. Bien sûr, que tu le peux.

— Je ne crois pas que ce soit une question d'argent, Jenny, dit-il en souriant. Mais entre nous…

— Non.

Ils ne s'étaient pas embrassés depuis cette première soirée. Ils ne s'étaient pas touchés, et pourtant on aurait dit qu'une force invisible les poussait l'un vers l'autre.

Dans d'autres circonstances, ils pourraient avoir une liaison torride, songea-t-elle. Mais maintenant… Elle avait trois enfants, et cet homme partait dans quelques semaines. Elle devait s'adapter à une nouvelle réalité, et céder à son désir serait un désastre.

— Silas, je ne peux pas me permettre d'être plus proche de toi que je ne le suis maintenant.

— Tu ne peux pas ou tu ne veux pas ?

Il la fixait de ses magnifiques yeux interrogateurs mais pleins d'empathie. Comment arrivait-il à montrer qu'il tenait à elle rien qu'en la regardant ?

— Silas, j'ai envie de toi, dit-elle sans détour, car elle n'avait d'autre choix que d'être honnête. Tu le sais, mais franchement ça me fait peur.

— Tu n'as rien à craindre de moi, Jen.

— Si je vais plus loin, dans quatre semaines, tu partiras et je devrai continuer ma vie. Or pour mon bien, pour celui des enfants, je ne peux pas me permettre de m'engager dans une aventure sans lendemain. Je suis sûre que tu comprends… Bonne nuit, Silas.

Resté seul dans la véranda, Silas regarda la mer, les étoiles scintiller sur l'océan, laissant les idées qu'il avait eues ce matin tourbillonner dans son esprit. Plus il y pensait, plus cela semblait être… le destin.

Jenny avait envie de lui. Il avait envie d'elle. De l'avoir dans son lit… La tenir, se réveiller chaque matin avec sa chaleur, ses rires, son amour…

C'était déjà un attrait en soi, mais il y avait plus. Les idées avaient germé et s'étaient développées en une vision de l'avenir – une maison remplie d'enfants, de bruit, de chiens, de désordre. Certains hommes auraient blêmi, mais pour lui c'était comme le chant des sirènes. Harper lui manquait atrocement, et le gouffre dans sa vie semblait s'agrandir au fur et à mesure que le temps passait. Avoir une famille…

Il lui restait quatre semaines. Du temps pour réfléchir un peu plus. Du temps pour convaincre Jenny de ce qu'ils pouvaient accomplir ensemble.

Il se leva et s'étira. Sa jambe avait cessé d'être douloureuse pour n'être plus qu'une entrave à ses mouvements. L'oisiveté forcée lui faisait du bien – mentalement aussi bien que physiquement. Il était temps de passer à autre chose. Temps de trouver le bonheur ?

Il était presque à portée de main, mais il devait se montrer patient. Il avait un prétexte pour rester ici pour le moment.

Aurait-il assez de temps pour former une famille ?

Deux semaines plus tard, Jenny regardait le plafond de sa chambre, sans parvenir à trouver le sommeil. Pourquoi ? Elle vivait dans une maison géniale, les enfants étaient très heureux et son petit cabinet montait en puissance.

La jambe de Silas guérissait bien. Cet après-midi, il les avait même rejoints pour une partie de football sur la pelouse. Il jouait le rôle de gardien de but. Avec l'aide de son plâtre, il avait arrêté la plupart des ballons…

Quand son téléphone sonna, elle fut presque heureuse d'être tirée de ses pensées. C'était Ron, le propriétaire de la supérette, qui faisait aussi office de policier de l'île.

— Doc ? On a un problème. Tu sais, tous ces trucs échoués sur la plage pendant la tempête ? Il semble que deux gamins, Luke Miles et Toby Stafford, aient trouvé une caisse d'alcool.

De la vodka très forte. Ils l'ont cachée et, ce soir, eux et leurs copains l'ont emportée dans la grotte, près de la rampe de mise à l'eau. Ils l'ont mélangée avec du coca bien sucré et l'ont bue rapidement, comme une purge. Ils en ont pris plusieurs verres. Finalement, l'un d'entre eux a réalisé ce qui se passait, a pris peur et a réussi à tituber jusqu'à la route. Alfie Bligh l'a trouvé presque évanoui et lui a demandé où étaient les autres. Ils sont cinq gosses, entre treize et quinze ans, tous ivres morts. Alfie a téléphoné et il a l'air terrifié. Il dit que certains d'entre eux ont l'air inconscients. Tu peux venir ? Si j'envoie ma femme chez toi pour garder les enfants, ton ami médecin peut venir aussi ? Je pense qu'on aura besoin de toute l'aide possible.

— Dis à Alfie de les allonger tous sur le côté s'il peut ! lança-t-elle. Le plus grand danger est l'étouffement, alors il faut vérifier leurs voies respiratoires encore et encore. Je suis en route.

Elle raccrocha et se précipita dans la chambre de Silas.

En bon médecin, Silas fut debout en deux secondes. Quand Dianne, la femme de Ron, arriva en trombe, il était habillé et prêt à agir.

— Tu peux appeler Gannet et les prévenir ? demanda Jenny à Dianne. J'imagine qu'on devra évacuer, qu'ils se tiennent prêts. Si les enfants se réveillent, dis-leur juste que quelqu'un est très malade et que Silas et moi devons partir.

— Compris, répondit Dianne. Filez !

Ils s'arrêtèrent au cabinet et prirent tout ce dont ils pensaient avoir besoin, puis ils se dirigèrent vers le hangar à bateaux. Les mains de Jenny étaient crispées sur le volant. Grave intoxication alcoolique. Cinq ados. Où étaient le service d'urgence, le grand hôpital, son équipe, quand elle en avait le plus besoin ?

Soudain, la main de Silas fut sur la sienne.

— Respire à fond, Jen ; c'est pour ça qu'on a été formés.

On peut le faire. Surtout toi, qui as l'habitude des urgences. C'est la même chose, mais sans les blouses blanches.

— Et sans mon équipe.

— Je suis ton équipe.

Bizarrement, la remarque l'apaisa. Aux urgences, quand on les appelait pour leur annoncer que de nombreux patients devaient arriver, c'était le chaos organisé pendant que le service se préparait à les recevoir. Mais ensuite il y avait souvent un moment de calme, avant que les portes s'ouvrent et que leur travail commence. C'est à cela que ça ressemblait maintenant, pensa-t-elle. Elle était une professionnelle. Elle pouvait le faire.

Qui plus est, elle avait un professionnel à ses côtés.

— On sait quelque chose sur ces gamins ? demanda-t-il.

— Je ne les connais pas. Mais j'imagine qu'ils vont à l'école à Gannet. Ils devaient être chez eux lors de la tempête, ils ont trouvé l'alcool et l'ont caché. Ils ont dû aller à la grotte pour faire la fête.

— Tu parles d'une fête !

— Comme tu dis.

Ils se turent de nouveau. Vodka et coca... Des gamins qui se lancent des défis. Qui boivent ça comme du soda.

— Leur taux d'alcoolémie va sans doute continuer à monter. J'ignore combien de temps ils ont bu.

— Lavage d'estomac ? suggéra Silas.

— Plus maintenant. Ça peut faire plus de mal que de bien. On doit embarquer autant de liquide que possible. L'hydratation est impérative, tout comme le maintien de leur taux de sucre sanguin, mais on doit se concentrer sur les voies respiratoires. Intubation si nécessaire. Oxygène. Ventilateurs s'il le faut. Encore que ce sera un cauchemar s'ils vomissent. On devra les évacuer. Si certains sont déjà inconscients, ils auront besoin de plus de soins qu'on ne peut leur en donner.

— Donc on les garde en vie jusqu'à ce que la cavalerie arrive, conclut Silas. Au moins, ce n'est pas moi qu'ils évacueront de l'île, cette fois !

Ils furent accueillis par Ron. Il conduisait un vieux pick-up équipé d'un gyrophare qu'il pouvait fixer sur le toit. En tournant vers la crique au-delà du hangar à bateaux, ils virent les lumières bleues, et Ron s'avança à leur rencontre.

— On en a un ici, dit-il brièvement, désignant un garçon affalé près d'un arbre. Craig a eu peur et est venu chercher de l'aide. Il pouvait parler quand je l'ai trouvé, mais il est presque évanoui maintenant. Les autres sont dans la grotte. Alfie y est aussi et il dit que les choses vont mal. Doc, poursuivit-il à l'intention de Silas, vous pouvez vous occuper de Craig pendant que j'emmène Jen à la grotte ? Elle y arrivera plus vite. J'ai appelé des renforts, ils seront là dans quelques minutes et ensuite je reviendrai vous aider sur la plage.

— Les sacs sont à l'arrière, lança Silas. Laissez-moi celui de gauche. Jen, je te rejoins dès que possible.

Elle voulait Silas avec elle. Mais il y avait des vies en jeu.

Elle partit.

La suite fut un cauchemar.

La quantité d'alcool que ces gamins avaient consommée était terrifiante. L'absence de goût de la vodka, le sucré et le pétillement du coca qu'ils y avaient ajouté leur avaient permis de boire facilement. Après un verre, ils avaient dû ressentir peu d'effet, alors ils en avaient descendu un autre. Puis un autre encore. Combien de temps avant le coup de massue ? Les garçons n'étaient plus du tout en mesure de le dire. Jenny trouva quatre gamins à différents stades de conscience, mais aucun n'était en état de parler. Alfie, un pêcheur, avait réussi à les faire rouler sur le côté. Ron avait apporté une lanterne. Les garçons avaient fait un feu et Alfie utilisait sa lampe-torche, mais on était loin d'un service des urgences bien éclairé. Elle commença à vérifier les respirations, se déplaçant rapidement parmi eux. Alfie était de toute évidence peu loquace, mais il avait émis un grognement de soulagement quand ils étaient entrés dans la grotte. Il était penché sur un gamin au fond.

— Venez voir celui-là, Doc. Il s'étouffe ! Je crois qu'il a presque arrêté de respirer. Oh ! bon sang…

Alors que Jenny se précipitait vers lui, le corps du garçon se tendit, il convulsa. Elle n'avait pas fini de contrôler les trois autres, mais elle n'avait pas le temps. Le garçon avait beau être sur le côté, et ses voies respiratoires, dégagées, il l'effrayait. Sa peau était moite, et quand elle trouva son pouls il était irrégulier et beaucoup trop lent.

Et il y avait trois autres gamins en danger de mort derrière elle. Elle avait beau être intensément concentrée, la panique montait. Et soudain Silas fut à côté d'elle. Il s'était déplacé étonnamment vite pour quelqu'un qui avait des béquilles.

— Ellen Cross est arrivée juste quand tu es partie, dit-il pendant qu'il évaluait la situation. Ron l'avait appelée et, comme c'est une ancienne infirmière, je l'ai laissée avec Craig, et Ron m'a amené ici.

— Je dois intuber ce garçon, expliqua-t-elle en désignant son patient, mais je n'ai pas eu le temps de terminer avec les autres.

— Bon, on a quatre adultes pour quatre patients, annonça Silas. Ron, Alfie, prenez un gamin chacun. Maintenez les voies respiratoires dégagées et appelez-nous s'ils respirent moins bien. Permutez avec Jen à mesure qu'elle évalue chacun d'eux. Je vais rester avec celui-là. Son nom ?

— Luke Miles, répondit Ron d'une voix tremblante. Doc… on pourrait tous les perdre.

— On ne va en perdre aucun, décréta Silas. Alfie, apportez la lanterne par ici, les autres partageront celle de Ron ou utiliseront leur téléphone.

Il mit une main sur le visage de Luke. Ce dernier convulsait toujours mais il lui parlait comme s'il pouvait l'entendre.

— Luke, tu es en sécurité, maintenant, tu as toute l'aide dont tu as besoin. On va faciliter ta respiration. Jen, je m'occupe de l'intubation, mais tu peux installer des perfusions pour les autres ? Il faut les hydrater le plus vite possible et augmenter leur taux de glycémie.

C'était une priorité. La quantité d'alcool ingurgitée agirait comme un diurétique extrême, et cela seul pourrait causer des dommages cérébraux à long terme. L'attaque de Luke était causée par l'effet secondaire de l'alcool, l'hypoglycémie.

Tandis qu'il parlait, la panique de Jenny se calma. Ils pouvaient faire face – ensemble. Elle avait déjà travaillé dans de telles circonstances. Plusieurs blessés et pas assez de personnel. Des carambolages de voitures aux petites heures du matin, lorsque les effectifs sont au plus bas. Une fois, un incendie dans un immeuble de plusieurs étages. Elle était médecin urgentiste. Elle pouvait faire face, maintenant que Silas était là.

12.

Trente minutes plus tard, les renforts arrivèrent. Ron avait bien fait son travail : il avait appelé toutes les personnes susceptibles d'aider.

Heureusement, la nuit était calme, la marée était basse et, une fois les garçons sortis de la grotte, les conditions furent plus faciles. On installa des projecteurs sur la plage et on assigna deux personnes à chaque garçon, ce qui permettait à Silas et Jenny de se déplacer entre eux. Avec un rythme cardiaque ralenti et un faible réflexe pharyngé, chaque garçon devait être surveillé. Deux d'entre eux faisaient des convulsions, mais la réhydratation en atténuait la gravité.

Cependant, il fallait du temps pour éliminer l'alcool de leur organisme, et le risque de lésions cérébrales était réel. Garder les voies respiratoires dégagées était essentiel – si la respiration faiblissait ou ralentissait jusqu'à des niveaux dangereux, le cerveau pouvait être mortellement privé d'oxygène. Deux garçons furent équipés de masques à oxygène, ce qui nécessitait un autre niveau de soins, dépassant leurs capacités. Aussi, quand ils entendirent l'hélicoptère, Jenny s'effondra presque de soulagement. L'équipe médicale de l'île Gannet arrivait à la rescousse – deux médecins et deux auxiliaires médicaux, un hélicoptère rempli de matériel.

Un plan était déjà en place pour l'évacuation vers Sydney. Ces enfants auraient besoin de soins intensifs, d'une intubation, d'une prise en charge de haut niveau, peut-être pendant une période assez longue.

La nuit s'écoula. Les parents arrivèrent sur la plage en état de détresse. Les enfants devaient être transportés en hélicoptère à Gannet et ensuite à Sydney par avion. L'avion était en route, mais, comme il n'y avait pas de piste sur Albatros, l'hélicoptère dut faire trois navettes pour transporter enfants et parents. C'était presque l'aube lorsque Silas et Jenny purent enfin rentrer chez eux. Ils parlèrent à peine. Ils n'en avaient pas besoin, ce qui s'était passé était trop terrible. Ils avaient fait ce qu'ils pouvaient. Maintenant, c'était à d'autres de s'en occuper – et d'espérer.

— Une douche, dit Jen en sortant avec lassitude de la voiture.

— Moi aussi, répliqua Silas. Mais je ne vais pas dormir. C'est l'heure du débriefing. On se retrouve sur la véranda ?

Elle n'avait pas le choix. Elle connaissait la procédure, comme tous les médecins. Les traumatismes majeurs pouvaient également nuire aux médecins traitants. Le débriefing était encore plus important que le sommeil.

Ils informèrent une Dianne inquiète, la remercièrent et lui dirent au revoir, puis allèrent se doucher. Quinze minutes plus tard, Jenny rejoignit Silas dans la véranda. Il était assis sur les marches, regardant les premiers rayons de l'aube colorer l'horizon. Les chiens étaient avec lui, mais endormis. Manifestement, c'était encore la nuit pour eux. Une nuit sans cauchemars. Les chiens avaient de la chance.

Elle s'assit près de lui, et il lui tendit un verre de jus d'orange. Frais !

— Tu as eu le temps de presser des oranges ?

— Pour se doucher, les garçons sont plus rapides que les filles, dit-il d'un ton qui ne souffrait aucune contestation. Vous mettez beaucoup plus de temps à vous faire belles.

Elle baissa les yeux sur son pyjama délavé, passa les doigts dans ses boucles humides. « Belle » ?

De son côté, Silas portait un short et un vieux T-shirt décoloré sur sa peau bronzée.

Oh ! pour l'amour du ciel, ressaisis-toi, Jen !

— J'admets qu'il m'a fallu du temps pour choisir ce pyjama. Mais je regrette que tu aies abandonné tes flamants roses, ils auraient été bien assortis. Quant à mon maquillage, il faut être très douée pour paraître aussi naturelle.

Il rit et le monde sembla se calmer un peu. Ils burent leur jus de fruits, laissant leurs émotions s'apaiser. Puis elle reposa son verre vide.

— Merci, dit-elle enfin.

— Pour le jus de fruits ? Tout le plaisir est pour moi.

Elle ferma les yeux un instant, et de nouveau les horreurs de la nuit envahirent son esprit. Cela aurait pu si mal finir…

— Non. D'être là. Si j'avais été seule, je sais qu'on aurait perdu des vies. Finalement…

— Finalement, ils ont toutes les chances de s'en sortir.

— Je n'aurais pas pu le faire sans toi.

— Heureux d'avoir rendu service.

— Silas, je ne pense pas pouvoir être le seul médecin…

— Des événements comme celui-ci seront rares.

— Oui, mais ça arrivera quand même. Je veux juste…

— Rentrer à la maison ?

— Oui… Oh ! Silas, je ne veux pas être ici. Je ne veux pas être le seul médecin. Je veux être… moi.

Ce fut presque un gémissement. Quand son frère était mort, elle avait accepté cette responsabilité, cette existence, comme inévitable. Mais l'arrivée de Silas, sa générosité, sa capacité à rendre les enfants heureux, leur donnant à tous un merveilleux endroit pour vivre, lui permettant même d'être à nouveau médecin, avaient bouleversé son existence. Ce soir, pourtant, c'était comme si un gouffre s'était ouvert devant elle. Le décès de Chris et Harriet l'avait laissée responsable de trois enfants, mais en déménageant ici elle se sentait responsable de l'île entière.

— Je ne peux pas, chuchota-t-elle. Silas, je ne peux pas.

— Tu n'as pas besoin de le faire.

— Je n'ai pas le choix ! lâcha-t-elle dans un sanglot.

— Si, tu as le choix.

Soudain, elle fut dans ses bras. Son visage était enfoui

contre son torse, et il la serrait… comme s'il ne voulait plus jamais la laisser partir.

Et, submergée par les émotions de cette nuit terrible, elle se laissa faire. Non, elle *voulait* que ça arrive : sentir son cœur battre, sa force, sa virilité…

— Jenny, rentre à la maison avec moi, dit-il alors.

Elle se figea. Les larmes cessèrent. Elle ne pouvait pas répondre. Il aurait fallu pour cela lever son visage de sa poitrine, et en ce moment le laisser là semblait la chose la plus importante au monde. Elle était presque paralysée.

— Jen ? Ce que je ressens pour toi et les enfants… C'est… Jen, je suis tombé amoureux.

Amoureux…

— Jen, ce que tu fais ici est incroyable, reprit-il en lui caressant les cheveux. Tu as abandonné ta vie et pris ces enfants en charge. Tu as donné tout ce que tu as en toi pour les aimer, pour leur offrir un avenir, mais tu t'es exclue de l'équation. Maintenant, tu fais face à une vie entière sur cette île, en tant que parent isolé, en tant que médecin isolé. Jen, je ne peux pas te laisser comme ça, mais il y a une alternative. Ce que je ressens pour toi est un miracle. Toi et moi, on pourrait se marier, former une famille. En vérité… peut-être que c'est déjà le cas.

Qu'est-ce qu'il voulait dire ? Ce n'était pas possible.

Elle devait bouger, *maintenant.* Au prix d'un effort immense, elle réussit à s'écarter. Elle se redressa, le regarda dans les yeux. Il était sincère. C'était sérieux.

— Comment ? Silas, je ne comprends pas…

Il sourit devant sa confusion, tel un génie prêt à exaucer son souhait, sachant déjà le plaisir que ça lui procurerait…

— Jenny, rentre à la maison avec moi, répéta-t-il, en Californie. Tu sais que ma famille est plutôt aisée, n'est-ce pas ?

— Oui, mais…

— Nous avons les moyens de faire bouger les choses. Et nous le ferons. Jen, j'ai grandi dans la propriété de mes parents, avec un parc de cinq hectares qui descend jusqu'à la mer, avec sa propre jetée privée, des arbres immenses sur lesquels grimper, une maison confortable et élégante, en gros le meilleur endroit au monde pour élever des enfants. Quand Charlotte et moi nous sommes mariés, j'ai acheté la propriété voisine, car c'était mon rêve : avoir des enfants, des chiens, des bateaux, avec mes parents à côté, partageant notre vie. Mais ce n'était pas le rêve de Charlotte. Elle détestait ce lieu, et nous avons fini par vivre en ville, près de l'hôpital où je travaillais, près de la vie mondaine dont Charlotte rêvait. Mais ma maison est toujours là.

Qu'est-ce qu'il suggérait ? se demanda-t-elle, le souffle court.

— Mais, Jen, plus j'y pense, plus je me dis que ça pourrait marcher, entre nous. Les enfants se sont bien adaptés ici, ils pourraient s'adapter là-bas aussi. On a des super écoles, des super universités, tellement d'opportunités qu'ils n'auront jamais ici. On vit près d'un port fantastique – si Sam continue à rêver de bateaux, il pourrait y trouver un apprentissage ou suivre n'importe quelle voie de son choix. Mes parents adoreraient les enfants, et je parie qu'ils seraient adorés à leur tour. Il y a un grand hôpital universitaire à proximité. Les diplômes australiens sont facilement reconnus, et tu pourrais retravailler dans un magnifique service d'urgences, avec une équipe très compétente en soutien. Dans le même hôpital que moi. Et toi et moi, Jen, dit-il doucement, je pense que ça pourrait marcher aussi.

— Toi… et moi ? murmura-t-elle avec peine.

— Nous, dit-il en prenant ses mains inertes dans les siennes. Jen, la première fois que je t'ai vue, penchée sur moi sur le sable, j'ai cru que tu étais un ange.

— Dans l'état où tu étais, tu devais halluciner, rétorqua-t-elle. Je ne suis pas une héroïne, Silas Braden.

— Si, tu l'es. C'était le premier moment, mais depuis… Tu es courageuse, forte et drôle. Tu t'es engagée pour ces enfants que tu connais à peine. Tu affrontes un avenir dont tu n'as jamais voulu, mais tu t'y accroches, parce que ces enfants ont besoin de toi.

— Donc tu dis que tu m'aimes… parce que tu penses que je suis courageuse ?

Ses mains se raffermirent sur les siennes, pressantes.

— Non. Je t'aime parce que tu es toi. À cause de la façon dont tu me souris. De la façon dont je te sens quand je te tiens dans mes bras. Jen, plus je te vois, plus je sais que je veux passer ma vie avec toi.

Ces mots impliquaient tant de choses qu'elle n'osait pas y croire, mais… quoi qu'il lui en coûte, elle devait garder la tête froide. Jenny la Raisonnable devait manifester sa présence. Elle parvint non sans peine à parler.

— Tu penses… qu'on pourrait être la famille dont tu as besoin ? La famille dont tu as toujours rêvé ?

— Oui, je le pense.

Et pourquoi cela la troublait ? Pourquoi est-ce que cela la poussait à fouiller son regard pour lire ce qui s'y cachait ?

— Silas…

— Réfléchis-y. Jen, c'est probablement trop tôt, mais je peux attendre. Je peux rester ici jusqu'à ce que tu penses que c'est le moment. On pourrait peut-être attendre les vacances d'été des enfants, puis prendre l'avion pour que tu puisses voir. Une fois que tu seras à la maison, tu verras.

— À la maison, répéta-t-elle lentement. Chez toi.

— J'espère que ce sera chez nous.

— Mais ici… les enfants… le cabinet…

— Tu n'as jamais voulu être un médecin solitaire. Et, pour ce qui est de l'héritage des enfants… nous pourrons nous en occuper, même de loin, je te le promets.

— Silas…

L'expression de ce dernier changea brusquement.

— Bon sang, je suis un idiot ! C'est trop tôt. Ce n'est pas le moment. Tu es choquée et épuisée et tu as besoin de dormir. Moi aussi. Jen, pour l'instant, tout ce que tu dois comprendre, c'est que je suis tombé follement, profondément amoureux de toi. De toi et de ton adorable famille. Mais dors, maintenant. Pas de pression. Les décisions, ce n'est pas pour aujourd'hui.

— Je ne veux pas…

— Ne dis rien, fit-il en inclinant son visage pour croiser son regard. Je t'aime, Jenny Martin, et c'est tout ce qui compte. Pour l'instant… va dormir.

Oui, une bonne nuit de sommeil et cette conversation insensée serait plus fructueuse.

Elle se pencha pour l'embrasser et, quand sa bouche rencontra la sienne, la confusion, le chaos, s'évanouirent. Ce qu'avait dit Silas était parfaitement logique. Il était son roc. Son avenir. Son mari ?

Elle ne put dire combien de temps dura le baiser, mais quand enfin ils s'écartèrent juste assez pour qu'elle puisse voir son regard, son sourire, ses beaux yeux tendres, elle pensa : *Dis oui ! Laisse cet homme prendre en charge tes problèmes, tes angoisses. Laisse-le guérir ta vie brisée. Voilà ton conte de fées, ton bonheur.*

13.

Il était 11 heures, une heure ridicule pour être encore au lit, mais malgré son épuisement son sommeil avait été troublé.

À 7 heures, elle avait entendu les enfants. Elle était sortie de sa chambre en titubant de fatigue, mais Tom, en pyjama, l'avait interceptée dans le couloir.

— Silas dit qu'il nous prépare le petit déjeuner, annonça-t-il d'un air important. Et il dit que tu as été courageuse cette nuit et que tu as fait du bien à des enfants et il dit de retourner au lit. Si tu veux des crêpes, on peut t'en apporter, ou tu préfères dormir ?

Elle pensa à Silas, qui devait être aussi épuisé qu'elle, en train de s'occuper des enfants, de faire des crêpes – qui aurait deviné qu'il savait même comment faire ? Elle imagina son apparence, sûrement mal rasé, peut-être encore en caleçon, souriant aux enfants, plaisantant avec eux, discutant de leur journée. C'était dimanche. Un jour tranquille. Un jour pour être… ensemble ?

Et une partie d'elle succomba à la panique. Il lui suffisait de franchir le couloir et de les rejoindre…

— Merci, mais je ne veux pas de petit déjeuner. Tu diras à Silas que j'ai besoin de me rendormir ?

— OK ! lança joyeusement Tom.

Était-ce une pointe d'accent américain qu'elle entendait ? Cela ajouta encore à sa confusion. Elle retourna se coucher, mais fut incapable de dormir. Elle finit par se lever, resta trop longtemps sous la douche, se forçant à réfléchir. Elle avait besoin de rester là un moment, loin de tout ce qui pourrait influencer son jugement. Surtout loin d'une paire d'yeux bleus souriants – des yeux qui voyaient trop, des yeux pleins d'empathie, de compréhension… d'amour ? Des yeux qui l'attiraient dans son monde à lui. Dans son fantasme. Son conte de fées.

Et, quand elle sortit enfin de la douche, elle était arrivée à la seule décision qu'elle pouvait prendre. Elle s'habilla et gagna la cuisine, se fit un café et alla dans la véranda. Les enfants jouaient au football. Silas était à sa place habituelle de gardien, avec plâtre et béquilles. Les chiens aboyaient d'excitation tandis que le ballon allait partout, et un instant Jenny ressentit une vague de pure panique. Que s'apprêtait-elle à faire ?

Silas agita une béquille, tandis que le ballon passait à toute vitesse et frappait le filet.

— Hourra ! cria Ruby. But !

— Temps mort, annonça Silas. Voilà Jenny. Prête à arbitrer, Jen ?

— Non. J'ai un autre plan. Les enfants, ça fait des semaines qu'on a quitté Kelpcutter's Cove et on doit vérifier si tout va bien là-bas. Si on y allait ? On s'arrêtera chez le boulanger et on prendra des quiches pour le déjeuner.

— Youpi !

Elle avait leur accord. Silas souriait toujours, mais son regard était méfiant.

— Moi aussi ?

— Si tu veux bien. Silas, il y a quelque chose que je dois te dire, et Kelpcutter's Cove est l'endroit idéal pour ça.

Il descendit de la voiture et resta coi.

Il avait vu cet endroit sous deux angles. Le premier, depuis la plage ravagée par la tempête et la civière de fortune qu'ils avaient utilisée pour le traîner jusqu'à la maison. Le second, depuis le brancard professionnel dont s'étaient servis les ambulanciers pour le transporter jusqu'à l'hélicoptère. Si on lui avait demandé de décrire Kelpcutter's Cove, il aurait utilisé des mots tels que « isolé », « lugubre », « balayé par les vents ». Ce n'était rien de tout cela – ou peut-être que si, mais pas aujourd'hui. Enfants et chiens sortirent de la voiture presque avant qu'elle s'arrête et se ruèrent vers la plage tandis qu'il observait les lieux.

La maison était un bâtiment long, bas, délabré, entouré de vérandas affaissées. Des tas de casiers étaient éparpillés alentour, et quelques vieilles carcasses de voiture rouillaient lentement dans le sable. Et pourtant c'était… magnifique ?

La maison était nichée dans la crique, manifestement pour être protégée des vents dominants. Des palmiers étaient plantés entre la maison et la plage, et un jardin sauvage menait à la porte d'entrée. Il semblait contenir toutes les variétés de fleurs et d'arbustes imaginables. Un massif de frangipaniers entourait un vaste réservoir d'eau, lui-même couvert de bougainvilliers pourpres.

Il siffla doucement, puis se tourna vers Jenny. Elle l'observait avec un regard qu'il ne connaissait pas. De la tristesse ? Des regrets ?

— C'est pour ça que je t'ai amené ici, dit-elle doucement. Ce n'est pas beau ?

— Plus que beau.

Il regarda au-delà de la maison, vers la crique. Il aperçut les enfants et les chiens franchir les dunes, s'ébattre sur la plage. Une vieille jetée en pierre s'avançait dans les vagues. C'était le point sur la carte vers lequel il s'était dirigé avant son naufrage. La nuit de son arrivée, l'eau avait été un maelström bouillonnant. Maintenant, la mer était un saphir étincelant au soleil de midi. L'endroit ressemblait au paradis.

— Je n'avais pas réalisé à quel point cet endroit était merveilleux, dit-il.

— Non. J'en ai peut-être parlé comme de ma prison, mais pour une prison c'est plutôt pas mal ! Silas, je ne peux pas emmener les enfants loin d'ici.

— Tu l'as fait, pourtant.

— Pas loin, mais oui, je les ai emmenés parce que, même si cet endroit est magnifique, il ne nous convient pas. Tu nous as proposé une solution, et je t'en suis si reconnaissante que je ne sais comment te remercier.

Elle hésita, mais se força à poursuivre.

— Silas, je suis venue ici en urgence quand Chris et Harriet sont morts, et je me suis retrouvée coincée. Vu l'état des enfants, je ne pouvais pas imaginer les ramener à Sydney, même si j'avais eu un moyen de les loger. Alors je suis restée, pleurant mon frère, essayant de faire face à trois enfants accablés par le chagrin. Mon travail me manquait, mes amis… Silas, j'étais aussi perdue qu'eux, tu sais. Et puis tu es arrivé et… tu as arrangé les choses.

— J'en suis heureux.

Il se sentait méfiant, ne sachant pas trop où cela allait le mener. Il regardait toujours autour de lui, impressionné par la beauté de cet endroit. Ce n'était pas ce qu'il avait imaginé.

— Mais, Silas, je ne peux pas les emmener plus loin.

Il y eut un silence. Il attendit qu'elle s'explique, mais elle se tut, immobile près de la voiture, fixant la crique, sans le regarder. C'était à lui de poser les questions. Il n'en avait pas envie, mais il devait le faire.

— Tu ne veux pas créer un foyer avec moi ?

— Mon foyer est avec les enfants et je l'ai accepté, dit-elle d'une voix sombre. Mais, Silas, chez les enfants, c'est ici.

— Mais tu ne peux pas vivre ici !

Elle ne le regardait toujours pas.

— Pas à Kelpcutter's Bay. Mais sur Albatros… chez Joan ou ailleurs, un endroit que je pourrais m'offrir après un an de pratique de la médecine, ou plus…

— Tu as dit que tu ne pouvais pas pratiquer seule ici.

— Je n'ai pas le choix.

— Jenny, je t'en propose un.

Elle soupira et ferma les yeux. La tentation de la prendre dans ses bras était presque irrésistible, mais la vue de ses épaules raidies le retint. Elle le repousserait. C'était une femme forte et il l'aimait pour ça. Et, quand elle rouvrit les yeux, il vit cette force.

— Silas, tout cela appartient aux enfants.

Elle fit un geste vers la crique, puis se retourna et étendit ses bras, englobant tout derrière eux.

— Mon arrière-arrière-grand-père est venu ici avec les baleiniers et a décidé de rester. Il a délimité la quasi-totalité de ce côté de l'île, puis est parti à Sydney, a obtenu un titre de propriété et s'est trouvé une épouse. Quatre générations de ma famille ont vécu de cette terre. Ils l'ont possédée et aimée, et maintenant, tant que les enfants restent sur l'île, c'est à eux de faire ce qu'ils veulent. Mais, selon le malheureux testament de leurs parents, jusqu'à ce que Tom soit majeur, s'ils quittent l'île, ils la perdront.

— On peut combattre ça, ou le compenser…

— On ne peut pas les dédommager pour ça. Et j'ai consulté des avocats, à grands frais. On pourrait être en mesure d'assouplir les conditions si les enfants veulent partir pour l'université, ou pour des choses essentielles qu'ils ne peuvent pas obtenir en restant sur l'île, mais les emmener maintenant est impossible.

Elle se retourna enfin pour le regarder, plus assurée.

— Tu te souviens que je t'ai dit qu'il y avait une mine d'étain au milieu de l'île ? Cela a rapporté à grand-père assez d'argent pour construire une maison décente, mais plus personne ne veut de l'étain. Ce que les entreprises s'arrachent, en revanche, c'est le nickel. Je crois t'avoir dit qu'il y avait du nickel, beaucoup de nickel, de ce côté de l'île. Si on s'en va maintenant, les mineurs s'installeront et tout cela disparaîtra à jamais.

— Tu es sûre de ça ?

— Certaine. Si on part, l'argent revient au groupe de recherche marine que Harriet a trouvé sur Internet – apparemment, elle l'utilisait pour suivre une tortue qu'elle parrainait. En apparence, ça a l'air génial, mais en creusant un peu on s'aperçoit que c'est géré par une fondation qui ne consacre que dix pour cent de ses fonds à la recherche sur les tortues. Le reste va dans les poches des fondateurs. Cet endroit deviendra une mine de nickel quelques mois après qu'ils auront mis la main dessus.

— Mais…

— Il n'y a pas de mais. Juste des faits. Si les enfants partent, ce sera détruit. Tu sais, sans ce testament, ça pourrait marcher, dit-elle tristement. On pourrait louer ou vendre des parcelles pour subvenir à nos besoins, mais le testament l'empêche. La terre ne peut pas être vendue, et le bail maximum dure quinze ans, jusqu'à ce que Tom atteigne sa majorité. Personne ne construira ou ne s'installera avec cette échéance en tête. Chris et Harriet m'ont confié la garde pour une raison précise. Ils savaient – du moins, je l'espère – que j'aime assez cette île pour la protéger. Et les enfants sont heureux ici ! Je ne peux pas leur enlever ça. Cet endroit est à eux et ils doivent le garder.

— Mais, toi, tu te situes où, dans cette équation ?

— Ici, répondit-elle en haussant les épaules.

— Ici ?

— Oh ! pas à Kelpcutter's Bay. Dieu merci, tu m'as sauvée de ça. Je ne peux pas vivre du varech, et pour être honnête je ne vois pas comment Chris et Harriet auraient pu continuer non plus. Ils avaient un rêve, Harriet a laissé un journal qui le décrit. S'ils avaient eu de l'argent, ils auraient réparé les dégâts causés par la mine d'étain. Ils auraient reconstruit la jetée, bâti un éco-hôtel assez grand pour couvrir les coûts, et converti le reste du lieu en réserve naturelle. C'était leur rêve, de bâtir ça pour les enfants. Cela ne sera sans doute jamais possible, mais tout ce que je *peux* faire, c'est le garder pour eux, les garder ici jusqu'à ce qu'ils décident par eux-mêmes. Je ne le laisserai pas détruire.

— Tu te sacrifierais pour le rêve de quelqu'un d'autre ?

— Dis-moi quel choix j'ai, Silas ?

— Jen, je peux offrir un avenir aux enfants. J'ai assez…

— L'argent ne fait pas tout, Silas.

Il ne répondit pas. Ils restèrent silencieux tandis que le vent chaud les caressait, et que les rires des enfants résonnaient sur la plage. Il pensa à sa maison, à l'autre bout du monde. Ils pourraient être heureux là-bas aussi. Lui et Jenny pourraient les protéger, leur donner toutes les chances.

— Chris et Harriet étaient leurs parents. Et Chris était mon frère. Oui, je suis amoureuse de toi, mais ces enfants m'ont été confiés. Leurs parents aimaient cet endroit, et, si j'emmène leurs enfants loin d'ici, Chris et Harriet viendront hanter mes nuits, et ce côté de l'île deviendra une immense mine. Et les enfants sauront ce que j'ai fait. Ce que je ressens n'a que peu d'importance face à cela. Oui, je pourrais faire ma vie avec toi aux États-Unis, mais ces enfants sont ma famille. Je suis tout ce qu'ils ont et cet endroit est leur héritage. Je suis désolée, Silas.

— Jen…

— Je t'en supplie, arrête. Silas, il n'y a rien d'autre à dire.

Il partit une semaine plus tard. Une fois qu'il avait accepté la décision de Jenny, il n'avait plus de raison de rester. Les réparations du *Sea Raven* se déroulaient bien. Les enfants étaient heureux et installés. Jenny travaillait de manière continue au cabinet, mais il n'y avait pas de place pour lui ici.

Ses parents furent ravis, et ne lui firent aucun reproche sur le fait qu'il avait échoué à ramener le voilier. Ça faisait du bien de les voir, mais il les avait quittés en espérant combler un vide dans sa vie, et ce vide n'avait fait que grandir.

Il téléphona à Albatros dès son arrivée. Jenny était joyeuse, bavarde, rassurante. Tout allait bien pour eux. Il rappela quelques jours plus tard, et elle semblait moins gaie.

— Silas, restons en contact par mail. Il… Il n'y a pas grand-chose à dire. Je te passe Sam, qui veut te parler du bateau…

Et avait-il entendu des larmes dans sa voix ?

Sa jambe guérit. Une fois débarrassé du plâtre, il retourna pratiquer la médecine. Il avait affaire à des enfants malades, souvent très malades. On avait besoin de lui. Ce qu'il faisait était sûrement suffisant pour remplir sa vie, sachant qu'il aidait vraiment les autres. Comme il avait aidé Jenny.

Pourquoi ne pouvait-il pas retourner sur cette île et rester avec elle pour toujours ? Mais comment vivre ? Ici, il avait un travail qu'il aimait. Il avait ses parents. Il avait la maison de ses rêves…

L'anniversaire de son père fut un événement parfait. Le déjeuner terminé, les invités enfin dispersés, Silas erra seul sur la terrasse, regardant le jardin et la mer au-delà.

Cela aurait dû être un moment joyeux. Pourquoi était-il si déprimé ? Ses parents aussi semblaient fonctionner au ralenti.

— Jenny te manque, n'est-ce pas ?

C'était sa mère, qui sortait le rejoindre. Il lui avait parlé de Jenny et des enfants, bien sûr, et elle l'avait écouté avec plaisir. Mais peut-être qu'elle avait observé son visage un peu trop attentivement alors qu'il décrivait Jen.

— Je ne peux pas me le permettre, maman.

— Tu pourrais y retourner, alors ? C'est possible ?

— Pour vivre sur une île au milieu du Pacifique, une île qui fait à peine vivre un médecin ? Tu sais le travail que je fais ici, la recherche. Comment je pourrais l'abandonner ? Et puis… et vous ? Tu crois que je pourrais vivre à l'autre bout du monde, loin de…

— Des gens que tu aimes ? acheva sa mère. Nous ?

— Bien sûr, vous. Papa n'est pas en mesure de travailler. Harper n'est plus là. Vous souffrez tous les deux. Comment je pourrais vous laisser ?

— Tu veux partir ?

Il ne répondit pas. À la place, il regarda le jardin, puis le sien à côté. Sa maison. Il voyait presque Sam, Ruby et Tom jouer dans ce jardin. C'était son rêve, sa solution à tous leurs problèmes. Ses parents seraient à nouveau grands-parents. Entourés d'enfants, de chiens et de pagaille. Et il aurait Jenny. Pourquoi ne pouvait-elle pas accepter ?

— Tu sais, reprit sa mère d'un ton pensif, je ne pense pas que ton père aurait été plus heureux si tu avais ramené le *Sea Raven.* Je l'ai compris quand nous avons été informés de la tempête et qu'ensuite nous avons appris que tu étais sain et sauf. Silas, pas une seule de nos pensées n'a été pour le voilier. Ce n'est qu'un bateau, Silas.

— Tu plaisantes ! Tu aurais le courage de dire ça devant papa ?

— Oui. Et je sais qu'il serait d'accord. C'est comme ici. Cette maison, ce jardin… Ils sont magnifiques et nous avons adoré vivre ici, mais au bout du compte ce n'est qu'un bout de terrain, quelques plantes, une maison faite de bois, de clous, de ciment. Et les choses n'ont pas d'importance. Silas, ta maison à côté est restée vide pendant des années, te rendant malheureux parce que c'est un rêve que tu n'arrives pas à partager. Et si… Si tu réalisais un rêve sans que les choses se mettent en travers de ton chemin ?

— Toi et papa n'êtes pas des choses.

C'était trop intime, trop personnel. Sa mère avait toujours respecté ses limites, mais aujourd'hui elle franchissait la ligne jaune. Mais elle ne reculait pas. Elle posa sa main sur la sienne et la pressa, de façon presque insistante.

— Non, en aucun cas, et c'est ça le problème. Ton père avait l'air heureux aujourd'hui, mais il ne l'est pas, et tu sais pourquoi ? Parce que toi tu n'es pas heureux. La mort de Harper a créé un vide dans notre vie que nous ne pourrons jamais combler, mais quand je t'entends parler de Jenny, prononcer son nom, je…

— Maman, je ne peux pas me permettre de l'aimer.

— As-tu oublié que tu étais un Braden ? Depuis quand acceptes-tu la défaite avant même d'avoir mené la guerre ? Peut-être qu'on peut aider. Ce dont ton père a besoin plus que tout au monde, c'est un défi, et je suis avec lui.

— Tu penses que tu pourrais l'aider à persuader Jenny de venir s'installer ici ?

— Je pense qu'il est temps de dévoiler nos cartes et de mettre tous nos atouts sur la table, dit-elle fermement. Faisons un brainstorming. Viens parler à ton père.

— On dirait que j'ai trois ans !

— Alors obéis à ta mère, et rejoins-nous ! Vite, dit-elle avant de se lever et de s'éloigner vers la maison.

Resté seul, Silas eut l'impression de voir son univers basculer. Ses parents l'attendaient à l'intérieur, ils voulaient qu'il soit heureux, mais étaient eux-mêmes accablés de chagrin. Si d'une manière ou d'une autre, entre eux, ils pouvaient trouver une solution, ce serait un miracle.

Il ferma les yeux, puis, résigné, rentra dans la maison, prêt à tout dire et à tout entendre.

Elle avait réglé tous ses problèmes, mais ça ne suffisait pas. Elle habitait une superbe maison. Les enfants se faisaient des amis, passaient leur vie entre l'école, la maison, le hangar à bateaux et la plage. Ils s'adaptaient de façon stupéfiante à leur nouvelle existence.

Son cabinet fonctionnait à merveille. La plupart des cas qu'elle voyait étaient mineurs, mais elle rendait un vrai service à la communauté. Pourtant, deux mois plus tôt, elle se sentait si seule qu'elle avait frôlé la dépression. Aujourd'hui, où qu'elle aille, elle était accueillie avec plaisir. Elle était Jenny Martin, leur médecin, Jenny Martin, qui avait sauvé la vie de cinq d'entre eux, Jenny Martin, maman de trois enfants. Elle se faisait des amis. Elle avait même eu l'occasion de porter quelques-unes de ses tenues cool de Sydney lors de barbecues, de pique-niques, d'événements auxquels elle était invitée.

Sa vie aurait dû être satisfaisante, et elle l'était d'une certaine manière. Elle avait un foyer, des enfants heureux et une carrière satisfaisante, et une vie sociale digne de ce nom. Ce n'était pas la vie qu'elle aurait choisie, mais elle pouvait sûrement l'accepter.

Sauf que Silas n'était avec elle que dans ses rêves.

Quand l'oublierait-elle ? Dans combien de mois ? Combien d'années ? Elle aurait pu être avec lui en ce moment même. Tout ce qu'elle avait à faire, c'était acheter quatre billets d'avion pour les États-Unis, peut-être deux de plus pour les chiens, et l'appeler. Dans ses rêves, elle se voyait faire ça, mais en se réveillant, le lendemain, elle se disait qu'elle avait pris la bonne décision en restant. La seule décision possible.

Un matin, alors qu'elle nettoyait soigneusement le gravier du genou écorché d'Isabelle Islington, sept ans, la porte du cabinet s'ouvrit en trombe, et Doug, le gardien du hangar à bateaux, lança avec un débit de mitraillette :

— Jen, désolé de t'interrompre, mais tu dois venir vite ! L'avion vient d'atterrir et devine qui est à bord ? Doc Braden ! Il y a deux autres personnes avec lui, ses parents, d'après Jeff, et ils ont assez de bagages pour rester jusqu'à la Saint-Glinglin. Il semblerait qu'ils aient prévu de loger dans la maison d'hôtes de Marie Lindrows. La première chose que Doc Braden a dite en descendant de l'avion, c'est : « Où est Jen ? » Alors Jeff m'a appelé pour que je te ramène !

Cupidon lui-même n'aurait pas eu un sourire plus béat.

Silas ? Ici ? Elle crut que son cœur allait lâcher.

— Je travaille, Doug…

— C'est juste un genou écorché, dit la mère d'Isabelle, je peux m'en occuper, maintenant.

— Isabelle est ma patiente, rétorqua Jenny. Et Silas… Je pense qu'il est venu chercher son bateau.

— Peut-être, répondit Doug, Mais il veut te voir tout de suite, et je crois que son bateau n'a rien à voir avec ça. Il est venu pour toi.

— Filez, ordonna la mère d'Isabelle, aux anges. Je ferai le pansement moi-même.

— Non, déclara Jen, combattant l'émotion qui menaçait de la submerger. J'ai des patients jusqu'à 13 heures. Doug, dis-lui que je suis contente qu'il soit venu mais que je suis occupée. Je le verrai cet après-midi.

14.

Silas se rendit au cabinet dès 13 heures. Le dernier patient de Jenny venait de partir, et elle rangeait le cabinet pour les consultations du lendemain. Elle prépara deux tasses de thé, gagna la véranda et s'assit sur les marches, visiblement nerveuse, distante. Une armure ?

— Bon, dit-elle d'un ton brusque. Tu es ici. Pourquoi ?

C'était bien une armure. Pour se protéger. Parce qu'elle l'aimait ? Son cœur se mit à battre plus fort, et il s'assit près d'elle. La véranda donnait sur la mer. Les loriquets criaient dans les frangipaniers au-dessus de leur tête. La journée était calme et tranquille, et il entendait le clapotis des vagues sur la plage en contrebas de la petite ville. C'était si éloigné de sa vie en Californie !

Mais sa vie n'était pas en Californie. Il le savait, maintenant.

— Jenny, je suis venu te demander de m'épouser.

Elle resta silencieuse, tenant sa tasse comme si elle était très, très fragile et pouvait se briser à tout instant.

— Je veux vivre ici, ajouta-t-il.

Ils étaient assis côte à côte sur les marches. Leurs corps se touchaient à peine. Il la sentit se raidir. Il sentit… de la peur ?

— Tu veux vivre ici ? murmura-t-elle très bas.

— Oui.

— Tu ne peux pas. Silas, il n'y a rien à faire ici pour toi. Tu vas devenir fou. C'est n'importe quoi !

Elle paraissait presque paniquée.

— Tu veux bien entendre mon idée ? Non, c'est faux. Tu veux bien entendre ce que j'espère être *notre* idée ?

Une fois de plus, elle garda le silence. Elle semblait sur le point de s'enfuir, pensa-t-il. Il percevait son affolement.

— Oui, dit-elle enfin.

Commence par le côté pratique des choses, s'ordonna-t-il. Le côté affectif – ce qu'il voulait vraiment – attendrait.

— Mes parents ont fait une offre provisoire sur un bail de quinze ans pour ta partie de l'île. Ils ont pris contact avec les curateurs à Sydney. Ils ont accepté, mais bien sûr l'offre est conditionnée par le fait que mes parents voient les lieux, et qu'on en parle tous, avec toi et les enfants. Pour avoir votre approbation. C'est pour ça qu'on est là.

— Tes parents… ?

Elle semblait déconcertée et il la comprenait. Il n'avait qu'une envie, la prendre dans ses bras, lui déclarer son amour, la serrer contre lui. Cela faisait si longtemps ! Mais il devait y aller doucement. Lui faire comprendre.

— Jen, mon père a fait un AVC il y a plus de quatre ans, C'était un brillant chirurgien, Il s'est rétabli, mais pas assez pour opérer à nouveau. À ce moment-là, Charlotte et Harper ont été tuées. Ensuite… nous nous sommes tous enfoncés dans une nuit dont nous n'arrivions pas à sortir. Je me suis plongé dans mon travail, dans l'espoir de trouver enfin un sens à ma vie. Et peut-être que mes parents ont fait pareil, remplissant le vide avec leur jardin, leur vie sociale, leur bateau. Mais rien ne fonctionnait. Finalement, je me suis éloigné de la médecine, démissionnant pour ramener le voilier de papa. C'était une mauvaise idée, mais ensuite je t'ai rencontrée…

Un silence suivit, interminable. Le moment de parler avec son cœur ?

— Et je suis tombé amoureux.

— Et tu veux m'épouser ?

— Oui.

Il sourit, mais ne la toucha pas encore, même si son corps le réclamait. Elle le faisait penser à une créature sauvage, méfiante – prête à battre en retraite ? Il prit son courage à deux mains. Tant de choses dépendaient de ces quelques minutes. Sa vie entière ? Lui aussi avait peur.

— Jen, je t'aime. Dès que je t'ai vue, je suis tombé amoureux. On dit que les patients tombent souvent amoureux de leur médecin. C'est ce que je me suis dit au début, car qui ne tomberait pas amoureux d'une nymphe qui l'a sauvé des flots ?

— Les enfants ont participé, eux aussi.

— Oui, et je vous aime tous, assura-t-il en souriant, car il commençait à voir une lueur dans ses yeux – une lueur d'espoir ? Mais je ne suis pas seulement tombé amoureux de la femme qui m'a sauvé. Je suis tombé amoureux d'une femme qui a sacrifié son monde pour protéger trois enfants. Qui a quitté la vie qu'elle aimait pour récolter du varech.

— Je n'en ai jamais mangé beaucoup, tu sais.

— Je parie que tu l'aurais fait si tu avais dû. Et maintenant tu es le seul médecin ici. Tu ne veux pas l'être, mais tu le seras aussi longtemps que nécessaire parce que tu aimes les enfants. Et tu honoreras les souhaits de ton frère et ta belle-sœur. Par loyauté. Par amour. Mais il y avait aussi mon rêve. Un beau rêve, Jen, une femme, une famille, dans l'endroit où je voulais vivre depuis que j'étais enfant. Dans ce rêve, je travaillais dans l'un des meilleurs hôpitaux du monde et j'avais tout, ou du moins je le croyais. Tout ce dont j'avais besoin, c'était une famille pour compléter le tableau.

— On ne sera… ne pourra jamais être cette famille.

— Et c'est ce que j'ai compris. On ne peut pas fonder une famille si on ne partage pas le même rêve… Mais je n'avais pas compris ça, et j'ai été assez bête pour partir. Il m'a fallu du temps, des jours sans te voir, sans voir les enfants, ni même tes chiens idiots, pour accepter ce que tu as accepté dès que tu as appris la mort de ton frère. Que la famille englobe tout le monde. Qu'il faut suivre son cœur, où qu'il nous mène.

— Oh ! Silas…

— Donc je suis revenu. Tu as une vie ici, maintenant. Je sais que tu n'as pas besoin d'être sauvée, mais si tu peux trouver dans ton cœur la volonté de me laisser partager…

— Mais… comment, Silas ?

Elle semblait presque avoir peur de respirer, et une fois de plus il eut la vision d'une créature sauvage. Il ne voulait pas l'effrayer. Il l'aimait beaucoup trop pour ça.

— Jen, Marc m'a proposé un poste de pédiatre sur Gannet. Ce n'est pas un travail énorme, mais l'idée serait d'avoir des consultations quatre jours par semaine.

— On ne pourrait pas… Je ne pourrais pas…

— Vivre sur Gannet ? Je le sais. Mais le ferry fait un trajet matin et soir. Pas par mauvais temps, mais les habitants de l'île le comprennent. L'hélico est là pour venir me chercher en cas d'urgence, et le reste du temps je suis disponible pour toi en renfort. Je ne serai jamais loin, et chaque nuit, si tu veux de moi, je serai avec toi. Je serai à la maison. Chez nous.

« Chez nous. »

Elle n'arrivait pas à respirer. Cet homme venait de lui décrocher la lune ! Il la regardait comme si elle était ce qu'il y avait de plus précieux au monde. Elle plongea dans ces magnifiques yeux bleus et y vit de la chaleur, de l'amour, une promesse, mais aussi de l'incertitude. Comment pouvait-il savoir qu'il était tout pour elle, que cela l'avait presque tuée de le voir partir ?

Il n'avait pas essayé de lui prendre la main, de la toucher, de lui mettre la pression. La décision lui appartenait.

Elle se débattait avec ses paroles, avec les détails de ce qui semblait être un concept bien trop important à assimiler. Qu'il était là, qu'il voulait passer le reste de sa vie avec elle. Avec ses enfants, ses chiens, son chaos.

Chez elle pourrait être chez lui. Ici. *Chez eux*. Ça sonnait juste dans son cœur : un foyer. Avec Silas. Pour toujours ?

— Mais… et tes parents ? demanda-t-elle.

— Eh bien, ça pourrait même être un bonus, si ça marche ! répondit-il, un rire au fond des yeux. Comme je l'ai dit, nous étions tous dans une mauvaise passe, et peut-être que l'une des raisons pour lesquelles je n'ai pas pensé à rester ici, c'était la crainte de leur faire du mal. Mais maman et papa ont envie de se lancer un défi.

— Un défi… ?

— Ils ont de l'argent, et de l'énergie. L'AVC de papa l'a laissé déprimé mais pas invalide, et maman cherche désespérément un projet auquel s'attaquer. Ma description de l'île, de la configuration, les a enthousiasmés. Ils ont déjà un bateau sur place. Et un fils qui espère vivre ici.

— Silas… Je ne…

— Chut, écoute-moi. Je sais que c'est beaucoup à assimiler d'un coup. C'est un rêve pour l'instant, mais peut-être que ça peut être plus qu'un rêve – pour nous tous. À l'heure actuelle, nous pouvons prendre en charge la location des terres des enfants. Maman et papa vont utiliser leur énergie et leurs ressources pour restaurer la maison et reconstruire la jetée. Ils ont fait un tas de recherches et ils sont très enthousiastes. Ils adoreraient réparer les dégâts laissés par la mine d'étain, revégétaliser, restaurer, faire de ce lieu le magnifique sanctuaire qu'il pourrait être. Si tout se passe bien, ils envisagent de construire une dizaine d'éco-chalets. Pour des touristes triés sur le volet ? Pour des scientifiques ? Le but ultime serait de laisser aux enfants – nos enfants – un héritage dont Chris et Harriet seraient fiers.

— Nos enfants ? répéta-t-elle d'une voix faible.

— D'accord, on va un peu trop vite, mais maman et papa commencent déjà à se sentir propriétaires. Ils ont tellement de projets qu'ils en ont le vertige, mais ils sont ici aujourd'hui juste pour voir l'endroit. Pour faire la connaissance des enfants. Pour voir s'ils pourraient commencer une vie ici. Et, bien sûr, pour te rencontrer. Mais pas de pression, Jen. Rien n'est gravé dans le marbre. Tout dépend de…

— De ma réponse à ta demande en mariage.

Pourquoi était-ce si difficile de dire ces mots ?

— Jen, le mariage n'est qu'un contrat. Tu n'as pas à t'engager dans quoi que ce soit. Pour l'instant, tout ce que je dis, c'est que je t'aime plus que je ne pensais pouvoir aimer quelqu'un. Nous avons tous ces projets, mes parents, moi, les médecins de Gannet, les curateurs, tes enfants, mais tu as besoin de tes propres projets, Jen. Je suis là, maintenant, avec des projets qui peuvent ou non compléter les tiens. Mais tout ce qui compte, tout ce qui doit compter, c'est que je t'aime de tout mon cœur et que j'espère que tu pourras m'aimer en retour. Tu le pourras ?

Et il n'y avait qu'une seule réponse à cette question.

— Bien sûr que oui, murmura-t-elle. Oh ! Silas… Mais…

— Pas de mais, déclara-t-il, mettant tendrement son doigt sur ses lèvres. Pas maintenant. Prenons ce moment juste pour nous. Les projets peuvent attendre demain, la semaine prochaine, l'année prochaine. Pour l'instant… c'est juste nous, ma Jen. Je t'aime de tout mon cœur. Et toi ?

— Oui, je t'aime.

— Alors c'est un très bon début, dit-il en souriant.

Puis il l'embrassa, et soudain il n'y eut plus de place pour les mots.

15.

L'inauguration de l'Albatros Wildlife Eco Resort fut l'un des événements les plus médiatisés de l'histoire des îles Birding. Sa construction, son éthique de préservation et sa beauté stupéfiante avaient attiré l'attention internationale, et un tout petit groupe de médias triés sur le volet avait été invité pour l'occasion. Il s'agissait d'un lieu où des scientifiques, sur invitation uniquement, pouvaient étudier un écosystème dans son état naturel, où la faune et la végétation étaient autorisées, encouragées, invitées à renaître.

Les dix éco-chalets, nichés dans les collines, étaient maintenant remplis d'hôtes, et la vieille maison restaurée, véritable centre névralgique des efforts de réhabilitation, était, pour cette occasion, pleine à craquer.

Normalement, seuls les parents de Silas vivaient là, mais pour l'inauguration toute leur famille élargie était présente. Silas et Jenny, Sam, Ruby et Tom – et une petite Grace, âgée de huit mois, adorée par toute l'île.

Jenny et Silas vivaient toujours dans la vieille maison de Joan, toujours aussi heureux. Mais bien sûr ils allaient et venaient dans cet endroit, le voyant se développer, aidant autant qu'ils le pouvaient, regardant les enfants en tomber encore plus amoureux qu'ils ne l'avaient été du vivant de leurs parents. Avec le temps, il leur reviendrait, s'ils le voulaient, et c'était ainsi que cela devait être.

Marc, chef du groupe médical des îles Birding, s'apprêtait à faire un discours. Ils auraient pu avoir un politicien du continent, mais il s'agissait d'un projet local, d'un trésor de ce chapelet d'îles, et solliciter Marc était tout à fait juste. Ils attendaient tous à présent, sous les palmiers, qu'il s'adresse à l'assemblée. Les enfants arrivaient de la plage – ils s'étaient précipités pour aller voir le *Sea Raven*, maintenant ancré dans la petite crique en dessous de la maison. Mais même eux avaient conscience de l'importance de l'événement, et Sam, qui avait désormais quatorze ans, presque un jeune homme, les avait traînés pour écouter le discours.

Jenny baissa les yeux sur le bébé dans ses bras.

— Chris et Harriet seraient si heureux de voir ça, murmura-t-elle en regardant la maison reconstruite, la magnifique plage avec sa jetée restaurée, le paysage débarrassé de la végétation non indigène, la beauté naturelle, époustouflante, de l'endroit. Ils seraient si fiers !

— Pas aussi fiers que nous, répliqua Silas, qui la tenait par la taille. Je crois que nous devrions être les personnes les plus fières de cette île.

— Ah oui ? Regarde ta mère et ton père.

Elle sourit, la larme à l'œil. Le couple se tenait à côté de Marc. Ils avaient mis leur cœur et leur âme dans cet endroit, ne le quittant que lorsqu'ils devaient garder leurs petits-enfants. Petits-enfants au pluriel. Ils adoraient Grace, mais avaient intégré Sam, Ruby et Tom naturellement dans leur vie. Ils étaient tous des insulaires, maintenant. Pas seulement des insulaires. *Une famille.*

Il y avait aussi – cerise sur le gâteau – la petite voiture de sport rouge de Jenny dans le garage. Elle l'utilisait pour les visites à domicile – un médecin de famille avec du style ! Depuis la mort de Pepper, dont le vieux cœur avait fini par lâcher – mais qui avait aussitôt été remplacé par un chiot colley –, Nipper avait décidé de s'asseoir sur le siège passager et l'accompagnait partout. Et elle adorait ça.

Elle se réveillait chaque matin dans les bras de son mari, et, chaque matin, elle devait presque se pincer pour y croire.

— Qu'est-ce que j'ai fait pour mériter tout ça ?

— Qu'est-ce que chacun d'entre nous a fait pour mériter ça ? répondit Silas. Qu'est-ce que j'ai fait pour te mériter, toi ?

— Tu as juste été toi, dit-elle sereinement, tandis que Marc s'approchait du micro et levait la main pour demander le silence. Comment aurais-je pu vouloir autre chose ?

— Alors ça tombe bien ! murmura Silas en embrassant ses cheveux. Parce que tout le reste n'est qu'un bonus. Un bonus magnifique, mais un bonus quand même. Jenny, mon amour, *tu* es là où je dois être. Chez moi, c'est *toi*.

BLANCHE

Un chirurgien envoûtant, de Sue MacKay - N°1638

Sublime. Voilà le premier mot qui vient à l'esprit de Georgina pour décrire Blake. De retour en ville, le meilleur ami de son frère a bien changé en une décennie ! Pas question pour autant de se laisser distraire par le chirurgien. Georgie ne croit plus en l'amour et a tout intérêt à ignorer les battements désordonnés de son cœur en présence de Blake…

Ce tendre miracle, de Shelley Rivers

Quand la sage-femme Gila dit « oui » au Dr Leo Wright, elle s'imagine passer auprès de lui une vie remplie d'amour. Hélas, un drame les sépare alors même que Gila se découvre enceinte… Quel choc pour elle d'apprendre, quelques mois plus tard, que son nouveau collègue à l'hôpital n'est autre que son époux ! Maintenant que tous deux sont sur le point d'être parents, ont-ils une chance de sauver leur couple ?

Rencontre à Silver Pass, de Tina Beckett - N°1639

SÉRIE : DESTINS CROISÉS À SILVER PASS - 1/2

Mira a vécu toute sa vie à Silver Pass, la station de sports d'hiver tenue par son père, dans laquelle elle est médecin. Elle a tout pour être comblée – ou presque, car il manque un homme à ses côtés. Hélas, déçue par l'amour, elle a fait une croix sur ce rêve. Pourtant, sa rencontre avec le Dr Jack Perry, un médecin californien aussi beau que maladroit sur des skis, va mettre à mal sa résolution…

Un troublant regard, d'Amalie Berlin

SÉRIE : DESTINS CROISÉS À SILVER PASS - 2/2

Enfin de retour à Silver Pass ! Ellory est contente de retrouver son poste de masseuse-kinésithérapeute à l'hôtel de la station. Quand, à la suite d'un avis de tempête, on lui demande de prendre en charge l'arrivée des secouristes à l'hôtel, elle accepte immédiatement. Mais pourquoi le responsable de la mission, le Dr Anson Graves, la traite-t-il avec tant de froideur ? Agacée, Ellory s'efforce d'ignorer le trouble insensé que provoque en elle cet homme arrogant…

HARLEQUIN

Leur mission : sauver des vies.
Leur destin : trouver l'amour.

HARLEQUIN
www.harlequin.fr

BLANCHE

Cette promesse à honorer, de Janice Lynn - N°1640

Deux mois... Soixante jours très exactement d'amour et de passion intense que McKenzie vient de partager avec son irrésistible collègue, le Dr Lance Spencer. Une idylle qui la ravirait au plus haut point... si elle ne la précipitait pas vers le plus grand des dangers : l'engagement. Ne s'est-elle pas juré de vivre de simples aventures sans lendemain ? Aussi, la mort dans l'âme, se résout-elle à rompre avec Lance...

Un ennemi trop attirant, d'Annie Claydon

Lorsque Jon, son nouveau colocataire, pose les yeux sur elle, Chloe se sent fondre. Et le fait qu'il tienne sa petite nièce dans ses bras ajoute encore à son charme. Bien sûr, ce représentant de la gent masculine beau, intelligent et généreux, semble parfait en tout point – mais il n'en reste pas moins un homme. Un homme qui ne peut que la blesser, Chloe en sait quelque chose. Pour ne pas céder à la tentation, une seule solution s'impose : tenir Jon à distance.

HARLEQUIN

Leur mission : sauver des vies.
Leur destin : trouver l'amour.

HARLEQUIN
www.harlequin.fr